MUERTE EN EL CAIRO

Erica Ruth Neubauer pasó once años en el ejército, dos como agente de policía y uno como profesora de inglés, antes de iniciar su andadura como escritora.

Ha sido crítica de novela negra para revistas como *Publisher Weekly* y *Mystery Scene Magazine*, y es miembro del Mystery Writers of America y Sisters in Crime.

Cuando no está escribiendo su próxima novela o leyendo un libro, aprovecha para viajar o practicar yoga. Vive en Milwaukee, Wisconsin, con su marido.

Su primera novela de la serie, *Muerte en El Cairo*, ha conseguido un gran éxito de lectores en nuestro país. *Peligro en el Atlántico* es el nuevo libro de las aventuras de la joven detective aficionada Jane Wunderly, una serie de *cozy crime* de repercusión internacional y publicada en más de diez países.

www.ericaruthneubauer.com

Si tienes un club de lectura o quieres organizar uno, en nuestra web encontrarás guías de lectura de algunos de nuestros libros. **www.maeva.es/guias-lectura**

Este libro se ha elaborado con papel procedente de bosques gestionados de forma sostenible, reciclado y de fuentes controladas, avalado por el sello de PEFC, la asociación más importante del mundo para la sostenibilidad forestal.

PEFC
PEFC/14-38-00308

EMBOLSILLO apuesta para frenar la crisis climática y desea contribuir al esfuerzo colectivo y permanente de proteger y preservar el medio ambiente y nuestros bosques con el compromiso de producir nuestros libros con materiales sostenibles.

ERICA RUTH NEUBAUER

MUERTE EN EL CAIRO

Traducción de:
LAURA MANERO JIMÉNEZ

EMBOLSILLO

Título original:
MURDER AT THE MENA HOUSE

© ERICA RUTH NEUBAUER, 2020
Primera publicación por KENSINGTON PUBLISHING GROUP
mediante acuerdo con SANDRA BRUNA AGENCIA LITERARIA S.L.
Todos los derechos reservados.

© de la traducción: LAURA MANERO JIMÉNEZ, 2024
© de esta edición EMBOLSILLO, 2025
Benito Castro, 6
28028 MADRID
www.maeva.es

ISBN: 978-84-18185-82-3
Depósito legal: M-3673-2025

Diseño de cubierta: © JANICE ROSSI SCHAUS
Ilustración de cubierta: © SARA GIBB / HEFLINREPS
Fotografía de la autora: © RACHEL NEUBAUER
Impresión y encuadernación: CPI Blackprint (Barcelona)
Impreso en España / *Printed in Spain*

Para mi padre.
Te echo de menos todos los días, jefe.

1

Egipto, 1926

A LA HORA de escoger un destino exótico para viajar, es recomendable elegir uno donde el aire no intente matarte. Me aseguraría de recordarlo para la próxima vez.

—Jane, tienes un aspecto horrible con este calor. Prácticamente estás chorreando. —La tía Millie frunció los labios, pero una sonrisilla petulante se le escapó por las comisuras de la boca.

Ella estaba fresca como una rosa, sin un brillo de sudor siquiera.

Suspiré hondo.

—No había imaginado que en esta época del año haría tanto calor todavía.

Contemplé las largas y anchas palas de los ventiladores que giraban perezosos en el techo y pensé que los habían colocado ahí más como decoración que por ser una forma eficaz de mover el pesado aire.

Millie resopló y siguió observando el bar con su whisky soda bien sujeto en la mano, el pintalabios algo corrido y un cerco del mismo color ciruela en el borde del vaso. El primer punto del orden del día de mi tía tras nuestra reciente llegada al hotel Mena House había sido tomar una copa, cualquier copa, con tal de que su calidad fuese un ápice superior a la del garrafón de bañera que solíamos encontrar en Estados Unidos.

La ley seca era la archienemiga de Millie.

En cuanto vi que estaba satisfecha, me excusé y fui a buscar una copa para mí. Me abrí camino entre el escaso gentío del bar y me apoyé en la barra de madera bien lustrada. Resultaba agradable estar de pie después de tantas horas de viaje, así que me estiré con disimulo mientras esperaba mi *gin* Rickey.

Al cabo de un momento, el joven camarero reapareció con la bebida y la dejó junto a mi codo. Esperaba que la lima fría y las refrescantes burbujas hicieran desaparecer de mi boca el arenoso poso del viaje, porque mi tía apenas había dejado que nos instaláramos cada una en su habitación antes de arrastrarme al bar a toda prisa.

Ni siquiera había tenido tiempo de atisbar las grandes pirámides que sabía que se encontraban a poquísima distancia del hotel.

Ya que estaba en el bar, me dediqué a observar a los demás viajeros mientras me obligaba a no vaciar mi vaso de un solo trago. Estaba más sedienta de lo que había creído.

—La señora Wunderly, supongo. —El agradable y grave rumor de esa voz interrumpió mi contemplación de la escena que me rodeaba y me supuso un considerable sobresalto.

Al volverme, me encontré mirando de frente al fornido propietario de ese acento británico de alta sociedad que acababa de dirigirse a mí. Cuando mis ojos color avellana se encontraron con los suyos, chocolate oscuro, sentí como si una corriente eléctrica subiera por mi columna. Me apresuré a extinguirla. Con contundencia. No estaba allí para conocer a hombres guapos.

Tenía tal estatura que casi se cernía sobre mí, y eso que yo no era una mujer bajita ni mucho menos. Lo examiné con una ceja levantada y me pregunté cómo habría averiguado mi nombre, si todavía no nos habían presentado. Tal vez sus dedos poseyeran alguna clase de magia. Otro hormigueo me recorrió la espalda.

—Caray, ha sacado mi nombre de la chistera. ¿Realizará algún truco más esta noche? ¿Encontrará una moneda tras mi oreja, quizá? No me vendría mal para pagar la copa, sinceramente.

Curvó hacia arriba un extremo de la boca.

—Su tía la ha mencionado hace un momento, cuando se me ha presentado.

—Qué rapidez... —mascullé, y maldije por mi falta de atención.

No me sorprendía en absoluto que Millie se hubiera acercado a olisquearlo y luego me lo hubiera enviado a mí, sobre todo al darse cuenta de que no llevaba alianza. Me maldije por haber detectado yo también ese detalle. Solo me maravillaba que lo hubiera conseguido tan deprisa.

—Me temo que no dispongo de ningún truco más.

—Vaya, qué decepción.

—Lo único que puedo ofrecerle para compensar su desilusión es otra copa.

—Supongo que tendré que conformarme con eso.

Una amplia sonrisa le iluminó el rostro, que ya era apuesto sin ella, y, mientras se volvía y llamaba al camarero por señas, me di un codazo mental y me solté un severo sermón sobre los peligros de los hombres. Pidió otro *gin* Rickey para mí y un vaso de agua para él.

Esta vez, cuando llegó mi copa, la habían servido con generosidad. Demasiado. Tendría que tomármelo con calma o acabaría beoda y desmayada bajo una mesa.

—¿Usted no bebe?

Miré su vaso de agua, por el que unas gotitas de condensación se deslizaban hacia la barra desde el lugar en que sus dedos finos tocaban el vaso.

—He pasado un largo día al sol —contestó—. Ceñirme al agua me parece una apuesta más segura.

—Ya veo. —Me detuve y lo observé unos instantes—. ¿Y en qué ramo trabaja usted, señor...? —De pronto reparé en que no se había presentado.

—Redvers. Llámeme Redvers.

Me ofreció una sonrisa pícara al ver que mis dos cejas salían disparadas hacia arriba. ¿Era eso un nombre de pila? ¿Un apellido? Todo apuntaba a que no iba a recibir aclaración alguna al respecto.

—¿Y a qué se dedica..., señor Redvers?

—Trabajo en la banca.

Me avergüenza decir que solté una carcajada. El hombre pareció algo alarmado, como si de repente se hubiera cruzado con un familiar desequilibrado en público. Más de una cabeza se giró hacia nosotros.

—Disculpe. —Recuperé la compostura y me di otro codazo imaginario por mi falta de modales—. Es que tiene un aspecto demasiado peligroso para ser banquero.

Era cierto. Su traje de hilo bueno se ajustaba como un guante a su atlética figura. Pese a no ser experta, incluso yo me daba cuenta de que era una confección cara y hecha a medida. Llevaba el pelo engominado, tal como se estilaba, pero domeñar sus gruesas ondas oscuras debía de suponerle mucho trabajo. Todo en él irradiaba energía y movimiento. Y la sonrisa voraz que me dedicaba en esos momentos, junto con la chispeante inteligencia que se adivinaba en sus ojos marrones, casi negros, en absoluto hacía pensar en él como en alguien que trabajara contando dinero, atrapado tras un mostrador.

Continuamos charlando con cordialidad hasta que una breve pausa en la conversación me decidió a ofrecerle una salida digna.

—Bueno, señor Redvers, si tiene otras obligaciones esta noche, lo entenderé perfectamente. Sé que mi tía puede ser muy persuasiva, pero detestaría retenerlo a la fuerza.

Fue entonces su turno para observarme.

—Reconozco que me he presentado a sugerencia de su tía, pero estoy muy a gusto donde me encuentro.

Me encogí de hombros. Aun sabiendo que era mala idea, reparé en que disfrutaba de su compañía, así que no me importó demasiado prolongar la situación. Sin embargo, tampoco quería que se llevara una impresión equivocada. Si bien había pasado ya lo que la sociedad consideraba la flor de la vida, desde que estaba viuda me había dedicado a rehusar una buena cantidad de proposiciones de matrimonio, y no todos los hombres encajaban el rechazo con elegancia. Yo no buscaba nada más allá de una agradable conversación.

O eso me repetía una y otra vez.

El señor Redvers, no obstante, poseía un afilado sentido del humor, algo que yo echaba amargamente de menos en mi vida. Los círculos en los que se movía Millie resultaban bastante estirados, por expresarlo de una forma educada. La familia de mi padre era sin duda de clase media alta, pero con el matrimonio de Millie en la alta sociedad, y luego el mío a la tierna edad de veinte años, me había sido imposible evitar que me arrastrara a las altas esferas con ella. Solo con pensar en esos ambientes tan encopetados, se me cerraban los ojos de aburrimiento.

La mirada de Redvers advirtió algo a mi espalda y, de pronto, pareció deshacerse en disculpas.

—Me temo que voy a tener que excusarme un momento. Regresaré dentro de nada.

Me extrañó, pero lo dejé marchar con gentileza mientras me preguntaba qué, o quién, podía haber provocado su marcha repentina cuando acababa de anunciar que pensaba quedarse conmigo.

Reanudé mi examen de la sala.

Unos instantes después sentí una presencia tras de mí y, al volverme, me encontré a un hombre con mostacho apoyado en un bastón de madera. Mientras recolocaba las anchas manos en la empuñadura, pude atisbar una cabeza de león, hecha de latón, que descansaba en lo alto de la caoba oscura. Parecía tan fiero como importante.

—Buenas tardes, querida. —El caballero me sonrió con educación—. ¿Quiere otra copa y no le hacen caso?

Le sonreí, tranquilizada al instante por su tono.

—Estoy bien servida por el momento, y el camarero ha sido muy amable.

—Excelente. —Estableció contacto visual con el joven—. Un jerez, tenga la bondad. —Se volvió de nuevo hacia mí y me ofreció la mano—. Coronel Justice Stainton, a su servicio.

Sus entrecortadas vocales británicas y su porte recto habrían delatado un pasado militar aun sin ese título.

—Jane Wunderly.

Le di un firme apretón de manos y sus suaves ojos azules se abrieron un tanto al notar mi fuerza. Mi sonrisa se agrandó en respuesta.

El hombre carraspeó un poco.

—¿Qué la ha traído al Mena House, señorita Wunderly?

El tratamiento correcto según las normas de etiqueta habría sido el de «señora», pero no me molesté en corregirlo. Antes habría tragado carbones al rojo vivo que comentar mi condición de viuda con mis amigos, así que menos aún pensaba hacerlo con un perfecto desconocido. También estaba cansada de recibir la compasión que despertaba la pérdida de un marido en la Gran Guerra.

Y, desde luego, las que más odiaba eran las preguntas de personas cuya falsa preocupación por mí solo escondía su deseo de hurgar en cualquier drama. El coronel no me dio esa sensación, pero mejor no tentar a la suerte, como solía decirse.

—Estoy viajando con mi tía. —Con la mano libre señalé a Millie, que no me hacía ningún caso pero parecía bastante contenta ahora que volvía a tener un vaso lleno en la mano. «Licor de calidad y un clima cálido», esas habían sido las dos únicas condiciones de mi tía cuando me propuso que la acompañara en un viaje. Y sufragado por ella, además. También a mí me atraía la idea de disfrutar de un poço de ginebra sin la amenaza de quedarme ciega, pero lo que me tenía entusiasmada era la perspectiva de hacer realidad el sueño de mi vida y ver las pirámides—. ¿Y a usted?

—Quería demostrarle a mi hija, Anna, que en el mundo hay más cosas aparte de las fiestas londinenses y los jóvenes con dinero.

Una sonrisa sardónica curvó las puntas de su mostacho de escobilla al señalar con la cabeza en dirección a la susodicha, que estaba de pie algo más allá, cuidando de su copa mientras observaba a la concurrencia.

Su melenita, de un rubio vulgar, relucía bajo la suave iluminación del bar, aunque con esa cualidad quebradiza que aparece tras demasiadas aplicaciones de agua oxigenada. Tenía una figura aniñada que resultaba perfecta para lucir la moda del momento. Aun desde lejos, pude ver que su vestido azul marino y plagado de pedrería, además de cortísimo, era nada menos que de alta costura.

Tenía que reconocer que, al contemplarla, sentí una pequeña punzada de celos. Mi silueta se adecuaba mucho más a una época que apreciaba las curvas mulliditas —Millie, en más de una ocasión, había comentado que tal vez debería plantearme llevar uno de esos corsés ligeros, para reconducir mis curvas hacia una línea más actual—. La última tendencia de vestidos de cintura baja le sentaba como un tiro a cualquier mujer que no tuviera las hechuras de una piruleta... o no estuviera dispuesta a constreñir su cuerpo hasta adoptar esa forma.

A mí, respirar me gustaba demasiado para intentarlo.

Me volví de nuevo hacia el coronel y correspondí a su sonrisa.

—Es encantadora.

Su rostro se iluminó de orgullo.

—Y los jóvenes ricos son la mejor de las alternativas, imagino —añadí.

El hombre soltó una risa socarrona. La charla intrascendente se encaminó entonces hacia nuestro interés compartido por los emplazamientos históricos cercanos y las excavaciones en curso.

—Me encantará ponerla al corriente de lo que sé de la zona. —Al coronel le brillaban los ojos—. Llevamos aquí varias semanas, y yo estuve destinado cerca durante la guerra. ¿Tienen pensado hacer alguna visita pronto? Sería un placer ofrecerles mis servicios a su tía y a usted.

—Había planeado darme un par de días para aclimatarme al calor y, después, salir de visita con un guía local. —Aunque estaba impaciente por ver las pirámides, sabía que las disfrutaría mucho más si antes tenía ocasión de acostumbrarme al clima—. Pero me encantaría aceptar su ofrecimiento. Es usted muy amable.

—Excelente. Planifiquémoslo, pues.

Desvió la mirada más allá de mi hombro, y vi que el párpado del ojo izquierdo le temblaba un poco.

Giré la cabeza y encontré al instante la fuente de su irritación. Anna había localizado a un grupo de tres jóvenes vestidos muy a la moda y con diversos grados de apostura. Sus risitas flotaban por el bar como si fueran frágiles burbujas que estallaron por encima de nosotros mientras los caballeros luchaban por acaparar su atención. Cuando el más alto de los tres se inclinó para encenderle un cigarrillo, vi que Anna le dedicaba una lenta caída de párpados.

—Si me disculpa, señorita Wunderly...

Sonreí al coronel con elegancia, pero él ya se alejaba en dirección a su hija.

Un rumor grave llegó a mi oído casi de inmediato:

—Hola de nuevo.

2

Estaba tan absorta contemplando la escena protagonizada por Anna que me sobresalté otra vez. Con una mano en el corazón, me volví y comprobé que Redvers, fiel a su palabra, había regresado.

—¿Está seguro de que no es mago? Ha sido un fantástico truco de reaparición.

—Solo es el don del sigilo.

—Pues he conocido a tigres menos sigilosos que usted.

—Vaya, ¿y conoce a muchos tigres?

—Solo lo normal.

Redvers se detuvo un momento para mirar al otro extremo del bar.

—¿Con quién estaba charlando?

—Con el coronel Stainton. Se ha acercado a presentarse.

Observé a Redvers un instante, pero su rostro permaneció impasible. Me resultaba muy llamativo que hubiera desaparecido justo al ver acercarse al coronel, y que luego hubiera reaparecido igual de rápido. Sin embargo, ¿qué motivo podía tener para rehuir a ese hombre? Le quité importancia con un gesto imaginario y me dispuse a explicarle lo que le había contado al coronel sobre nuestra reciente llegada y nuestros planes para el viaje, así que pronto volví a encontrarme hablando de mi interés por la arqueología y su relevancia moderna.

No pasó mucho rato antes de que nuestra educada conversación desembocara en un acalorado debate sobre el clima político actual, durante el que me dediqué a lanzarle dardos afilados al británico.

—Pero ¿no me reconocerá que la ocupación continuada de este país es algo atroz? Declararon su soberanía hace tres años, y el Gobierno británico sigue interfiriendo en todo.

Redvers se echó a reír.

—Eso me parece terriblemente hipócrita viniendo de una estadounidense. ¿Sabe cuántas colonias tienen ustedes? Además, sin nuestra interferencia, el sistema actual podría venirse abajo del todo.

Había presentado un argumento excelente. Mi postura se debía en gran medida a mi candor ante la complejidad de los matices de la política mundial, así que cambié de tema.

—¿Está usted aquí por eso? ¿Para introducir un sistema bancario mejor?

—¡Ay, mi madre! ¿Es usted banquero? ¿Significa eso que también fuera del banco maneja un montón de billetes?

Maldición. No había reparado en que alguien se había acercado por un flanco, y esta vez era la mismísima Anna Stainton.

La interrupción me molestó, pero conseguí controlar mis facciones y ofrecer una sonrisa educada mucho antes de que ella se molestara en dirigirme una mirada. Redvers, muy observador, se percató de mi gesto y pareció divertirle.

—Bueno, no es tan sencillo. —Se volvió del todo hacia Anna—. ¿La señorita Stainton, supongo?

—Ay, llámeme Anna, por favor.

Puso una mano en su brazo y a mí me costó lo mío evitar poner los ojos en blanco. En lugar de eso, me volví hacia la barra para pedir un vaso de agua. Era evidente que las dos generosas bebidas burbujeantes que acababa de ingerir hacían que mi autocontrol se fuera al traste. Ya era hora de recuperar el equilibrio. Mientras Anna seguía arrullando al señor Redvers con sus preguntas, pensé en dejarlos a solas. No tenía intención de luchar por la atención de un hombre. De ningún hombre. Pero, sobre todo, no quería pelearme con una mujer casi diez años más joven que yo, y que era evidente que estaba de caza.

Algo más allá, en la barra, me fijé en un caballero de tez color caramelo que vestía un impecable traje de lino blanco. Estaba vuelto hacia nosotros y por un instante me preocupó ser el objeto de su intensa mirada.

Después me di cuenta de que era en la espalda de Anna donde sus ojos estaban perforando dos agujeros.

Me giré para preguntar si alguno de mis compañeros lo conocía, y entonces noté un repentino aluvión de líquido frío que me caía por la pechera del vestido y oí el tintineo de varios cubitos de hielo estrellándose a mis pies. Suspiré y miré hacia mi pecho, que estaba empapado.

No había sido ningún accidente: había visto la mano de Anna inclinando su vaso mientras me miraba con el rabillo del ojo. Fue toda una hazaña, de hecho, puesto que yo le sacaba casi una cabeza de altura y, aun así, había conseguido acertar de pleno en mi delantera. Mi sorpresa inicial se convirtió en un ataque de ira momentáneo, pero lo extinguí *ipso facto*. Me negaba a dejarme perturbar por esa jovencita. En realidad, casi tenía que admirarla: había encontrado un método muy eficaz para librarse de las competidoras por la atención de Redvers. Al fin y al cabo, era el hombre más atractivo de la sala.

Y eso era una mera constatación. No un interés por mi parte.

Jamás lo reconocería, pero me sentó bastante bien que el líquido frío me calara la ropa; seguía haciendo una noche muy cálida. Aun así, fue un alivio pensar que me había cambiado de atuendo antes de cenar y me había puesto algo más oscuro. Las telas finas y los líquidos no son una receta para el recato, que digamos.

—Ay, lo siento muchísimo —dijo Anna sin rastro alguno de sinceridad.

—No pasa nada —repuse—. Subiré un momento a mi habitación para cambiarme.

—Espero no haber estropeado esa blusa tan... bonita.

Casi me eché a reír. Una gata con las zarpas clavadas en mi pierna no podría haber sido más maliciosa. En lugar de eso, sonreí de oreja a oreja.

—Si hace que se sienta mejor, enviaré la factura de la lavandería a su habitación.

Estaba a punto de excusarme cuando vi un destello de tela blanca que pasaba junto a nosotros, golpeaba el brazo de Anna desde atrás y provocaba que a esta se le cayera de la mano el bolsito de cuentas plateadas. El bolso se abrió al impactar en el suelo, y tanto ella como yo nos agachamos de inmediato para recoger su contenido. Arrinconado contra la barra, Redvers no podía inclinarse para ayudarnos, pero tuvo la gentileza de empujar algunos objetos hacia mí con sus zapatos Pala Vega bien lustrados. Reuní lo que tenía más cerca: un pintalabios, un espejo compacto milagrosamente intacto y varias monedas sueltas. Cuando le devolví sus pertenencias, Anna se apresuró a meterlo todo otra vez en el bolsito. Después lo cerró con un clic firme y decidido, apretó mucho los labios y me fulminó con la mirada.

Ya podríamos haber estado mirándonos toda la noche, que de esos labios color rubí no iba a salir ningún «gracias».

Decidí que era el momento idóneo para retirarme y les deseé buenas noches a ambos. Mientras avanzaba entre la multitud, busqué con la mirada el traje de lino blanco que había chocado con Anna, pero se había esfumado tan deprisa como había hecho aparición. Estaba convencida de que era el mismo hombre al que había visto clavando la mirada en ella, pero era incapaz de imaginar un motivo para que le hubiera tirado el bolso al suelo adrede. Porque estaba claro que no había sido sin querer.

Sentí cierto alivio egoísta al comprender que por una vez no había sido yo la que montaba un numerito en público. No habría sido la primera ocasión en que mi torpeza me ponía en ridículo.

Al pasar junto a la mesa de mi tía Millie, que estaba charlando con dos muchachas, me señalé la pechera empapada con la mano. Ella lanzó una breve mirada de exasperación hacia los cielos y siguió con su conversación. No tenía ni idea de cuántas copas debía de llevar ya encima, pero no me preocupaba; sabía que podía apañárselas muy bien ella sola.

La mayoría de los huéspedes se habían retirado ya a sus habitaciones o rondaban por el bar, de modo que los pasillos estaban vacíos cuando los recorrí a la luz de la luna. Los tacones de mis zapatos repicaban sonoramente contra el mármol y producían un leve eco en el silencio, cosa que me ponía un poco nerviosa. El hotel era un auténtico laberinto, y no tenía ni idea de dónde podía encontrarse el caballero del traje blanco. Había umbrales sin puertas que daban a pasillos oscuros y misteriosos, y acabé apretando un poco el paso para dejarlos atrás.

Por fin vi la intersección donde tenía que girar hacia mi habitación, pero, al pasar junto a otro umbral oscuro, una mano salió disparada y me agarró del brazo.

Grité y di un traspié hacia delante.

3

—Ay, querida señorita Wunderly, siento mucho haberla sobresaltado. —El coronel frunció las cejas—. La he visto pasar y he pensado que podríamos retomar nuestra conversación. Me gustaría disculparme en nombre de Anna. Ya me he enterado de lo que acaba de suceder en el bar.

Consiguió mantener la mirada fija en mis ojos y alejada del pantanoso lago de mi blusa. Un auténtico caballero.

Con la mano en el pecho, noté que se me había acelerado el corazón, pero sonreí y le aseguré que me encontraba bien.

—Estoy convencida de que no lo ha hecho a propósito. Tan solo ha sido un desafortunado accidente.

Una mentirijilla por mi parte, pero del todo inocua. No tenía sentido buscarme problemas con el padre de Anna. Bajé la mano y me sequé la palma mojada en la falda con disimulo.

El hombre sonrió, aunque con cierta tristeza.

—Seguro que sí. Parece una chica difícil, pero es que lo ha pasado mal desde... Bueno, se altera con facilidad.

No explicó más, y yo no lo presioné. Era sencillo deducir que su familia había sufrido alguna clase de pérdida, durante la guerra, lo más probable. La vida de todo el mundo se había visto afectada de una forma u otra.

—Estoy convencida de que solo ha sido un accidente. De verdad, coronel, nadie ha salido perjudicado. —Callé un instante—. Seguro que mañana coincidiremos en algún momento. Que pase muy buena noche.

Me sonrió, a todas luces tranquilizado, me dio unas torpes palmaditas en el brazo y se giró con intención de marcharse. Antes de seguir mi camino, lo contemplé un momento mientras avanzaba por el largo pasillo golpeando el suelo con su bastón. La blusa mojada empezaba a resultar bastante incómoda debido al aire nocturno, que refrescaba con rapidez. Recé por llegar a mi habitación sin cruzarme con nadie más; tener que mantener una conversación con la blusa empapada era... embarazoso, por no decir otra cosa.

Una vez en mi habitación, me quité la ropa sucia y fui al baño a aclararla. Lo que estuviera bebiendo Anna era tan fuerte que había dejado un olor persistente, y no me apetecía que mi ropa, ni mi habitación, apestaran a bar clandestino. Cuando estuve segura de que el aroma había desaparecido por el desagüe, extendí la blusa sobre el borde de la bañera y decidí que la mandaría lavar a conciencia. Por suerte, la bebida era de un color suave, así que no creía que fuese a dejar manchas.

En lugar de ponerme otro conjunto de noche, decidí dar por terminada la velada. Varios días de viaje, las emociones del bar y el misterio de un país tan exótico casi me impedían mantener los ojos abiertos. Caí en la cama y me quedé dormida al instante. No soñé nada.

A LA MAÑANA siguiente, desperté temprano y me vestí con lo que suponía que se convertiría en mi uniforme egipcio: una fina blusa de algodón sin mangas y una falda holgada. Después bajé a desayunar sola. Imaginaba que la tía Millie seguiría durmiendo tras los efectos de la noche anterior, así que no me molesté en pasar por su habitación.

Estaba convencida de que no la vería hasta una hora más cercana a la comida.

Mientras me dirigía a la sala del desayuno fui caminando despacio, deteniéndome para admirar la arquitectura a medida que pasaba por umbrales arábigos en los que el mármol oscuro y el claro se alternaban para formar bandas llamativas en los bordes. Deslicé los dedos sobre la piedra fría; la suave superficie resbalaba bajo mi piel. A la luz del día, los umbrales de la noche anterior estaban desprovistos de ese aire amenazador, y tuve que reírme un poco de mí misma; el hotel no era sino hermoso. Me fijé también en las macetas con palmeras que había repartidas por todo el edificio, y que aportaban calidez y vida al omnipresente mármol.

Nada más llegar al comedor, me recibió un hombre de piel oscura con una cabellera azabache en la que apenas empezaba a asomar alguna que otra cana alrededor de las sienes. Vestía la túnica larga habitual del personal del hotel, pero su conjunto estaba coronado por un gorrito redondo de fieltro, de un rojo intenso, con una borla dorada colgando a un lado. Tenía los ojos grandes y cálidos, con arruguitas en los bordes, realzados por unas pestañas por las que una mujer habría sido capaz de matar.

—Buenos días, señora —dijo en inglés, con un acento encantador—. Me llamo Zaki y soy el *maître* del Mena House. Sígame, por favor.

Mientras me acompañaba a mi mesa, no pude evitar quedarme boquiabierta al ver el comedor. Era digno de admiración: lo habían diseñado para crear la impresión de que se encontraba uno en el interior de una mezquita, y no se parecía a nada que hubiera visto antes en un hotel. Ni en ningún otro sitio, en realidad. Numerosas lámparas de metal perforado colgaban del alto techo abovedado y proyectaban sombras fascinantes sobre los manteles de hilo blanco y la reluciente cubertería de plata de las mesas. Las paredes, las ventanas y el techo estaban cubiertos por una sensacional marquetería calada y labrada con intrincados diseños. Al pasar, vi inscripciones en árabe entrelazadas con motivos variopintos.

—Zaki, ¿qué son estos paneles de madera tan bonitos? —pregunté señalando las paredes.

Él me retiró la silla y luego la empujó hacia delante con delicadeza antes de alcanzarme la carta de la mañana.

—Ah, tiene usted un gusto exquisito, señora. Se llaman *mashrabiyas* y las labraron a mano artesanos muy habilidosos. Eran muy populares hace siglos. Los paneles que ve aquí los rescataron de una ciudad cercana los nuevos propietarios del hotel. —Me miró con una gran sonrisa—. Si tiene más preguntas, estaré encantado de ayudarla. Enseguida enviaré a alguien para que le tome nota. Disfrute del desayuno, por favor.

—Gracias, Zaki.

Me decidí por algo sencillo, unos huevos con tostadas, y le devolví la carta al camarero que se acercó a atenderme, antes de seguir contemplando la sala. No había tantas personas como había esperado, y eso que era relativamente temprano. Sin embargo, estábamos a finales de septiembre, el final de la temporada baja. Las temperaturas moderadas del invierno y la primavera atraerían sin duda a más turistas, tanto de Estados Unidos como del viejo continente, que de momento tenían pocos motivos para escapar de sus propios climas razonables. Me pregunté si habíamos hecho bien viajando justo a principios de temporada, pero me consoló la esperanza de que las atracciones turísticas estuvieran menos abarrotadas de visitantes.

Después de un desayuno tranquilo, me acomodé a la sombra de una gran palmera que había en la amplia terraza de la parte de atrás del hotel. Ante mí se extendía una vista de postal de las pirámides flotando por encima de los árboles, así que me distraje con el panorama y sus posibilidades. Estaba impaciente por explorar las pirámides, y tal vez también algunos yacimientos arqueológicos de la zona; me propuse preguntarle más tarde al coronel si tenía alguna recomendación especial.

Acababa de abrir el libro que llevaba conmigo, cuando mi tía apareció de repente.

—¡Tía Millie! —Fui incapaz de ocultar mi sorpresa—. ¡No esperaba que te levantaras tan temprano!

—Querida niña, no puede una estarse todo el día tumbada. Es cierto que vamos a quedarnos aquí bastante tiempo, pero sería una lástima pasarlo en la cama. Estas señoritas van a acompañarme en un recorrido de golf.

La inesperada aparición de Millie me había descolocado tanto que no había reparado en dos cosas: que mi tía se había vestido con algo que quería asemejarse a un atuendo deportivo, y que la seguían las dos jóvenes a quienes había visto la velada anterior.

—Esta es la señorita Lillian Hughs. —Millie señaló a la chica alta y delgada con melena de color caoba, que sonrió para saludarme, aunque parecía distraída y no hacía más que dirigir la mirada a algo que quedaba más allá de los árboles—. Y esta, la señorita Marie Collins. —Marie levantó la mano un instante a modo de saludo, pero apenas apartó la vista de Lillian.

—¿Cómo estáis? Es un placer —dije—. No sabía que jugaras al golf, tía Millie.

—Sospecho que hay muchas cosas que no sabes de mí, Jane.

Mi tía me dirigió una sonrisa juguetona y engarzó el brazo de Lillian con el suyo. La joven le sonrió, y ambas se alejaron en dirección al campo de golf con Marie siguiéndolas algo rezagada. Yo aún estaba con la boca abierta por la sorpresa cuando las perdí de vista. Jamás había visto a Millie mostrarse tan cariñosa con nadie, y no me entraba en la cabeza qué podía tener en común mi tía con dos jóvenes británicas que acababan de entrar en la veintena.

Aparte del golf, por lo visto.

Cuando me puse de pie, me fijé en lo mucho que contrastaba la verde hierba del campo de golf con la arena dorada de los alrededores. No había reparado en que el hotel dispusiera de algo así. Ni siquiera se me había ocurrido que algo tan verde pudiera sobrevivir en mitad del desierto, aunque, lógicamente, sabía que no todo Egipto era arena. También estaba el Nilo, al fin y al cabo.

—¿No juega usted al golf, señora Wunderly?

Me sobresalté y enseguida comprendí que Redvers se había situado junto a mí, tan sigiloso como de costumbre. Debía trabajar a fondo en mis poderes de observación si quería sobrevivir a ese aluvión de sorpresas.

—Nunca me ha interesado la práctica deportiva.

—¿De ningún tipo?

Noté que un rubor ardiente me subía por el cuello. No hice caso y volví a sentarme, indicándole por señas que me acompañara.

—¿Le apetece un café, señor Redvers? El que preparan aquí es bastante bueno. ¿O prefiere una buena taza de té?

Levantó una ceja al ver que estaba tan familiarizada con las costumbres británicas.

—Mi madre era inglesa —expliqué.

—Ah —repuso—. ¿Y no ha adquirido usted el gusto por el té?

—Me temo que solo lo disfruto por las tardes. Por las mañanas necesito una bebida algo más consistente. Pero no ha contestado a mi pregunta: ¿puedo pedirle algo?

—No, me temo que no, señora Wunderly. Tengo negocios que hacer en la ciudad esta mañana, solo me he acercado un momento. Aunque me encantaría retomar nuestra conversación con una copa esta noche, si está usted disponible. Lamenté mucho que no regresara ayer.

Si bien no tenía por qué importarme lo que pensara de mí ese hombre apuesto y algo misterioso —¡y no lo hacía!—, me agradó que se hubiera percatado de mi ausencia. Desde luego, también estaba algo consternada por mi brusca conducta de la noche anterior.

—¿Le gusta que las mujeres discutan de política con usted? —pregunté, y me escondí tras la taza de café dando un sorbo para evitar mirarlo.

—Prefiero una discusión con una mujer inteligente a dos minutos en compañía de una que solo tiene sonrisas tontas.

—Pues le aseguro que yo nunca sonrío tontamente.

—No, no la imagino haciéndolo.

Sonreí, a mi pesar.

Redvers recuperó su sombrero de Panamá de color marfil de la mesa, donde lo había dejado, y se dispuso a marcharse.

—¿Hasta esta noche, entonces?

Caí en que no había contestado a su pregunta inicial y perdí una breve batalla conmigo misma sobre si rechazarlo o no. No quería que se llevara una idea equivocada de mí, pero también parecía que mi tía tenía sus propios planes, así que tal vez me encontraría más abandonada de lo que había esperado durante el viaje. No me haría daño contar con algún otro rostro conocido entre los clientes del hotel.

—Será un placer, señor Redvers. Hasta esta noche —dije.

Se levantó e hizo una ligera reverencia antes de desaparecer en la fresca sombra del edificio. Yo fingí regresar a mi lectura mientras lo observaba con discreción por encima del borde de las páginas.

En cuando lo perdí de vista, sin embargo, mi pensamiento regresó a Millie, una mujer de quien habría apostado que ya nada podría sorprenderme.

Y habría perdido la apuesta.

4

Pasé el resto de la mañana en la terraza, alternando entre el disfrute de las espectaculares vistas y la lectura de *El hombre del traje color castaño*, de Agatha Christie. Hice una pausa para recuperar el aliento después de una escena particularmente fascinante y me di cuenta de que empezaba a dolerme un poco la cabeza. Las aves ocultas, que un rato antes habían estado llamándose desde rincones umbríos, fueron callando a medida que el sol ascendía por el cielo y el día empezaba a resultar sofocante. De pronto me pareció espléndida la idea de encerrarme en mi habitación con las persianas bajadas.

Una hora después, salí para reunirme con mi tía y disfrutar de una comida tranquila en su balcón privado.

—¿Estás contenta con tus aposentos? —pregunté.

La *suite* de Millie, con su propia veranda, daba nada menos que a las pirámides. La mía estaba varias puertas más allá y en el lado opuesto del pasillo. Tenía una vista preciosa de los jardines, pero nada comparable a ese panorama espectacular.

Mi tía miró a su alrededor con desidia.

—Me bastan.

Resistí el impulso de poner los ojos en blanco. Me había sorprendido que mi tía propusiera el hotel Mena House para nuestra estancia; la conocía y habría pensado que preferiría algún establecimiento de más categoría en el centro de El Cairo, como el Shepheard's o el Continental. Aun así, yo estaba encantada con nuestro alojamiento. Diferentes azoteas a muy variadas alturas interrumpían la larga fachada blanca del edificio, y sus numerosos balcones le conferían un aire decididamente arábigo. Por no hablar de que quedaba justo a la sombra de las grandes pirámides.

También era el único hotel de Egipto con piscina, lo que sin duda aumentaba su atractivo. Si el tiempo seguía como hasta el momento, sospechaba que no tardaría mucho en trasladarme a vivir a esa zona del recinto.

Nos acomodamos en las sillas tapizadas del balcón y, puesto que Millie estaba hecha una clarividente, sacó a colación el único tema que yo había esperado eludir.

—Bueno, Jane, ¿qué tal tu pequeña charla con el señor Redvers?

—Estuvo bien.

Me lanzó una intensa mirada de reprobación.

—Detestaría verte desperdiciar esta oportunidad. Me temo que aquí no parece haber más buenos partidos, Jane.

—Qué bien, entonces, que no esté buscando uno.

Dirigí mi atención a la carta de la comida, aunque reparé en su mirada molesta por encima de la hoja.

—Ha pasado mucho tiempo desde que Grant falleció, Jane. Ya es hora de pasar página.

Sin despegar los ojos de la carta, recé por que cambiara de tema.

No lo hizo.

—Ojalá el querido sobrino de Nigel hubiera sobrevivido a la guerra. No estarías... —bajó la voz hasta hablar en un susurro, como si mencionara un pecado dentro de una iglesia— con treinta y tantos años y todavía sola. Además, seguro que Grant y tú ya habríais tenido hijos. —Suspiró con teatralidad—. Enviudar con solo veintidós años y sin descendencia... Se te está pasando el momento de tenerlos, Jane.

La tensión empezó a subirme por la espalda y me clavó las garras en los hombros. Hice un movimiento circular con cada uno de ellos hacia atrás antes de buscar otro tema de conversación.

—¿Has visto la carta? Hay muchísimo donde elegir. ¿Qué crees que pedirás?

Millie refunfuñó —a bastante volumen—, pero dio su brazo a torcer. Por desgracia, no tenía ninguna duda de que volvería a presentarme batalla. Conocía a mi tía: jamás enfundaría la espada con ese tema. Escogió su comida y yo llamé por teléfono a la cocina para transmitir nuestro pedido.

Mientras esperábamos, intenté sonsacarle algo sobre su partido de golf de esa mañana con las chicas, pero se mostró algo reservada sobre el tema y se negó a compartir nada que no fueran contestaciones monosilábicas. Al final me rendí y esperé que fuera lo que fuese lo que la importunaba, se resolviera por sí solo. Así que pasé el resto del tiempo empapándome de las vistas.

Después de comer, regresé a mi habitación y a mi novela, pero al cabo de un rato me impacienté y me aventuré a salir de nuevo. Un lento paseo por los silenciosos pasillos me llevó a cruzarme con el coronel. Iba ataviado con lo que mi madre solía llamar «bermudas», una camisa caqui y un salacot, y tenía todo el aspecto de quien se va de safari. También blandía su bastón.

—Buenas tardes, querida señorita Wunderly. —Inclinó el sombrero para saludarme—. ¿Ha pasado un buen día?

—Pues sí, aunque he tenido que escapar del calor durante un rato.

—Es lo mejor. Y lo único que puede hacerse, en realidad, hasta que se aclimata uno. Cuando el sol está en lo más alto, el calor es abrasador.

Le di la razón y avanzamos juntos hacia el vestíbulo.

—¿Adónde se dirigía, coronel?

—Iba a dar un paseo por los establos. Quería ver cómo son los caballos del hotel. Anna no ha hecho más que hablar con entusiasmo de la cuadra que tienen aquí.

Me pregunté si serían los caballos o los mozos de cuadra los que despertaban su interés, y de inmediato me reprendí por haber tenido un pensamiento tan poco caritativo. Era cierto que a la joven le gustaba coquetear, pero yo debía estar por encima de eso. Aunque Anna hubiera sido maleducada conmigo la noche anterior, en realidad no había motivo para que me desagradara.

—¿Le apetece que lo acompañe? —pregunté.

—¡Me encantaría!

El hombre me miró con una gran sonrisa y, a paso tranquilo, salimos en la que imaginé que sería la dirección correcta.

El recinto era muy extenso y todavía no había tenido ocasión de explorarlo bien, así que me alegré de encontrar una excusa para visitarlo con el coronel. Mientras nos alejábamos del edificio del hotel, charlamos sobre Egipto y los viajes en general, y el hombre fue saludando cortés con un gesto de la cabeza a los empleados de mantenimiento.

—¿Monta usted a caballo? —preguntó.

El bastón del coronel iba golpeteando a nuestro lado, hasta que nos adentramos en los senderos bien cuidados y el sonido quedó amortiguado por la hierba.

—Sé montar, pero me temo que en Boston no es algo muy necesario.

Mi madre había insistido en que aprendiera de niña, pero desde su muerte no había vuelto a subirme a un caballo.

Aunque en la ciudad había hípicas, no había conservado el interés.

El hombre rio.

—Supongo que no.

—Ni siquiera sabía que el hotel tuviera establos.

—¿Y sabe que también tiene...?

Un estruendo nos alcanzó desde atrás.

No llegué a saber qué más tenía el hotel, porque en ese momento Anna Stainton nos adelantó montada en un enorme castrado zaino y se detuvo. Mientras el animal resoplaba y piafaba, no pude por menos de admirar la habilidad de la muchacha para dominar un caballo tan imponente. Hacía que pareciera sencillo.

—Hola, padre —dijo arrastrando las palabras y con las riendas bien aferradas.

—Buenas tardes, hija mía. ¿Recuerdas a la señorita Wunderly?

—Por supuesto. —Sus labios se curvaron mientras me miraba de arriba abajo.

Mi atuendo informal descendía a la categoría de harapo al compararse con la corta casaca roja de equitación que Anna llevaba sobre una blusa de seda de color marfil. La casaca le llegaba justo hasta debajo de la cintura del ceñido pantalón marrón topo, y unas altas botas negras de piel suave, a juego con la fusta de cuero negro que llevaba en la mano, le abrazaban las pantorrillas. Golpeó varias veces la fusta contra una bota, cosa que me provocó un estremecimiento considerable; parecía que tuviera ganas de azotarme con ella.

Entonces se volvió para mirar a su padre con desagrado.

—Veo que tu gusto en cuestión de compañías no ha mejorado.

—¡Anna!

Una irregular mancha de rubor se extendió por el rostro del coronel mientras mis cejas se enarcaban al instante.

Sin mediar palabra, la muchacha dio un tirón a las riendas e hincó los talones en los flancos de su montura. El caballo giró sobre sí mismo y arrancó a galopar dejando una nube de polvo tras de sí. Yo había empezado a sudar un poco a causa del paseo, y la polvareda que Anna había levantado se quedó pegada en la piel que llevaba al descubierto. Me sentía como si me hubiera dado un baño de arena.

El coronel se volvió hacia mí entre toses, con la cara colorada y balbuciendo. Yo sacudí la cabeza y sonreí.

—No pasa nada —dije—. Es joven.

—Lo siento mucho, señorita Wunderly. —Se limpió un poco de arena del rostro—. Mi... Anna tuvo una infancia difícil. No siempre andábamos muy boyantes en mis comienzos, y los demás niños... Bueno, los niños pueden ser muy crueles. Después perdimos a su madre... —Su voz se quedó sin fuerza.

—Lo entiendo.

Era evidente que el coronel lo estaba pasando mal para buscar alguna excusa que ofrecerme y, aunque sin duda la conducta de Anna tendría sus motivos, en ese momento no me interesaba oírlos, por poco caritativo que fuera. De pronto se me habían quitado las ganas de pasear hasta los establos; lo único en lo que podía pensar era en regresar a mi habitación, darme un baño y rascarme la tierra de la piel.

También me horrorizaba la idea de pasar el resto del recorrido oyéndolo disculparse por la maleducada de su hija, para luego llegar a los establos y tener otro encuentro potencialmente desagradable con ella.

—Si no le importa, coronel, creo que voy a dar media vuelta. Me temo que el calor todavía es demasiado fuerte para mí y voy a necesitar un rato para refrescarme antes de cenar.

Sonreí y le sostuve la mirada haciendo todo lo posible por transmitir que no lo consideraba responsable de nada.

Durante un momento pareció que quisiera retenerme, pero al final cedió.

—Lo entiendo, querida. Espero que podamos retomar nuestra conversación más adelante. —Me sonrió también, aunque con cierta timidez.

—Desde luego —aseguré dándole unas rápidas palmaditas en el brazo.

Nos separamos y regresé por el mismo camino que nos había llevado hasta allí. La vuelta fue mucho más rápida; no en vano tenía el incentivo de un largo y agradable baño al llegar.

Sin embargo, no pude evitar preguntarme qué habría querido decir Anna. Era evidente que yo no le caía bien, pero ¿qué otra compañía había frecuentado el coronel que ella desaprobaba?

5

Apenas había regresado a mi habitación cuando Millie pasó a verme y me dijo que quedábamos para tomar algo antes de cenar. En lugar de discutir, suspiré y lamenté durante unos segundos no poder darme ese baño largo y suntuoso que tanto anhelaba.

Me quité la ropa polvorienta y la dejé en un rincón de la habitación con la esperanza de acorralar la tierra y la arena en un área pequeña. Crucé el dormitorio y me metí en el baño, donde, mientras mis pies descalzos avanzaban con suavidad por las frescas baldosas, me tomé un momento para admirar la estancia. Pese a que mi habitación no tenía unas vistas espectaculares, el baño casi lo compensaba. Los maravillosos azulejos azul cobalto que cubrían el suelo no se parecían a nada que hubiera visto en Estados Unidos, y el color me resultaba muy relajante.

Una suave brisa entraba por una ventana alta y traía consigo el leve aroma mentolado de los eucaliptos del jardín. Cuando abrí los grifos dorados de la gran bañera de garras para llenarla de agua tibia, contemplé la cesta llena de artículos de tocador con aromas divinos que tenía a mi disposición. Escogí un jabón con olor a jazmín y me prometí que daría uso a las exóticas sales de baño más adelante, cuando contara con tiempo para disfrutarlas de verdad.

Después de estar a remojo en la bañera un rato demasiado breve, me puse un sencillo vestido de seda de color ciruela con finas mangas casquillo y me cepillé el pelo hasta dejarlo brillante. No solía ir muy enjoyada, pero pensé que el pequeño broche de escarabajo que me había regalado mi tía sería el toque perfecto para el conjunto. Lo busqué con rapidez, pero no estaba con las demás joyas ni en ningún otro sitio que pudiera ver. Girándome despacio mientras registraba la habitación con la mirada, intenté recordar si me lo había puesto la noche anterior, pero un vistazo al reloj me dijo que tendría que continuar mi búsqueda más tarde. Millie no estaría contenta si la hacía esperar más.

Cuando me reuní con ella en el salón, la encontré instalada en una mesita de rincón y con varios vasos vacíos ante ella. O bien había llegado pronto, o mi búsqueda me había ocupado más tiempo del que creía. El bar era una zona del vestíbulo principal, pequeño pero acogedor. Los techos altos complementaban el papel de relieves dorados que adornaba las paredes, y un dosel de madera con exquisitas tallas colgaba por encima de la barra con forma de herradura. Sin la altura de los techos abovedados, el espacio habría podido resultar sumamente cerrado; en cambio, irradiaba una atmósfera de exotismo acogedor. Las altas ventanas con espaciadas colgaduras de cuentas hacían las veces de marcos para la visión de la pirámide más cercana. Todavía no podía evitar sonreír al ver ese paisaje.

—Parece que no hay forma de que me atienda un camarero, Jane. ¿Por qué no te acercas a la barra y me traes otro whisky soda? —pidió Millie antes de que me diera tiempo a retirar siquiera una silla para mí.

Enarqué una ceja al ver los vasos vacíos de la mesa, pero accedí sin rechistar. Me resultaba difícil creer que el servicio fuera lento, ya que hasta entonces el personal del hotel había sido muy eficiente. Por supuesto, la idea que Millie tenía de la lentitud —sobre todo en lo que concernía al alcohol— difería bastante de la del cliente medio.

Le llevé a mi tía su whisky, me senté y, mientras ella se lo pimplaba, dejé mi cóctel en la mesa y decidí sacar de nuevo a colación su amistad con las jóvenes británicas.

—¿De qué conoces a Lillian y a Marie, tía Millie?

Se tomó su tiempo para contestarme mientras paseaba la mirada por el salón, como si allí fuera a encontrar un tema de conversación más interesante con el que distraerme.

—Conocí al padre de Lillian en Inglaterra. Tú eras bastante joven, así que no lo recordarás, pero tu tío y yo viajamos allí por su trabajo y pasamos casi dos años en Londres. Le dije al padre de Lillian que no la perdería de vista mientras estuviéramos aquí juntas. —Dio un largo trago y evitó mirarme.

—No sabía que tuvieras planes de encontrarte aquí con nadie.

Millie arrugó la frente y su rostro se ensombreció.

—No tengo por qué contarte todos mis planes, Jane.

Se me tensó la columna al recibir esa reprimenda, así que no dije nada más. En el incómodo silencio que siguió, me dediqué a contemplar la sala. El hombre de tez color caramelo entró y fue directo a la barra. Mi tía, junto a mí, irguió su postura con los ojos fijos en él. Me sorprendió su reacción, sobre todo porque no creía que hubiera presenciado su roce con Anna la noche anterior.

—¿Lo conoces, tía Millie? —Mi tono fue desenfadado—. Lo he visto varias veces, aunque no nos han presentado.

No contestó, pero se removió varias veces en la silla antes de levantar el vaso y apartarse de la mesa.

—Vamos a cenar ya, Jane. —Y avanzó hacia el comedor sin ni siquiera comprobar si la seguía.

Me quedé un instante con la boca abierta antes de correr tras ella.

La alcancé cuando cruzaba la puerta del comedor a marchas forzadas. No solo había hecho caso omiso de mi pregunta antes de irse, sino que de pronto la envolvía un aire de incomodidad. Mientras esperábamos a que el *maître* regresara a su puesto y nos acompañara a nuestros asientos, apareció Redvers, vestido con pulcritud con un traje de *tweed* marrón, y rompió el silencio que aún reinaba entre ambas. Su interrupción hizo que soltara el aire de los pulmones con alivio.

—Buenas noches, señora Wunderly. —Inclinó la cabeza hacia mi tía—. Señora.

—Señor Redvers, me parece que ya conoce usted a mi tía, Millicent Stanley.

Mientras volvía a presentarlos, Millie lo miró de arriba abajo y se le iluminó el rostro. También resultó casi palpable su alivio al ver que nuestro pequeño dúo quedaba interrumpido.

—Señor Redvers, es un placer verlo otra vez. ¿Cenará con nosotras esta noche? —Mi tía le dedicó una amplia sonrisa mientras yo la miraba sin dar crédito.

En condiciones normales detestaba comer con desconocidos. Era evidente que había subestimado su deseo de evitar hablar conmigo durante la velada.

Y a eso había que sumarle su habitual empeño en encontrarme marido.

—Estaré encantado. —Redvers se unió a nosotras de camino a la mesa.

Durante la cena, la conversación giró en torno a él y a su infancia. No me sorprendió, puesto que era Millie quien la dirigía, y buscaba derroteros lo más alejados posible a mis preguntas de antes. Al menos eso fue lo que deduje. En cualquier caso, nos enteramos de todo lo referente a la juventud de Redvers: que tenía un hermano mayor al que rara vez veía, que había tenido un spaniel marrón y blanco llamado *Mister Jones* que murió trágicamente cuando él tenía nueve años, y que los chicos pasaban los veranos en la pequeña población costera de South Shields.

—Recuérdeme dónde está eso, señor Redvers —pidió Millie.

—Se encuentra cerca de Newcastle upon Tyne, señora. En el norte.

—Su acento no parece indicar que sea del norte de Inglaterra, no obstante.

Le lancé una mirada incisiva al tiempo que enarcaba una ceja. No tenía ni idea de que Millie estuviese tan familiarizada con los diversos acentos del pueblo británico.

Redvers también puso una expresión de sorpresa.

—Sí, me enviaron a un internado siendo aún muy joven, y después estudié en Eton.

Millie profirió un leve «hum» de aprobación y asintió como si le encontrara mucho sentido a la respuesta.

—¿Su familia es de esa zona? ¿De cerca de Newcastle?

Redvers, por primera vez, pareció incómodo.

—No... del todo.

Me sorprendió que mi tía dejara pasar esa evasiva, pero enseguida entendí por qué.

—¿Y está casado, señor Redvers? —preguntó Millie con los labios fruncidos y un rostro lleno de expectación ante su respuesta.

Por mucho que detestara reconocer mi interés en la pregunta, lo cierto era que sentía mucha curiosidad. No llevaba anillo, pero eso no siempre era indicativo de algo en el caso de los hombres, sobre todo cuando viajaban por el extranjero.

Redvers hizo una pausa y se aclaró la garganta.

Era evidente que sabía crear suspense.

—No lo estoy, señora Stanley. Dedicándome a lo que me dedico, nunca he encontrado el tiempo. Ni a la mujer adecuada, capaz de soportar mis horarios.

—¿Los horarios de un banquero? ¿Qué mujer no puede soportar los horarios de un banquero? —solté.

Él clavó los ojos en mí y yo cerré la boca, aunque me costó lo mío.

—Mi sobrina tiene razón, señor Redvers. ¿A qué se refiere usted? —Millie tampoco pensaba pasarlo por alto.

Se produjo una larga pausa mientras las dos lo mirábamos expectantes.

—Mi puesto en el banco conlleva la obligación de viajar, y a menudo me encuentro lejos de casa. Como pueden ver. —Redvers extendió las manos y sonrió.

Esa explicación pareció satisfacer a Millie, pero yo seguí mostrándome suspicaz.

El comedor se había llenado mientras cenábamos, y los demás comensales también estaban finalizando su cena. Rechacé la oferta de postre y, en su lugar, decidí pedir mi habitual copita de oporto para la sobremesa. Millie esperó que le sirvieran otro combinado y, en cuanto lo tuvo delante, apartó la silla de la mesa, dispuesta a levantarse.

—Creo que pasaré a ver qué traman mis protegidas. —Y dio un largo trago antes de marcharse a toda prisa, con cuidado de no derramar ni una gota.

Me pregunté si de verdad pretendía ir a ver a las muchachas, o si solo quería dejarnos a solas.

—Su tía aguanta muy bien el alcohol. —Redvers la observó mientras desaparecía entre el gentío sin dar muestra alguna de tambalearse.

Yo había perdido la cuenta de las copas que se había echado entre pecho y espalda a lo largo de la cena; en realidad, hacía mucho que había dejado de prestarle atención.

—Verá, siempre ha bebido tanto que me temo que ya apenas me fijo. —Fruncí el ceño un instante—. Aunque sí parece estar bebiendo un poco más en este viaje. Tal vez porque aquí el alcohol es mucho mejor que el que conseguimos en Estados Unidos ahora mismo.

Redvers asintió con la cabeza.

—¿Siempre han estado tan unidas? —preguntó.

—Sinceramente, no puedo decir que ahora estemos muy unidas.

Millie era la única hermana de mi padre, y yo había pasado bastante tiempo con ella de niña, y también de adulta, tanto antes como después de casarme. Sin embargo, a pesar de todos los años que había compartido con esa mujer, seguía sabiendo muy poco sobre su persona. Millie era muy celosa de su intimidad.

Me di cuenta de que Redvers había dirigido su atención hacia el aluvión de personas que salían a la terraza en lugar de dirigirse al salón.

—Parece que todos los comensales salen fuera. ¿Sabe usted si ocurre algo? —pregunté.

—Tengo entendido que esta noche hay alguna clase de espectáculo en vivo. ¿Le apetece que vayamos? —Se levantó y me ofreció un brazo.

Aguardé solo un momento antes de aceptarlo y recorrer el pasillo para salir a la terraza con los demás.

6

Tomamos posiciones en el extremo más alejado de la barra curva. Era un excelente punto estratégico desde el que contemplar al resto de asistentes a medida que salían a la terraza y empezaban a socializar. Una banda de música estaba preparándose cerca del escenario, y un grupo de trabajadores retiraba la mayoría de las mesas del espacio de la terraza. Sentí un momento de pánico al imaginar que Redvers pudiera pedirme que bailara con él. Me encantaba mirar, pero mis pies se mostraban increíblemente poco cooperativos en el intento. Empecé a elucubrar formas educadas de rechazarlo. Con firmeza. Pero entonces me fijé en que tenía un rostro apuesto, unos brazos fuertes y los hombros anchos, y la repentina perspectiva de que me sostuviera cerca de su cuerpo en la pista de baile me hizo sentir cierta... calidez. Noté un cosquilleo que me subía por la espalda y me llegaba al cuello.

Redvers me dirigió una mirada extraña.

—¿Se encuentra bien?

Carraspeé.

—No, estoy muy bien así. Gracias.

Justo entonces, Anna y el coronel cruzaron las cristaleras abiertas. Ella estaba espectacular y casi todas las cabezas se volvieron para mirarla. Tenían motivo para hacerlo. Su vestido rojo escarlata era de gasa fina, casi transparente, y unas exquisitas cuentas plateadas cubrían cualquier zona... impúdica... que de otro modo habría hecho que el atuendo resultara obsceno. Su padre parecía abochornado y no hacía más que mirarla para apartar enseguida los ojos con un temblor en el mostacho. Ya imaginaba la discusión que debían de haber tenido a causa del vestido. Debía admitir, para ser sincera, que la chica sabía lucirlo.

—Bueno, eso es sin duda... llamativo. —Redvers le dirigió una mirada somera y se volvió de nuevo hacia mí.

Sentí una pequeña oleada de triunfo, aunque no iba ni muchísimo menos tan arreglada ni tan bien vestida. Además, me recordé que no debería importarme... ¡Y no lo hacía!

El coronel nos localizó desde el otro lado de la terraza y me dirigió un amistoso ademán mientras deslizaba una mirada fría hacia Redvers antes de alejarse otra vez. Anna y él se desplazaron en la dirección contraria, más cerca de la banda. Ese cabeceo amistoso no había incluido a Redvers, ni Redvers había saludado al coronel, lo cual me extrañó. El coronel Stainton parecía amable y simpático con todo el mundo, incluso con el personal. Y Redvers... Todavía no sabía nada de él. Sin embargo, su interacción, o la falta de esta, me dejó intrigada.

Continué observando a Anna, que se separó de su padre y se encaminó hacia una mesa de jóvenes algo alborotadores. El coronel estaba que echaba chispas, pero, en lugar de ir tras ella, paseó la mirada hasta clavarla en el hombre de tez color caramelo, que estaba sentado solo a una mesa cercana. Intercambiaron un breve saludo, pero el coronel no se sentó con él. En cambio, se acercó a la barra usando su bastón para abrirse camino entre los cuerpos que se apretaban allí.

—¿Conoce a ese caballero? —Señalé al hombre que había chocado con Anna la noche anterior.

En esa ocasión estaba haciendo girar una copa en la mano con delicadeza. La luz se reflejaba en un gran gemelo de oro, que tenía algún tipo de piedras preciosas a lo largo del borde.

Redvers dirigió la mirada en esa dirección.

—¿El caballero que está sentado solo? —Al verme asentir, continuó—: Es el señor Amón Samara.

No parecía que a eso fuese a seguirle más información, así que levanté las cejas en un gesto interrogante.

—Solo conozco su reputación. —De nuevo, no se mostró dispuesto a añadir nada más.

—¿Y qué clase de reputación es esa?

—Ya sabe. —Redvers agitó la mano con vaguedad—. De la que no suele comentarse con jóvenes damas.

Puse los ojos en blanco, con lo que me gané una sonrisa divertida.

Decidí interrumpir temporalmente el interrogatorio y observé a Anna, que causaba sensación entre el grupo de jóvenes, cada vez más bulliciosos. Vi que el señor Samara también los estaba contemplando, con expresión de desconcierto en el semblante, mientras daba un sorbo a la copa. Me alegraba poder ponerle nombre al fin. Resultaba interesante que el señor Samara y el coronel parecieran conocerse, y me pregunté si eso significaba que también conocía a Anna. Era difícil imaginar por qué había chocado adrede con ella la noche anterior, sobre todo si la conocía, pero me guardé mis disquisiciones para mí.

La banda no tardó en empezar a tocar y la alocada juventud invadió la pista de baile y comenzó a moverse con desenfreno. Yo no tenía edad para formar parte de la generación *flapper,* pero sí me gustaba el jazz, así que me tomé un momento para dejar que la música me calara hasta los huesos. Ya en la primera parte, tras varias canciones, la banda empezó a tocar «I Wish I Could Shimmy Like My Sister Kate», una de mis favoritas, y no pude evitar que mis pies empezaran a moverse... sin ningún sentido del ritmo, por supuesto.

—¿Le gustaría bailar? —El tono de Redvers fue cortés como siempre, aunque no parecía tener especial interés en salir a la pista de baile.

Lo cual a mí me venía a la perfección.

—Estoy bien así. Pero gracias por preguntar.

Su reacción fue más que de ligero alivio, y me descubrí deseando que ese alivio únicamente estuviera motivado porque no le apetecía bailar, y no porque no le apeteciera bailar conmigo. Era una cuestión que dudaba poder responder algún día.

Al cabo de poco, había demasiado ruido para mantener una conversación, así que nos desplazamos al extremo más alejado de la terraza. Justo en el borde del pavimento encontramos una mesa pequeña desde donde podíamos oír la música bastante bien, pero estábamos a suficiente distancia como para oírnos hablar.

—¿De dónde han salido todos estos jóvenes? —pregunté—. No había visto a casi ninguno en el hotel.

—El Mena House se anuncia en los demás establecimientos de lujo del centro y pone un transporte especial las noches que hay espectáculo en vivo —explicó Redvers.

Imaginé que eso ayudaba al hotel a conseguir beneficios adicionales cuando las habitaciones no estaban al completo. Los asistentes, sin duda, tenían muy ocupados a los camareros dentro y fuera de la barra pidiendo bebidas.

No pasó mucho rato antes de que viera pasar a Anna dando tumbos con un joven desgarbado que vestía un elegante traje de raya diplomática y dejando tras de sí un rastro de murmullos tenues y risitas disimuladas. No pude distinguir con claridad la cara del joven, pero estaba bastante segura de que no lo había visto antes.

Redvers también se fijó en la pareja; el vestido escarlata no pasaba fácilmente inadvertido. Nuestras miradas siguieron el rumbo de los dos jóvenes por el césped, hasta que la oscuridad se los tragó. Redvers levantó una ceja y yo me encogí de hombros con recato. No estaba en situación de juzgar.

Nuestras copas fueron acabándose y Redvers se ofreció a acercarse a la barra para pedir que nos las rellenaran, ya que el personal del hotel estaba desbordado. Aproveché para pedir un vaso de agua.

Estuve observando un rato a la multitud y vi la conocida silueta del coronel avanzando entre el gentío de la pista de baile. Lo saludé con la mano cuando miró hacia mí, y entonces se abrió camino hacia la mesa utilizando la empuñadura de su bastón para apartar extremidades danzantes.

—Señorita Wunderly, veo que se ha situado lejos de la multitud. —Parecía estar sin aliento mientras me dedicaba una breve sonrisa distraída y seguía mirando alrededor.

—Ya lo creo. —Me giré en la silla para mirarlo de frente—. ¿Está buscando a alguien?

—A mi hija. No la habrá visto por casualidad, ¿verdad?

Su mirada azul pálido se posó por fin en mí.

—Lo cierto es que sí. —Hice una pausa, sopesando hasta dónde explicarle.

Me parecía de mala educación alcahuetear sobre la escapada de Anna con ese joven. Al fin y al cabo, ya era mayor de edad.

—Creo que, con ese atuendo, esta noche la habrá visto todo el hotel —masculló, y dirigió una mirada perdida a la oscuridad.

Mientras yo intentaba encontrar una respuesta discreta, soltó un suspiro.

—No siempre me ha dado tantos problemas, señorita Wunderly. Nosotros... Bueno, tal vez le haya mencionado que perdimos a su madre de forma inesperada cuando Anna era pequeña. Desde entonces, las cosas han sido difíciles.

Asentí con la cabeza, mostrando comprensión.

—Espero que no me considere impertinente, querida. Es que resulta muy fácil hablar con usted.

Sonreí, y el coronel prosiguió:

—De hecho, casi desearía que fuera usted hija mía.

—Es muy amable por su parte, coronel. —Busqué otro tema de conversación antes de que pudiera seguir por ese camino. Si bien me parecía un hombre agradable y disfrutaba de su compañía, también quería mucho a mi propio padre—. ¿Sigue usted en servicio activo, coronel? Me preguntaba si solo estaba de permiso o si... —continué, con la esperanza de que hablar de su carrera lo distrajera un poco.

Y mordió el anzuelo.

—No, señorita Wunderly, pude retirarme después de la última campaña. —Soltó una risilla—. Ahora, mi tiempo es solo mío.

—Qué maravilla que pueda viajar a donde le plazca, en lugar de a donde lo envíen.

—Cierto, cierto. Aunque... —dijo con una voz que adquirió un tono conspirativo— he estado pensando que, cuando regrese a casa, tal vez pruebe suerte en los escenarios.

Mi expresión debió de delatar mi asombro, porque se irguió del todo y asumió una pose solemne, con la mano en el pecho. No pude por menos de pensar que recordaba un poco a un Napoleón demasiado alto.

—Nací para el teatro, querida niña —afirmó, proyectando una voz afectada.

Me obligué a sonreír, pese a mi estupefacción. Era, sin duda, lo último que habría esperado del coronel Stainton.

—Vaya, eso es maravilloso, coronel. Creo que debería probar suerte, sin lugar a dudas. Estoy convencida de que... causará sensación.

—Gracias, querida. —Sus ojos regresaron a la multitud y su amplia sonrisa se moderó un tanto—. Veo que su acompañante regresa ya. Los dejo a solas.

Me dio unas palmaditas en el hombro y se alejó trotando hacia la oscuridad.

Reparé entonces en que no había contestado su pregunta sobre Anna, y sentí alivio al ver que, más o menos, la decisión se había tomado sola.

Redvers me acercó mi vaso de agua.

—¿Era el coronel?

—En efecto —respondí.

—Hmmm... —Volvió a ocupar su asiento—. Bueno, ¿de qué hablábamos?

—Creo que sobre si conocía usted al coronel Stainton. ¿Tal vez de su trabajo en el banco?

A Redvers le temblaron los labios.

—Estoy seguro de que no hablábamos de eso.

—Pero de todos modos es un tema interesante.

Esperé una contestación por su parte, consciente de que era poco probable que me diera una.

Redvers apoyó un codo en la mesa.

—Hace usted una barbaridad de preguntas.

—Es una costumbre que tengo.

—Bueno, pues me parece que ahora me toca preguntar a mí.

Y lo hizo, acribillándome a interrogantes sobre mis intereses y mi vida en Estados Unidos hasta que el coronel y su hija quedaron del todo olvidados.

Al cabo de un rato, ya no era capaz de seguir conteniendo los bostezos y empecé a tiritar. No había imaginado que las noches serían tan frescas después de la puesta de sol, y constaté que necesitaría un chal para las veladas en la terraza. Redvers me escoltó hasta mi habitación, donde nos deseamos buenas noches educadamente. Fue una despedida tan correcta y reservada que bien podríamos haber sido dos tipos sellando un trato de negocios con un apretón de manos. Al cerrar la puerta, sentí una gran decepción.

Sin embargo, mientras me preparaba para acostarme, esa decepción se convirtió con rapidez en ira hacia mí misma por haberme sentido así. Sentir algo por un hombre era justo lo que intentaba evitar, y no cabía duda de que la decepción era un sentimiento. Uno que no podía permitirme.

Me metí en la cama, aunque el sueño tardaría largo rato en llegar.

7

EL DÍA SIGUIENTE amaneció radiante y tuve que guiñar los ojos ante la luz que se colaba entre las lamas de las persianas de madera. No me habría costado seguir durmiendo varias horas más, pero no quería desperdiciar toda la mañana. Me obligué a levantarme de la cama y lavarme la cara, pues consideré que un poco de agua fría seguida de una gran dosis de café lograrían despejarme. Antes de salir, busqué mi libro por si decidía ir a la terraza después de desayunar.

Mientras recorría los pasillos, oí unos pasos que se acercaban deprisa desde atrás y, al volverme, vi al coronel y a un miembro del personal que iban a la carrera. Al reconocerme, el coronel se detuvo, algo ruborizado y sin dejar de toquetear su bastón.

—Señorita Wunderly. Excelente. ¿Sería tan amable de acompañarnos? He estado intentando levantar a mi hija de la cama sin mucho éxito. Y, la verdad, tal vez sería mejor que... Bueno, que fuese una mujer quien entrara primero en su habitación.

—¿La ha buscado en la terraza? ¿O en los establos? —Aunque lo dudaba, era posible que Anna se hubiera levantado ya y hubiera querido hacer una salida matutina a caballo.

El coronel toqueteó un poco más la empuñadura de su bastón.

—Hemos buscado en todas partes. La verdad es que he obligado al personal a peinar las instalaciones. Salvo su habitación. Como le he dicho, creo que sería mejor que entrara primero una mujer. —Bajó la voz—. Alguien a quien conozcamos.

Le lanzó una mirada al empleado y entendí lo que quería decir. No deseaba entrar en la habitación y ver a su propia hija en un estado indecoroso de desnudez, o en una postura comprometedora con un invitado que hubiera pasado la noche con ella. Pero tampoco quería ofrecerle esa posibilidad a alguien del personal, y arriesgarse así a que luego chismorrearan sobre lo que fuera que hubieran encontrado.

—Estaré encantada de ayudar. ¿Ya ha llamado a la puerta?

Apreté el paso para seguir su ritmo apresurado. El hombre me lo confirmó con un gruñido y yo intenté tranquilizarlo.

—Bueno, seguro que anoche se acostó tarde. La banda seguía tocando cuando me retiré. Tal vez solo le esté costando levantarse.

Sinceramente, fuera cual fuese el motivo por el que aún estaba acostada, esperaba encontrarla sola en la cama. Recordé al coronel buscando a su hija la velada anterior y me pregunté si existiría alguna relación entre ambas cosas.

—¿Al final consiguió dar con ella anoche?

El hombre tropezó un poco al no apoyar el bastón, pero luego siguió andando.

—Ah, sí. Quedamos en vernos en el desayuno. Siempre se recupera deprisa cuando trasnocha, pero esta mañana no se ha reunido conmigo.

Recordé los días en que yo misma era así, aunque hacía ya unos años que los había dejado atrás. De todos modos, me costaba creer que Anna fuera madrugadora; no recordaba haberla visto desayunar con su padre tampoco la mañana anterior.

Llegamos a su puerta y el joven empleado sacó una llave maestra de algún pliegue de la túnica. Por pura curiosidad, me propuse descubrir si esas prendas tenían bolsillos.

El coronel levantó una mano.

—Déjenme intentarlo una última vez.

Golpeó la puerta con fuerza, para que no quedara duda de que, si Anna estaba dentro, habría tenido que oírlo.

Yo estaba segura de que ninguno de los vecinos de habitación seguía durmiendo tampoco, y no me sorprendió que la puerta de nuestra derecha se abriera un resquicio. Por él asomó el rostro somnoliento de un hombre, pero una mirada asesina del coronel lo obligó a cerrar enseguida otra vez.

Sin embargo, tras la puerta de Anna no se oía susurrar ni rechistar a nadie. El coronel agitó la mano en dirección a la cerradura, y el joven se acercó con la llave. Forcejeó con ella unos instantes antes de conseguir abrir, tras lo que empujó un poco la puerta y luego dio un gran paso atrás. Me sentí tentada de hacer lo mismo.

En lugar de eso, le entregué mi libro al coronel para que lo guardara a salvo mientras yo entraba con sigilo y dejaba a los hombres fuera, cuya inquietud no podía ser mayor.

La habitación estaba sumida en un silencio absoluto. Me detuve un momento tras la puerta para tomar aliento y aguzar el oído mientras cerraba los ojos con fuerza, como si eso fuese a ayudarme a oír mejor.

Nada. Ningún sonido más que los del exterior.

La habitación estaba a oscuras; la única luz era la que entraba por la puerta entreabierta. Los débiles rayos iluminaban el deslumbrante caos de vestidos y complementos desparramados en el suelo. Tuve que apartar con el pie una buena cantidad de atuendos desechados mientras cruzaba la zona de estar. De hecho, prácticamente vadeé entre lentejuelas, cuyos pequeños destellos estallaban alrededor de mis tobillos cuando su movimiento atrapaba la luz. Era una cantidad asombrosa de ropa y, a juzgar por lo que la había visto lucir ya, no era capaz de imaginar el dineral que habría costado. Un aroma desagradable llegó a mi nariz, y pensé en sugerirle al coronel que pidiera que ventilaran la habitación.

La oscuridad era aún mayor al llegar al dormitorio. Unos finísimos rayos de luz se colaban por los bordes de las persianas cerradas y apenas se distinguía lo justo para intuir unos bultos en la penumbra de la cama. Supuse que uno de los montículos inmóviles sería Anna, y esperé con fervor que ninguno de los otros resultara ser un joven parcial o totalmente desnudo. Todavía no me había tomado el café de la mañana y necesitaría varias tazas para digerir algo así.

Arrugué la nariz. Allí el olor era más desagradable; un intenso hedor metálico con un matiz de algo que no me resultaba familiar.

—Señorita Stainton... —dije.

No hubo respuesta, tampoco se movió nada. Con cierta vacilación, extendí las manos y avancé arrastrando los pies por la oscuridad en dirección a las ventanas con la esperanza de que mis espinillas quedaran ilesas en el trayecto. Abrí las persianas para dejar que la luz de la mañana entrara a raudales. Me volví y comprobé que, al final, Anna estaba sola.

También estaba muy muerta.

8

—¡Cielo santo! —se me escapó a media voz.

El cuerpo de Anna estaba desparramado sobre la preciosa cama con dosel, con una pálida pierna colgando lánguidamente a los pies de esta. Un charco espeso de un rojo muy negruzco se extendía por el pecho y adoptaba una tonalidad más brillante al caer sobre las sábanas blancas de debajo. Todavía llevaba puesto el vestido escarlata de la noche anterior, pero el brillo de las cuentas plateadas había quedado apagado y mate por culpa de la sangre. No hacía falta ser médico titulado para saber que ya no había forma alguna de ayudarla.

Noté que la saliva afluía a mi boca y enseguida me entraron las arcadas. Me aferré el estómago con una mano y cerré los párpados con fuerza, tragando deprisa repetidas veces para obligar a mi cuerpo a no vomitar. Mis ejercicios de respiraciones profundas no servirían de nada en este caso, puesto que, con cada inspiración, introduciría más aún en mis senos nasales el olor a sangre recién derramada. Me cubrí la nariz con la parte interior del codo izquierdo para inhalar el tenue aroma del jabón de jazmín, y así me quedé. Unos instantes después, la sensación de náusea había pasado.

Cuando tuve la certeza de que no iba a vomitar, miré de nuevo hacia el cuerpo sin vida y, medio distraída, me pregunté por las plumas que había esparcidas en toda la habitación mientras con una mano quitaba una que se me había pegado en la falda. El otro brazo lo mantuve donde estaba, sobre la nariz.

Volví a cerrar los ojos. Tendría que darle al coronel la horrible noticia. La ira y el resentimiento que sentía por verme metida en esa situación competían con la lástima que me inspiraba el hombre y la tristeza por Anna. No había sido la persona más simpática del mundo, pero ni mucho menos merecía morir así.

Por un instante me planteé usar el balcón de la habitación como vía de escape, pero deseché el plan. Esa clase de cobardía nunca había ido conmigo, así que reforcé mi determinación y me tomé un momento para escoger las palabras adecuadas con las que comunicarle a un padre que habían asesinado a su hija. Después, irguiendo la espalda, regresé despacio sobre mis pasos y no bajé el brazo hasta que me hube internado de nuevo en la sala de estar, como si la seguridad de mi propio codo pudiera protegerme de lo que acababa de ver.

Al apartar el brazo, mi mirada se topó con la llave de la habitación de Anna, que estaba en el escritorio, cerca de su bolso. Pensé que el coronel podría necesitarla para recuperar los objetos personales de su hija más adelante, así que la cogí con la idea de dársela. Después caería en la cuenta de que ese plan no tenía mucho sentido, y que la policía habría preferido que no me llevara nada del escenario del crimen, pero mi cerebro pensaba en mil direcciones a la vez. Tampoco el cadáver de la cama parecía tener ningún sentido.

En la puerta, antes de salir otra vez a la luz del sol y parpadear debido a la claridad, dudé de nuevo. El coronel me miraba lleno de expectación, y algo debió de intuir en mi rostro, porque de repente el pánico se le reflejó en los ojos.

Me detuve, y entonces la voz cascada del hombre llenó el silencio.

—¿Qué pasa? ¿Qué ha ocurrido? —quiso saber.

—Me temo que ha habido un accidente. —Me coloqué delante de ellos dos para bloquear la puerta con mi cuerpo, muy consciente de que aquello no tenía nada de accidente —. Le han disparado.

—¿Podemos...? —El coronel avanzó hacia mí.

—Ya no se puede hacer nada por ella —dije, y alargué una mano para posarla en su brazo y detenerlo.

Él asintió y aceptó mi veredicto. Al verlo cuadrarse, me maravilló ese famoso empeño británico por «mantener la compostura». Parpadeó para retener las lágrimas y volvió a asentir.

—Me gustaría verla, de todos modos.

Aguardé un instante, pero al final me hice a un lado y dejé que pasara junto a mí con serenidad para entrar en la habitación. Miré al empleado del hotel, que había presenciado nuestra conversación con los ojos muy abiertos, y le susurré que fuese a buscar al médico del hotel, además de a la policía. El hombre asintió y se marchó por el pasillo casi corriendo.

Al quedarme sola, me di cuenta de que aferraba la llave de Anna con tal fuerza que me había dejado profundas marcas en la palma de la mano, así que me la guardé en el bolsillo sin pensar mucho lo que hacía y me froté la zona para recuperar la sensibilidad. Mi libro había quedado tirado en el suelo, y lo recogí mientras esperaba a que llegaran los refuerzos. No quería estar allí, pero tampoco me parecía apropiado marcharme. No podía quedarme quieta. Unos minutos después, el coronel se reunió conmigo.

—Espero que encuentren a quien lo ha hecho —susurró con la voz ronca.

Le di unas palmadas en el hombro y vi que el médico del hotel llegaba a toda prisa por el pasillo. Ambos sabíamos que su esfuerzo era en vano, pero el coronel pareció agradecer la intención. Cuando el médico entró en la habitación, el pobre sacó un pañuelo del bolsillo y se enjugó los ojos con disimulo.

No pasó mucho tiempo antes de que la policía hiciera aparición, y en grandes cantidades. Nos separaron al coronel y a mí, cosa que en realidad me supuso un alivio; ya no sabía qué decirle al hombre. Tal como había aprendido durante la guerra, las palabras ofrecían poco consuelo, así que habíamos esperado a la policía sumidos en un silencio incómodo.

A continuación me tuvieron ocupada relatando una y otra vez mi historia y contestando siempre las mismas tres o cuatro preguntas, repetidas incesantemente por lo que parecía un tiovivo de agentes. Me molestó que no fueran capaces de elegir a uno solo para que me tomara declaración una única vez; parecía más un problema de organización que una técnica de interrogatorio.

Las mismas preguntas, la misma historia, una y otra vez.

Mientras esperaba otra tanda del repetitivo interrogatorio, intenté escuchar sin ningún pudor lo que decían los agentes y oí al médico de la casa —con un marcado acento australiano— comunicarle al oficial al mando, un tal inspector Hamadi, su veredicto definitivo sobre la causa de la muerte de Anna.

Herida de bala.

Me sorprendió muy poco, después de haber visto el estropicio. También me enteré de que el cuerpo sería trasladado a la morgue local de El Cairo para realizar una autopsia oficial en cuanto la policía terminara de examinar el escenario del crimen.

Por fin, débil a causa del hambre, le supliqué al agente que tenía más cerca que me dejaran marchar. Tras un breve debate entre varios de los hombres que pululaban por allí, me dijeron que podía irme, pero no muy lejos. El inspector en persona querría entrevistarse conmigo pronto. Casi negué con la cabeza al imaginarme contestando más preguntas, pero me limité a decirles que el inspector me encontraría desayunando abajo.

Fui directa al comedor, aunque, tal como temía, ya era demasiado tarde para llegar al desayuno. Maldiciendo mi suerte y el día entero, cambié de rumbo y me dirigí a la terraza con la esperanza de que alguien pudiera rescatar algunos bollos sobrantes o un poco de pan duro que ofrecerme. No me sentía muy orgullosa de recurrir a la súplica, pero empezaba a notar un dolor de cabeza palpitante a causa de la falta de cafeína y el exceso de adrenalina.

Resultó que las súplicas no fueron necesarias. Los rumores sobre el asesinato ya corrían por todo el hotel y, en cuanto los camareros comprendieron que la policía me había retenido —porque había encontrado el cadáver—, no me faltaron ni atenciones ni alimento. Se aseguraron de que mi taza de café estuviera siempre llena, igual que la cesta de bollos, como si sirviéndome entraran a formar parte del drama que se estaba desarrollando. Se trataba de una situación con la que estaba muy familiarizada y, si bien normalmente me habría molestado, me sentí agradecida de poder llenar el estómago y beberme los litros de café que me prodigaban.

La tía Millie y Redvers convergieron en mi mesa casi al mismo tiempo, justo cuando me terminaba el último bollo y me limpiaba los dedos llenos de mantequilla con la servilleta de hilo blanco. Mi tía no tardó un segundo en exigir saber qué me había dicho la policía, mientras que Redvers se sentó en una silla sin decir nada. Millie revoloteaba también en torno a una, pero sin llegar a sentarse, y al final decidió quedarse de pie y aferrarse con las manos al respaldo de mimbre trenzado.

—Bueno, lo cierto es que no me han dicho nada —expliqué—. Supongo que más bien he sido yo la que ha hablado.

—¿Cómo es que has encontrado el cadáver? —Una de las manos de Millie soltó la silla y se agitó cerca de su escote. Se había corrido la voz acerca de mi descubrimiento, pero no de qué lo había motivado, al parecer—. Pensaba que no soportabas a esa chica.

Me estremecí.

—Por favor, no compartas esa opinión con la policía.

Esperaba no necesitar a Millie como testigo de mi buena reputación.

Les expliqué que el coronel Stainton me había abordado en el pasillo y me había pedido que entrara en la habitación de Anna por si había algo indecoroso... que sería mejor que no viera el personal del hotel. La boca de Millie se torció en una curva de reprobación, aunque no supe muy bien cuál era la causa: si el hecho de que me hubiera visto envuelta en ese sórdido asunto o la probabilidad de que Anna estuviese metida en algo inapropiado.

—Bueno, gracias a Dios. —Mi tía irguió la espalda un poco más—. Entonces, no pensarán que has tenido nada que ver en ello. —Hizo una pausa y me observó entornando los ojos—. Porque no has tenido nada que ver, ¿verdad?

—¡Tía Millie!

Me sorprendió que me considerara capaz de asesinar a sangre fría. Las cejas de Redvers habían salido disparadas hacia arriba, pero parecía divertido.

—Bueno, querida, nunca se sabe. —Mi tía miró a Redvers y se volvió de nuevo hacia mí—. Tú responde a sus preguntas para que sigan su camino. No queremos a la policía rondando por aquí. En fin, si me disculpáis, he quedado con las chicas para jugar un poco al golf.

—Eso es mucho golf, tía Millie. ¿Dos veces en dos días?

Intenté que mi tono no transmitiera ofensa ni acusación de ningún tipo, pero, de todos modos, me lanzó una mirada fulminante.

—Si tanto te interesa, Lillian está practicando para hacerse semiprofesional.

—No sabía que a las mujeres les estuviera permitido.

—Los deportes nunca habían despertado mi interés.

—Estados Unidos organiza un campeonato *amateur* femenino todos los años, Jane. Goza de bastante prestigio. Pensaba que los logros de tu género te interesarían un poco más.

Tras decir eso, se escabulló en dirección al campo de golf.

La seguí con una mirada pensativa. Me dolía que me abandonara para jugar al golf sin preocuparse siquiera de si yo estaba bien, pero su reacción también me dejó intrigada. Redvers aguardó un momento antes de interrumpirme con educación.

—¿En qué está pensando?

—¿No le resulta extraño que a Millie no le interese saber cómo ha muerto Anna? ¿Ni qué le he dicho a la policía? —contesté—. Solo parece preocuparle que los agentes estén mucho rato rondando por aquí.

Hacía que me preguntara si tenía algún motivo para evitarlos, pero no insistí, porque me pareció bastante descabellado y suspicaz por mi parte. Millie era muy reservada, pero no se me ocurría ningún motivo por el que hubiera de temer a la policía.

—Sí que resulta extraño, pero quizá simplemente no quería oír detalles sórdidos.

—Supongo que no.

Aunque dudaba de que hasta la historia más truculenta hubiera tenido efecto alguno en mi tía. Le di otro sorbo al café, que ya estaba tibio. La taza tintineó al regresar al plato, y entonces vi que Redvers había desviado la atención hacia otro lugar.

Un hombre bajito y de expresión adusta, con unas cejas gruesas como orugas y la tez oscura, se abría paso en dirección a nosotros. Era pequeño y nervudo, y el uniforme oscuro le caía algo holgado sobre el cuerpo. Advertí el bulto de una pitillera en el bolsillo, justo por debajo del cinturón blanco con hebilla de oro bruñido. En la pechera colgaban resmas de cintas como las que esperaría uno encontrar en un uniforme militar, junto a unos botones de latón que bajaban en formación por la guerrera almidonada. También llevaba un fez oscuro muy bien calado en la cabeza.

El mismísimo inspector Hamadi en persona.

9

—¿Señora Wunderly? —La voz de Hamadi era grave, con la marcada aspereza de un fumador empedernido.

Me fijé en que apenas había malgastado un segundo en echarle una ojeada a Redvers.

—Sí. —Miré a uno y a otro—. Y este es el señor Redvers.

El inspector lo miró un instante e inclinó brevemente la cabeza.

—Redvers...

—Inspector... —repuso este.

Ese intercambio de palabras me dejó claro que mi presentación había sido del todo innecesaria. Sin esperar invitación, el inspector retiró una silla de mimbre desocupada y se acomodó en ella.

—¿Podría relatarme los acontecimientos de esta mañana, señora Wunderly? —pidió.

—Ya se lo he contado varias veces a sus agentes —objeté, pero, al ver sus cejas de oruga arrastrándose hacia abajo, enseguida aseguré que estaba más que dispuesta a repetírselo a él también.

Di un sorbo al vaso de agua y luego le describí todo lo sucedido esa mañana. Otra vez.

—¿Plumas? —Fue la única contribución de Redvers.

El inspector lo miró, algo molesto, y se me adelantó para contestar cuando yo ya estaba abriendo la boca.

—Sí, hemos encontrado una almohada a través de la que se han disparado varios tiros. Parece que el asesino la ha utilizado para amortiguar el ruido.

Si bien yo había estado a punto de aclarar que la habitación estaba cubierta de plumas, escuché con gran interés el motivo de su presencia. Redvers asintió al oír la explicación, y el inspector retomó el interrogatorio.

—¿Cuándo vio a la señorita Stainton por última vez?

Aun sentado, el aura del inspector resultaba sorprendentemente imponente para ser un hombre tan menudo. Sus palabras eran sencillas pero estaban cargadas de implicaciones.

—Anoche. Aquí, en la terraza. El señor Redvers y yo estábamos sentados en un extremo. Allí. —Señalé hacia la mesa que habíamos ocupado la velada anterior—. Los dos la vimos abandonar la fiesta con un joven. Parecía que se dirigían a los jardines... ¿Tal vez a los establos? Como ya les he dicho a sus agentes, no reconocí al joven que la acompañaba.

—Sí, a la fiesta de anoche asistieron una serie de clientes de otros hoteles —apuntó Hamadi—. Es posible que ese joven se hospede en otro establecimiento.

Se detuvo, metió una mano en el bolsillo y sacó un pañuelo que envolvía un objeto pequeño.

—El problema es este, señora Wunderly.

Liberó el objeto del envoltorio y entonces vi que era mi broche, el que se me había extraviado. Un pequeño escarabajo recubierto de gemas verdes y azules engastadas en oro.

—Es mi broche. ¿Dónde lo ha encontrado? —Me desconcertó y hasta cierto punto me inquietó que la policía pudiera haber registrado mis cosas. Además, no entendía en absoluto por qué podía habérselo llevado el inspector—. ¿Han estado en mi habitación?

—Lo hemos encontrado en la de Anna, en su bolso. Lo han identificado como suyo. ¿Sabe cómo ha ido a parar ahí?

Los ojos negros de Hamadi brillaron, y yo miré a Redvers, que de pronto fruncía un poco el ceño.

—No tengo la menor idea. —Pero los mecanismos de mi cerebro empezaron a girar y me contradije de inmediato—: ¡Espere! A la señorita Stainton se le cayó el bolso la otra noche y la ayudé a recoger sus cosas. Debió de desprenderse de mi ropa entonces y acabar dentro de su bolso por error.

—Pero ¿no lo había echado en falta?

—Sí, pero...

El inspector me interrumpió.

—Tuvo muchísimo tiempo para pedirle que se lo devolviera, señorita Wunderly. Más de un día, de hecho.

No tenía explicación para eso, así que, en lugar de contestar, balbuceé con torpeza.

—Lo que acaba de decirle es cierto, inspector. Yo fui testigo de toda la escena. —Redvers había adoptado una pose informal, con un brazo apoyado en el respaldo del asiento, pero la mirada que le dirigía al inspector era intensa y centrada.

Este le respondió con una mirada oscura, pero dejó pasar por alto el comentario.

—¿Podría devolvérmelo? —Pese al malestar que sentía en el estómago, quería recuperar el broche.

—No. —Hamadi lo envolvió de nuevo y se lo guardó en el bolsillo de la guerrera—. Forma parte de la investigación del asesinato, señora Wunderly. ¿Dónde estaba usted a las cinco de esta mañana?

Abrí muchísimo los ojos al oír su insinuación e intenté respirar varias veces para controlar mi ritmo cardíaco, tal como me habían enseñado a hacer.

—¿Dónde estaba usted, señora Wunderly? —Hamadi se impacientaba.

Expliqué que Redvers me había acompañado a mi habitación al final de la velada, y que a la hora del asesinato estaba durmiendo en mi cama.

Hamadi nos dedicó a ambos una larga mirada, y de repente me sonrojé ante su tácita insinuación.

—Comprendo. —Se aclaró la garganta—. Me han dicho que había protagonizado un altercado con la señorita Stainton la noche anterior.

Expliqué que todo había sido un accidente: que derramó su copa y luego se le cayó el bolso al suelo. Pero, incluso a mis propios oídos, mis protestas sonaron débiles.

—Todos los informes apuntan a una enemistad entre ustedes dos, tal vez motivada por este caballero. —El inspector señaló a Redvers con la cabeza.

Ni siquiera fui capaz de responder a la acusación. Tenía la boca entreabierta, me ardían las mejillas. Estaba demasiado horrorizada para mirar a Redvers, pero con el rabillo del ojo vi que este, molesto, negaba con la cabeza.

—Mis hombres están registrando su habitación mientras hablamos, así que pronto sabremos si tiene algo más que ocultar. —Resultaba difícil interpretar la expresión del rostro de Hamadi.

Empecé a murmurar algo sobre órdenes judiciales, pero Redvers me puso una mano en el brazo, así que me callé. La comida que acababa de ingerir me había caído como una piedra en el estómago y empezaba a removerse. Por segunda vez esa mañana, temí estar a punto de vomitar.

Había pretendido explicar que no tenía ni idea de cómo se disparaba un arma de fuego ni de dónde podría haber conseguido una, pero esos argumentos no llegaban a quien hacía oídos sordos. Mi voz, teñida por el pánico, alcanzaba octavas cada vez más altas mientras intentaba convencer al inspector de mi inocencia.

—Por favor, no haga planes para abandonar el hotel, señora Wunderly. —La boca de Hamadi se retorció en una sonrisa desagradable cuando se levantó de su asiento—. Estaremos en contacto.

Sabía que no tenía nada que ocultar y que no encontrarían nada incriminatorio en mi habitación, pero esa certeza no contribuyó a calmar las náuseas que revolvían mi estómago. La sola idea de que me consideraran sospechosa me aterraba. Se me ocurrió pensar que probablemente fueran firmes creyentes en la pena capital, y una oleada de pavor empezó a treparme por la garganta. No tenía ni idea de si su sistema judicial era eficaz o si adolecía de una corrupción galopante. Realicé varias inspiraciones largas para intentar contener mis alarmados pensamientos.

Sin embargo, las insinuaciones del inspector sobre Redvers y yo —y sobre que podía haber matado a Anna por él— seguían pendiendo como una nube negra en el ambiente. No tenía la menor idea de cómo enfrentarme a esa situación, así que hice una señal para llamar al camarero que se paseaba por el borde de la terraza y pedí más café con la esperanza de ganar algo de tiempo.

Por suerte, recordé que quería preguntarle a Redvers si conocía al inspector Hamadi, y de qué.

—Parece que los dos se conozcan de algo. —Mi voz salió trémula, muy en línea con el temblor de mis manos.

—Habíamos coincidido ya en otro asunto.

—Eso no llega a contestar mi pregunta.

—Pero tampoco es que haya sido una pregunta, ¿verdad? —Y enseguida cambió de tema.

Yo sabía muy bien lo que estaba haciendo, pero no conseguí reunir la presencia de ánimo necesaria para objetar nada.

—¿Reconoció al joven que iba con Anna anoche?

Negué con la cabeza. No lo había visto antes en el hotel, aunque la mayoría de los jóvenes de la noche anterior habían sido caras nuevas para mí, la verdad.

—Tampoco yo. La policía lo buscará de todos modos, como a los demás juerguistas. Tal vez uno de ellos viera algo que pueda alejar las sospechas de usted.

Me erguí en mi asiento.

—Acabo de recordar un detalle. Fue el señor Samara quien tropezó con la espalda de Anna y le tiró el bolso al suelo. Me pareció que lo hacía a propósito. Tal vez haya tenido algo que ver en todo esto.

Eran suposiciones mías, sin duda, pero estaba lo bastante desesperada para agarrarme a cualquier clavo ardiendo.

Redvers entornó los ojos.

—¿Lo vio hacerlo?

—Estoy bastante segura de que sí.

Repasé mentalmente esa noche y el destello de tela blanca que vi antes de que el bolso cayera al suelo, pero entonces la duda hizo acto de presencia y cuestionó mis recuerdos.

—¿Está del todo convencida de que fue él? ¿Por qué le pareció intencionado?

El tono que había adquirido la voz de Redvers hizo que me derrumbara un poco en mi asiento.

Tal vez fuera una ocurrencia demasiado boba para contársela a la policía, al fin y al cabo. Sin embargo, eso significaba que seguía estando en el punto de mira por un crimen que no había cometido.

Como si me leyera el pensamiento, sus ojos oscuros adoptaron una expresión cálida y preocupada.

—Aunque solo crea haberlo visto, tal vez valga la pena que se lo diga al inspector. Y no se preocupe demasiado:

Hamadi solo intenta sacarla de quicio. Estoy convencido de que tiene más sospechosos.

Yo no estaba tan segura, pero agradecí sus palabras.

De lo que sí estaba segura era de que la policía quería resolver el asunto enseguida. El asesinato de una extranjera nunca era bueno para el turismo; sobre todo tratándose de una joven atractiva que no se perdía una fiesta. Sin embargo, si creían que iban a cerrar el caso consiguiendo que yo aceptara la culpabilidad por un crimen que no había cometido, estaban muy equivocados. Tras el desastre que había vivido en mi matrimonio, jamás volvería a cometer el error de no defenderme.

Después de pronunciar los votos, solo hicieron falta unas semanas para que me diera cuenta de que mis sueños infantiles de un matrimonio erigido sobre la confianza, el amor y un auténtico compañerismo entre iguales no eran más que eso, sueños. Mi marido era capaz de ocultarse tras una fachada de encanto con la misma facilidad con que lucía sus trajes a medida. Yo todavía me avergonzaba de no haber sabido ver toda la depravación que bullía detrás de esa fachada. Pero, claro, nuestro noviazgo había sido un torbellino; en cuanto mi tía me presentó al sobrino de su marido, me convertí en un trofeo que Grant se propuso conseguir... y destrozar.

Respiré hondo y dejé el pasado atrás. El crimen se resolvería en cuanto el verdadero asesino estuviera entre rejas, aunque tuviera que encerrarlo yo misma.

10

Redvers se quedó un rato más conmigo, y agradecí que no dejara de dirigirme miradas de preocupación. Por lo menos había una persona que parecía interesarse por mi bienestar, y eso sentaba bien. Aun así, no tardé mucho en comprender que necesitaba estar un rato a solas con mis pensamientos, de modo que lo ahuyenté. Él recordó que tenía negocios que atender en la ciudad y se excusó con una última mirada de inquietud. Por una vez, estaba demasiado distraída para preguntarme en qué consistirían esos negocios. En lugar de eso, me encontré dándole vueltas a quién del hotel podía tener tanto un arma como un móvil para matar a Anna Stainton. No era la muchacha más afable del mundo, pero resultaba difícil encontrar un motivo para asesinarla.

Entonces recordé que el inspector me había ordenado que no saliera del recinto del hotel y gemí. Aguardaba con impaciencia mi excursión a las pirámides, y parecía que esa salida había quedado pospuesta indefinidamente. Por muy bonito que fuera el Mena House, la idea de verme encerrada allí me sacaba un poco de quicio y no contribuía a calmar mi ansiedad.

Estaba absorta en mis pensamientos cuando oí un carraspeo no demasiado sutil junto a mi brazo. Alcé la vista y me encontré con Amón Samara.

—Siento mucho interrumpir sus reflexiones, señora. —Me vi envuelta por su educada voz que pronunciaba las palabras con un leve acento—. Pero no he podido evitar fijarme en usted.

Forcé una sonrisa que esperé que resultara auténtica; no lograba imaginar un momento peor para que decidiera presentarse de manera formal. Se me pasó por la cabeza quitármelo de encima, pero detestaba ser descortés. Además, sentía una curiosidad enorme por saber si tenía alguna relación con Anna.

Le tendí la mano para estrechar la suya.

—Jane Wunderly.

La tomó y, en lugar de apretar, la giró y la sostuvo en la palma suave de su mano para posar en ella un delicado beso. Todo el proceso, pese a la caballerosidad, hizo que me encogiera un poco.

—Amón Khanum Samara. —Me devolvió la mano—. Pero llámeme Amón.

Torcí el gesto en una sonrisa y bajé la cabeza, pero no le ofrecí que me tratara con la misma familiaridad.

—Bueno, Amón, ¿le apetece tomar algo?

Tal vez mi papel en la vida, a fin de cuentas, consistía en ofrecerles bebidas a los hombres. Y yo que creía haber escapado de esa indignidad al quedarme viuda... Recordé entonces las exigencias de mi marido para que lo sirviera como una criada mientras él descansaba, indolente. Me temblaron las manos de rabia, así que las entrelacé en mi regazo. Desobedecer las órdenes de Grant tenía un precio, y lo había pagado una única vez antes de decidir que el dolor que conllevaba no merecía la pena. Su crueldad pronto consiguió hacer añicos mi inocencia.

—Señora, soy yo quien debería ofrecérselo a usted.

Llamó al camarero que estaba pendiente de mí y se puso a hablar en árabe con el joven el tiempo suficiente para que yo empezara a sospechar que estaba pidiendo algo más que una simple taza de té. Mis suposiciones resultaron correctas. Enseguida recogieron de la mesa los restos de mi café y nos sirvieron una avalancha de bollos y bebidas. Su atrevimiento me molestó.

—¿De dónde es usted, Amón? —dije, más para ocultar mi fastidio que por auténtico interés.

Después de los acontecimientos de esa mañana, no podía creer que estuviera manteniendo una conversación tan trivial. Me pregunté si de verdad le habría pasado inadvertido todo lo que se desarrollaba a su alrededor; el hotel entero parecía estar hasta cierto punto revolucionado.

Aunque tal vez se había acercado para sonsacarme algo.

—Soy oriundo de Egipto; sin embargo, estos últimos años he estado viajando mucho. Mi hermana estuvo casada una vez con el actual rey, un títere del Gobierno británico.

Me pareció demasiada información personal para compartirla en un primer encuentro con una desconocida, y noté que mis ojos se entornaban con suspicacia.

—En el fondo, soy un revolucionario. He venido a reunirme con mis compatriotas para encontrar la forma de liberar nuestro gran país. —Su refinada voz empezó a resultarme monótona mientras la historia se alargaba.

Y se alargaba.

Escuchando a Amón, se me ocurrió pensar que su relato sonaba más a discurso ensayado que a otra cosa. Para ser un hombre que afirmaba ser un revolucionario, transmitía, para mi asombro, escasa pasión. Quienes estaban dispuestos a morir por una causa solían irradiar un ardor interior, pero Amón bien podría haber estado hablando del tiempo. De manera que, ¿adónde quería llegar con ese vergonzoso cuento?

Tal vez me había equivocado al sospechar de sus intenciones; no parecía en absoluto interesado por los cotilleos del hotel.

Al final de su recitado, me ofreció lo que sin duda creía que era una sonrisa ganadora, y yo fingí otra para corresponderle. Decidí cambiar de tema y buscar otro más neutral.

—¿Qué le parece el hotel, Amón? —Tuve que contenerme para no preguntarle si se había enterado de lo del asesinato, pero quería ver si él mismo lo sacaba a colación.

—Es lujo del bueno, ¿verdad? El rey en persona suele asistir a las fiestas que se celebran en esta misma terraza. Y ahora tiene que probar usted un poco de este *jawafa bil-laban*. —Señaló la bebida cremosa de color naranja que había en la copiosa bandeja que teníamos delante—. Es muy refrescante. Me parece que en su idioma llaman «guayaba» a esa fruta.

—Cualquiera diría que también es su idioma, Amón. Habla usted inglés a la perfección.

Probé el batido a regañadientes y tuve que reconocer que estaba bastante rico. Fresco, cremoso y refrescante, tuvo un efecto calmante en mi estómago, todavía cerrado por los nervios. Pero enseguida desapareció.

Amón calló un momento y luego volvió a tomar la palabra:

—Lo he estudiado muchos años.

Miré con cierto desagrado al hombre, que iba probando bollos diferentes tras untarlos con mantequilla y miel. A pesar de lo impecable de su vestimenta, me fijé en que no llevaba gemelos, de manera que los puños de la camisa se agitaban un poco por dentro de la manga de la chaqueta.

Me pregunté qué había pasado con el llamativo par que le había visto lucir unas noches antes.

—Discúlpeme, es que me he saltado el desayuno —dijo con la boca llena de comida.

—No se preocupe.

De pronto me sentí poco caritativa al haberme molestado. Detestaba pasar hambre.

—¿Y está casada, señora Wunderly? Una mujer tan atractiva como usted... —Su voz se desvaneció mientras observaba la desnudez de mi dedo anular.

—Soy viuda. —Lo dije con inseguridad, y un rubor iracundo me subió por el cuello. Detestaba que me mirara como si estuviera evaluando mi disponibilidad, que me contemplara como si fuera una yegua premiada y estuviera planteándose si merecía la pena invertir en mí. Se parecía demasiado a la forma en que me había mirado Grant cuando nos conocimos. Si Amón Samara pertenecía a la misma categoría de hombre que mi difunto esposo, no merecía escuchar ni un ápice de mi historia ni recibir un segundo más de mi tiempo—. Y de verdad que debo regresar ya a mi habitación. Seguro que mi tía me estará buscando.

No era cierto, pero no tenía ninguna intención de proseguir con esa conversación.

—¿Tan pronto, señora Wunderly? Justo cuando empezábamos a conocernos...

Sacó el labio inferior hacia fuera en un leve mohín, cosa que me resultó inmensamente desagradable. Me pregunté si ese gesto solía darle resultado con otras mujeres y me dije que tal vez sí, puesto que las señoras de todas las edades que había en el jardín lo miraban como si fuera un trozo de carne fresca en el escaparate de una carnicería en época de racionamiento.

—Me temo que debo irme. —Me levanté y recuperé mi libro, casi perdido entre las fuentes de la mesa—. Todavía no me he habituado del todo al calor, y empiezo a tener dolor de cabeza. —No me apetecía decir ni una palabra más, pero me obligué a recordar mis buenos modales—. Gracias por la conversación y los refrescos. Seguro que pronto tendremos una nueva ocasión para charlar.

Dudaba que pudiera ocultarme de él durante la totalidad de nuestra estancia, tal como había empezado a desear; sin duda, ese hombre encontraría la forma de obligarme a hablar otra vez con él.

Mientras me alejaba, noté que algunas damas se preparaban para conquistar el asiento que había dejado libre. Amón Samara no estaría solo mucho rato.

Con mis prisas por salir de allí, había desaprovechado la oportunidad de preguntarle si conocía a Anna Stainton. Me di un codazo mental por ello, pero no había forma de volver atrás. Tendría que descubrir en otro momento si se había enterado de su asesinato.

O qué sabía al respecto.

11

Estaba demasiado inquieta para quedarme en mi habitación, así que decidí bajar a la piscina. El día se había puesto caluroso de verdad mientras estaba en la terraza, así que sentarme con un libro bajo la protección de una sombrilla y darme algún que otro chapuzón para refrescarme me parecía una distracción maravillosa. Mi cabeza no hacía más que recordarme que era sospechosa de asesinato, y no podía dejar de ver el cuerpo sin vida de Anna cada vez que cerraba los ojos. Tuve la optimista ocurrencia de que tal vez un baño se llevaría esas imágenes.

Regresé a mi habitación con la esperanza de que la policía hubiese acabado de profanarla con su registro. Busqué en el bolsillo y, en lugar de una única llave de habitación, saqué dos. Al darme cuenta de lo que tenía en la mano, ahogué una exclamación y de inmediato comprobé si en el pasillo había alguien que pudiera haberme visto u oído.

Estaba sola.

Me había olvidado por completo de la llave de la habitación de Anna, y sentí un alivio enorme al pensar que el inspector no había ordenado cachearme; de haberlo hecho, sin duda me habrían llevado presa.

Era demasiado tarde para devolverle la llave al coronel, tal como había sido mi intención. Además, ahora que era sospechosa, causaría mala impresión que intentara hacerlo. Enseguida decidí que la mejor opción era esconderla, pero ocultarla en mi habitación no era lo más inteligente, en especial si a la policía se le ocurría examinarla de nuevo.

Me quedé mirando un momento mi puerta y luego me volví hacia el pasillo. Hacia la mitad había una maceta con una palmera. Lo sopesé y decidí que sería un escondite espléndido para la llave birlada. Volví a comprobar el pasillo —varias veces, de hecho— y, cuando estuve segura de que nadie me veía, escondí la llave bajo una fina capa de tierra junto al borde de la maceta de cerámica.

Con un leve suspiro de tranquilidad, regresé a mi habitación. La policía no había sido muy destructiva en su registro, pero me di cuenta de que habían rebuscado entre mi ropa y mis efectos personales. Me tomé un minuto para ordenarlo todo de nuevo con la esperanza de aplacar un poco la sensación de profanación. Al terminar, saqué el traje de baño. Era una modesta pieza de lana azul marino, pero se abrazaba a mis curvas a la perfección y me cubría toda la espalda y hasta el inicio de los muslos. Un hallazgo que me había dejado la mar de satisfecha durante una jornada de compras, poco antes del viaje.

Sin embargo, mi placer disminuyó al ponérmelo, porque no pude evitar mirar por toda la estancia. Sabía que los agentes se habían marchado, pero eso no me impedía sentir que la habitación ya no era solo mía y que podía encontrarme a alguien de pie a mi lado. Me planteé pedir que me trasladaran, pero al final decidí quedarme donde estaba. Cambiar de habitación solo le daría a la policía un motivo más para vigilarme de cerca.

Me puse también un par de pantalones blancos holgados con una blusa amarillo limón por encima, me calcé unas sandalias de tacón bajo y me dispuse a salir. Ya había llegado a la puerta cuando recordé que también tenía que llevarme un gorro de baño.

Una vez en la piscina, me detuve a inspeccionar la zona. Había un edificio de estuco blanco que se erigía en perpendicular al agua, y la larga hilera de columnas de mármol que tenía delante proyectaban sombra hacia dónde me encontraba. Vi una pequeña fila de vestidores; no había sabido decidir si sería mejor cambiarme en mi habitación o en los espacios habilitados a tal efecto, pero ambas opciones parecían buenas. Alrededor de la piscina abundaban tumbonas blancas, trajes de baño coloridos y sombrillas de rayas que salpicaban la escena. El olor a aceite bronceador cargaba el cálido ambiente. La mayoría de las tumbonas estaban ocupadas, ya fuera por cuerpos o por toallas y efectos personales de los numerosos turistas que chapoteaban en el agua; era evidente que no había sido la única con ganas de darse un baño refrescante. Me protegí los ojos del sol y localicé una libre junto a una pareja que parecía más o menos de mi edad. La mujer estaba tumbada al sol, pero la tumbona vacía que había a su lado contaba con la ventaja de estar bajo una sombrilla, así que fui hacia allí.

—¿Está ocupada?

Ambos levantaron la mirada y enseguida me sonrieron.

—¡No, qué va! Siéntate con nosotros, por favor. —La joven señaló la tumbona vacía.

Mi intención había sido arrastrarla, junto con la sombrilla, hasta un lugar tranquilo donde leer, pero ya no podría hacerlo sin parecerles una maleducada. Sonreí, dejé mi libro y recoloqué la tumbona de manera que quedara completamente protegida por la sombrilla de rayas rojas.

Se presentaron como Deanna y Charlie Parks. Ella llevaba la cabeza al descubierto y lucía la última moda en trajes de baño: una prenda de rayas azul marino y blancas que dejaba ver más piel de la que yo me habría sentido cómoda enseñando. En lugar de evitar el sol, parecía estar disfrutando de él, y me pregunté cómo aguantaba allí, tostándose, sin convertirse en una gamba. De hecho, sus piernas largas y bien proporcionadas ya habían adquirido un bonito bronceado dorado.

—Jane —repuse—. Encantada de conoceros.

—Igualmente —dijo Deanna, y Charlie sonrió con alegría.

Ambos parecían sentirse muy a gusto consigo mismos, así como el uno con el otro. Unos instantes después, incluso yo noté que esa especie de placidez me calaba hasta los huesos pese a los terribles sucesos de la mañana.

Charlie era alto y desgarbado pero, pese a su delgadez, musculoso. De hecho, su constitución tenía algo que me hizo pensar en alguien, aunque no logré identificar quién, como cuando tienes una palabra en la punta de la lengua pero no eres capaz de encontrarla. Su rostro alargado estaba coronado por un pelo castaño claro del que sobresalía un remolino erguido en la parte de atrás de la cabeza, como un pequeño penacho que resultaba muy simpático. La mano se le iba hacia allí a menudo para alisarlo, aunque el remolino volvía a rebelarse al instante.

—¿Y de dónde sois? —Podría haberme puesto a leer el libro sin hacerles ningún caso, pero sentía curiosidad.

Deanna explicó que ella era de Iowa y que Charlie era del Sur, aunque había nacido en el seno de una familia militar que se movía mucho. Misisipi no era más que el último lugar en el que habían aterrizado antes de que él se marchara de casa. Eso explicaba por qué no hablaba arrastrando las palabras, tal como se esperaría de un acento sureño.

—Pero ahora nos consideramos ciudadanos del mundo —declaró él con un amplio gesto del brazo.

Deanna puso los ojos en blanco, aunque le dirigió una sonrisa afectuosa.

—Nos dedicamos al vodevil. —Se recostó sobre los codos para contármelo—. Nuestra última función tuvo lugar en el estado de Nueva York, pero nos gustaría probar suerte en la otra costa cuando regresemos. Quedarnos donde el aire sea cálido y brille el sol. —Soltó un suspiro de felicidad y volvió a inclinar el rostro hacia el astro.

Yo no sabía mucho de actores de vodevil, aunque mi padre me había llevado a ver un espectáculo cuando era adolescente. Estaba catalogado como «*matinée* familiar»; de no ser así, seguro que mi tía habría prohibido que me dejaran asistir a un entretenimiento tan subidito de tono. En fin, mi padre nunca volvió a llevarme a nada parecido, por mucho que le supliqué.

—¿Y en qué consiste vuestro número? —me interesé.

—Charlie hace un poco de todo. De actor, de cómico, de mago con trucos de cartas... —Deanna lo dejó ahí y le dirigió una mirada a su marido.

Este se removió un instante en la tumbona, pero su agradable sonrisa volvió a relucir de nuevo.

—Y aquí Deanna empezó como corista, pero ahora es la misteriosa encantadora de serpientes. —Movió los dedos con teatralidad—. Es buenísima. Se le da muy bien el oficio.

Se miraron y compartieron una sonrisa íntima.

Deanna se volvió hacia mí.

—Disculpa. Estamos en nuestra luna de miel.

—¡Ya lo creo! —A Charlie le brillaron los ojos.

—¡Pues enhorabuena! Qué maravilla.

Mi felicitación fue sincera. No solo parecían hacer muy buena pareja, también se notaba que disfrutaban de su mutua compañía.

Aun así, tuve que preguntarme cómo podían permitirse un par de actores de vodevil no solo viajar a Egipto, sino además alojarse en un hotel de lujo.

Observé a Deanna. Tenía una melena espesa y de un rubio miel, pero la llevaba larga y recogida. Eso me sorprendió, ya que el pelo corto estaba muy en boga y, por lo demás, ella parecía ir a la última. Me pilló mirándole el moño que llevaba en la nuca y sonrió.

—Es por el número. Necesito un pelo largo y bien bonito para la actuación. Si no, tendría que ponerme una peluca, y es que no puedo soportarlas. Me pica toda la cabeza. —Se rascó el cuero cabelludo al decirlo—. Así que me lo dejo largo. —Se encogió de hombros—. Además, a Charlie le parece delicioso.

Charlie arqueó las cejas con lujuria mientras la miraba, y las dos nos echamos a reír. Tenía un rostro muy cómico; imaginé que le iría muy bien para su representación.

—¿Lleváis mucho tiempo aquí? Me avergüenza decir que no recuerdo haberos visto antes.

—Hace más o menos una semana que llegamos —explicó Charlie—, pero hemos salido mucho de excursión con un guía local. Un dragomán, como los llaman aquí. Es magnífico. Habla seis idiomas, aunque no lo creas.

Eso explicaría por qué no me los había cruzado durante el día, pero no era capaz de imaginar que esa pareja de amantes de la diversión se hubiera perdido las veladas del bar.

Por otro lado, estaban de luna de miel. Decidí no insistir en el tema.

—No me sorprende que no nos hayas visto. —Deanna rio—. Anoche, dudo que nadie viera algo que no fuera a Anna. Lamento su muerte, por supuesto, pero ese vestido era de lo que no hay.

No pude evitar estar de acuerdo con ella, aunque hice una mueca al recordar que era sospechosa del asesinato. Tal vez debiera ser más cuidadosa con lo que comentaba con los demás clientes del hotel.

Charlie bajó la voz.

—Nos hemos enterado del asesinato por el personal. He conseguido convencer a nuestro camarero para que nos diera detalles.

—La policía todavía no ha hablado con nosotros, pero seguro que lo hará. Probablemente están interrogando a todo el que se hospeda aquí. —Deanna encendió un cigarrillo e hizo un ademán con la mano—. Cuando sea que nos toque, por desgracia, no tenemos nada que contarles.

—Es una lástima, la verdad —añadió Charlie con pena—. No me iría mal un poco de emoción.

Deanna rio y le dio un manotazo juguetón en el brazo.

—Para. Como si este viaje no fuese lo bastante emocionante ya.

Charlie le devolvió la sonrisa.

—¿Conocíais a Anna? —Me pareció que era seguro preguntárselo, ya que ellos habían sacado el tema.

Charlie se encogió un poco de hombros.

—La había visto en las mesas de cartas. Debo decir que no era tonta. Les dio un buen repaso a varios de los mejores jugadores.

Eso me sorprendió, porque había supuesto que Anna era todo fachada y poca sustancia. Además, jamás me la habría imaginado jugando a las cartas... y ganando, nada menos.

—Yo no la conocía, solo sé lo que Charlie me ha contado de ella. También la había visto por el bar, claro... No había forma de evitarlo. —Deanna puso una sonrisa maliciosa—. Menos mal que yo no andaba buscando compañía masculina, porque Anna se los llevaba a todos de calle.

No pude reprimir una sonrisa.

Estaba disfrutando de esa charla despreocupada. No solo se los veía muy enamorados, también parecían divertirse mucho el uno con el otro. No era capaz de imaginar un matrimonio así, sobre todo porque el mío había sido justo lo contrario de lo que había esperado al principio. Mis padres sentían un agradable afecto mutuo, erigido sobre el amor y el respeto, y yo había supuesto que encontraría más o menos lo mismo en mi propio matrimonio. En lugar de eso, mis días como mujer casada habían sido de pura supervivencia. Sin embargo, mis pensamientos se dirigieron entonces hacia Redvers y la facilidad con la que parecíamos congeniar. Daba la sensación de ser la clase de hombre que sabía divertirse. Sacudí la cabeza y regresé de inmediato a la conversación que nos ocupaba.

El resto de la tarde con Charlie y Deanna se me pasó en un suspiro. En cierto momento, ella y yo nos metimos en el agua; no estaba tan fría como había esperado, pero aun así me refrescó. Al final, cuando me despedí de ellos, tenía la sensación de conocerlos desde hacía años.

Se me olvidó por completo averiguar a quién me recordaba Charlie.

12

La tía Millie se pasó por mi habitación después del té para preguntarme cómo estaba, pero al enterarse de que, por lo visto, era sospechosa y no una simple testigo, enseguida se excusó y puso tierra de por medio. Solté un suspiro. Seguramente eso quería decir que también estaría sola en la cena, aunque esa perspectiva no me disgustaba del todo.

Deanna me había invitado a cenar con Charlie y con ella, pero yo les prometí que coincidiríamos otra noche. Había sido una tarde encantadora, pero, después de encontrar un cadáver, verme sometida a un interrogatorio policial y luego pasar varias horas charlando con mis nuevos amigos, estaba del todo exhausta. Necesitaba un rato a solas para asimilar el día.

Decidí que cenaría en mi pequeño balcón. Me detuve en el mostrador de recepción para encargar la comida y regresé a mi habitación.

Estuve gran parte de la velada con la mirada perdida, rememorando los acontecimientos del día. Me pregunté si la policía habría hecho algún progreso con la investigación y suspiré al darme cuenta de que no compartirían esa información conmigo.

La cena llegó tal como me habían anunciado, y la disfruté en la mesita de madera que daba al extenso jardín. Sin embargo, ni siquiera los deliciosos platos y la agradable brisa consiguieron que dejara de pensar en el asesinato. Repasé varias veces todo lo que sabía sobre Anna, pero seguía sin concebir un posible móvil para matarla. Lo más que era capaz de imaginar era a un amante celoso, aunque me parecía improbable que alguien se hubiera encaprichado tanto de ella como para cometer un crimen. La chica llevaba solo unas semanas en Egipto.

¿Podía haberla seguido alguien desde Inglaterra? Negué con la cabeza. Era una posibilidad, pero no había visto a nadie acechando por ahí y, ahora que ella ya no estaba, no había una forma sencilla de descubrirlo.

En resumidas cuentas, era poco probable que lograra encontrar ninguna respuesta.

Ya hacía un rato que había oscurecido, así que me puse el camisón de algodón ligero e intenté dormir. Di vueltas y más vueltas, pero me pasé varias horas mirando el techo, incapaz de detener el desfile de pensamientos de mi cabeza.

La llave. Me había atrevido a robar —no, a «tomar prestada»— la llave de la habitación de Anna. Le di un puñetazo a la suave almohada que tenía bajo la cabeza sin lograr ahuecarla y volví a recostarme sobre ella. Me preocupaba que descubrieran el escondite. ¿Regaba el personal las plantas con asiduidad? Tal vez el agua apartara la tierra y dejara ver la llave brillando contra el sustrato oscuro. Eso, sin duda, atraería a la policía. Entonces empecé a preguntarme qué habrían encontrado en la habitación de Anna durante el registro.

O qué habrían pasado por alto.

Al final decidí que, si mi cerebro no quería dejarme dormir, lo menos que podía hacer era darle un buen uso a la llave robada.

ESPERÉ HASTA QUE los últimos sonidos se fueron acallando y todo el hotel pareció quedar en silencio. Sinceramente, no tuve que esperar mucho, porque casi se había hecho de madrugada.

Aparté las sábanas y saqué el mismo vestido que había llevado ese día, pero entonces decidí que sería mejor ponerme un atuendo más oscuro para confundirme con las sombras. Revolví entre mis prendas hasta dar con un vestido azul marino; había llevado un vestuario de colores más bien claros para evitar el calor del sol, pero también algunas piezas oscuras que había pensado ponerme al caer la noche.

Agucé el oído apretando la oreja contra la puerta que daba al pasillo y, al no oír nada, salí a hurtadillas y me acerqué a la maceta de la palmera. Cavé unos instantes y miré con sigilo a uno y otro lado mientras recuperaba la llave y la limpiaba con los dedos, asegurándome de que cayera más tierra de nuevo a la maceta que al suelo. Por suerte, esa noche brillaba la luna, así que pude avanzar por los pasillos sin mayor problema y a la vez mantenerme entre las sombras. Todavía no me había cruzado con ningún otro cliente, y esperaba que la mayor parte del personal también se hubiera retirado ya; se rumoreaba que por la noche solo se quedaba un equipo mínimo, por si había alguna emergencia.

Cuando llegué al último recodo, me detuve y me apreté contra la pared. Reparé en que tenía el pulso acelerado a causa del miedo a ser descubierta. No era lo que se diría una maestra del crimen. Si habían apostado a un agente frente a la puerta de Anna, existía la posibilidad de que me reconociera. A fin de cuentas, casi todos ellos me habían interrogado esa mañana. Además, carecía de una excusa creíble para estar en esa parte del hotel.

El pasillo estaba tranquilo, así que me agaché y asomé la cabeza por la esquina para ver si había alguien en la puerta de la habitación. Ni un alma. Al parecer, la policía no había visto la necesidad de dejar a un agente en el escenario del crimen, así que se me escapó un pequeño suspiro de alivio.

Tenía las manos temblando de los nervios, pero ya no había vuelta atrás. Había llegado hasta ahí y estaba resuelta a echar un vistazo en esa habitación. Me erguí y avancé hacia la puerta casi de puntillas, andando solo sobre media suela e intentando que mis pasos hicieran el menor ruido posible. Jamás había dedicado un instante a pensar qué clase de zapatos tendrían una suela más silenciosa, pero en ese momento habría sido capaz de atracar a alguien por conseguir un par. Mis tacones eran muy poco apropiados para merodear por los pasillos de un hotel con suelos de madera noble.

Por supuesto, al hacer las maletas no había previsto que tendría que merodear por ningún hotel. Tampoco colarme en la habitación de nadie.

Puse la mano en el tirador y estaba a punto de meter la llave en la cerradura cuando noté que alguien me agarraba. Di un respingo y solté un codazo hacia atrás con el brazo que había sufrido el ataque. Conseguí contener un grito por los pelos.

¡Redvers!

Me llevé una mano al pecho, de donde el corazón hacía todo lo posible por salir huyendo.

—¿Qué narices está haciendo? —susurró con voz grave mientras se masajeaba el punto del costado donde le había clavado el codo de forma certera.

Me habría disculpado si no me hubiera dado semejante susto.

—¿Que qué estoy haciendo yo? —respondí en un fiero murmullo—. ¡Casi me mata usted de un ataque al corazón!

—Todavía notaba el pulso martilleando como loco en mis oídos—. ¿Cómo ha conseguido emboscarme de esta...?
—Me quedé sin voz al ver que en los pies llevaba solo los calcetines—. ¿No se supone que es usted banquero?

Lo miré entornando los ojos.

—Y yo pensaba que usted era una joven dama respetable.

Al oír eso, resoplé.

—No recuerdo haber afirmado nada por el estilo.

Me volví para acabar de abrir la puerta. Mi carrera como criminal parecía tener un inicio accidentado.

—No debería hacer eso. —Su susurro sonó junto a mi oído, rozándome el pelo.

Se me volvió a acelerar el pulso, aunque por un motivo completamente diferente, cosa que me molestó casi tanto como su pretensión de decirme lo que debía o no debía hacer.

—¿El qué? ¿Usar esta llave?

La inserté en la cerradura, accioné el tirador y abrí la puerta lo justo para colarme dentro. No me importaba haber contestado con un tono infantil; tenía los nervios a flor de piel.

La idea de que me sorprendieran en la habitación de Anna y acabar con otra acusación más hizo que se me revolviera el estómago, pero pude tranquilizarme y sentir una férrea determinación. Que me prohibieran algo casi siempre tenía en mí el efecto contrario: me hacía desearlo más aún. Además, aparte de ser testaruda por naturaleza, necesitaba encontrar alguna prueba que limpiara mi nombre. O, por lo menos, algo que me indicara cuál era la dirección correcta.

Intenté cerrar la puerta, pero mis manos la perdieron cuando Redvers se coló tras de mí sin hacer ruido.

—Muy bien. Puede acompañarme si quiere. —Como si fuera a impedírselo—. Pero intente estarse calladito.

Sonrió de oreja a oreja y yo lo miré arrugando la nariz.

Redvers recogió varias prendas de ropa que estaban tiradas por ahí y las apretó contra la ranura inferior de la puerta. Al instante comprendí que con ello estaba bloqueando la abertura para que, si encendíamos la luz, no se viera desde fuera. Detestaba reconocer que era una ocurrencia brillante. Aunque me entristeció ver que unas prendas tan exquisitas recibían semejante trato, sabía de primera mano que a su propietaria no podía importarle menos.

Seguimos hablando en voz baja, pero Redvers se dirigió al dormitorio y accionó el interruptor de la luz.

—¿Qué está buscando? —quiso saber.

—Yo podría hacerle la misma pregunta. —Me noté irritable, pero se me pasó enseguida—. Algo con lo que limpiar mi nombre. O que me dé una idea de por dónde empezar a buscar respuestas. Dudo que la vida carcelaria de Egipto sea para mí.

—Pues yo creo que dirigiría usted el cotarro en un santiamén.

No me pareció que eso mereciera comentario por mi parte.

—Empezaré por aquí. —Redvers señaló la parte izquierda del dormitorio.

Me llevé las manos a las caderas y, todavía cerca de la puerta, me limité a mirar a mi alrededor. No sabía muy bien qué podía encontrar yo que la policía no hubiera visto ya, así que simplemente me tomé unos momentos para asimilar lo que veía. La distribución del dormitorio era similar al mío, aunque el de Anna era mucho más amplio y estaba mucho más desordenado. Contemplé la ropa tirada por todas partes y el manto de plumas que cubría la estancia. Había una concentración mayor alrededor de la cama, donde habían disparado a Anna, y tan solo unas cuantas desperdigadas por los rincones más alejados. Eché un vistazo a la cama, pero aparté la mirada de inmediato. Unas manchas de un rojo oscuro cubrían las sábanas y la colcha donde la sangre de Anna se había encharcado y secado. Concentraría mi búsqueda en otra parte.

Mientras Redvers registraba de forma metódica los cajones de su lado, me fijé en una aguja con hilo que alguien había sacado de un pequeño kit de costura y había quedado olvidada sobre el tocador. Me extrañó que Anna hubiera hecho algo así; una chica de su clase tendría a una doncella para ocuparse de cualquier remiendo que hiciera falta. O mandaría las prendas a arreglar. Así que ¿para qué habría necesitado un kit de costura?

—¿Tiene pensado registrar algo? ¿O solo va a supervisarme? —Redvers había detenido la búsqueda, y su voz sonaba algo divertida.

Sin responder, le indiqué que continuara con un gesto de la mano y retomé la contemplación del dormitorio.

Mi mirada recayó en el armario y las prendas que tenía dentro. Un vestido largo colgaba de su percha de una forma extraña junto a sus ordenados compañeros, así que avancé de puntillas entre el desorden del suelo para alcanzarlo. Pesaba bastante y era caro, tenía muchas capas de tejido y un exquisito revestimiento de cuentas. Solté un tenue suspiro; la de cosas hermosas que podían comprarse con dinero...

Redvers se detuvo y se acercó a mí, en esta ocasión sin ningún comentario malicioso. Repasé con los dedos los dobladillos más evidentes. Frustrada, me detuve y entonces volví la prenda del revés. Palpé el grueso corpiño, donde se concentraba la pedrería más pesada, y noté dos bultos duros que estaban fuera de lugar. Esbocé una sonrisa triunfal y escarbé entre las numerosas capas de gasa hasta encontrar la indicada. Una pequeña zona de la costura estaba pespuntada de una forma bastante burda.

—Anna debió de coserlo poco antes de morir.

—¿Qué le hace pensar eso?

—La aguja y el hilo siguen ahí encima. —Señalé el tocador—. Si los hubiera usado para esconder algo, yo habría vuelto a guardarlos.

—No creo que guardar las cosas fuera su fuerte. —En eso Redvers tenía mucha razón.

Tiré del extremo del hilo y salió con facilidad. A la pobre Anna se le daba fatal la aguja, pero había sido lista a la hora de escoger el escondite. Era evidente que la policía había pasado por alto la ropa. Era comprensible, dadas las ingentes cantidades.

Un par de gemelos de oro grabados me cayeron en la mano. Llevaban las iniciales «DH» y tenían pequeños zafiros recorriendo todo el borde. Las iniciales no coincidían, pero el tamaño y la forma, tan insólitos, eran iguales a los de otros que ya había visto antes.

—¿«DH»? —preguntó Redvers.

Lo miré.

—Creo que pertenecen a Amón Samara.

Él enarcó las cejas en una pregunta muda.

—Se los vi puestos... la noche del baile. Las piedras preciosas no hacían más que reflejar la luz, y recuerdo haber pensado que eran poco comunes, aunque no alcancé a ver las iniciales, desde luego. —Recordé algo más—. La mañana que encontré a Anna, Amón se me acercó en la terraza y no llevaba gemelos. Esto explicaría por qué.

Redvers alargó una mano hacia mí y se los pasé. Inclinó la cabeza sobre ellos.

—¿Qué supone que hacían en manos de Anna Stainton?

—Es una pregunta estupenda, sobre todo porque Anna no se acercó siquiera al señor Samara las últimas noches. No que yo viera, al menos. —Pensé en los movimientos de la muchacha—. De hecho, puede que estuviera evitándolo. ¿Por qué, si no, habría dejado pasar la oportunidad de coquetear con un hombre rico y apuesto?

—¿Le parece apuesto? —preguntó Redvers.

Puse los ojos en blanco.

—Creo que podemos afirmar objetivamente que es guapo. Aunque no es mi tipo, sin duda.

Recordé cómo se me habían puesto los pelos de punta cuando me tocó, y volví a estremecerme. Redvers notó mi reacción.

—¿No le cae bien?

—Tiene algo que resulta... desagradable —dije—. Pero, lo más importante, ¿por qué se tomaría Anna tantas molestias para ocultar estos gemelos?

Redvers no tenía ninguna buena respuesta para eso.

Continuamos con nuestro registro, pero no encontramos nada más interesante. Sentí pena por las camareras que tuvieran que enfrentarse tanto a las secuelas del asesinato como a las muestras de las dotes organizativas de Anna.

Cuando por fin decidimos dar por terminada la búsqueda, las luces del alba empezaban a iluminar la oscuridad del horizonte. Redvers comprobó que el pasillo estuviera vacío antes de salir con sigilo, y yo volví a cerrar la puerta con llave.

—Buenas noches —dijo moviendo la boca sin emitir ningún sonido.

Le contesté con una cabezada somnolienta. Redvers, descalzo, se alejó sin hacer ruido por el pasillo en la que imaginé que sería la dirección de su habitación. Tomé buena nota y me quité mis propios zapatos antes de avanzar sigilosa en la dirección contraria y apretar el paso mientras el mármol frío me refrescaba los pies. La falta de sueño hacía que fuera menos precavida, así que agradecí que todavía no hubiera otros clientes levantados y rondando por ahí.

Cuando llegué a mi pasillo, volví a esconder la llave de Anna en la maceta y la cubrí de tierra. La policía no tenía por qué encontrarla en mi habitación, en caso de que decidieran registrarla de nuevo. Entré y me puse de nuevo el camisón antes de dejarme caer exhausta en la cama.

Aun así, cansada como estaba, no pude evitar pensar que sabía muy poco sobre Redvers. Seguía siendo un misterio... y se empeñaba en ello. Era evidente que no se dedicaba a la banca. Aparte de mi instinto, casi no había nada que me indicara que, en efecto, podía confiar en él. Ni siquiera estaba segura aún de si «Redvers» era su nombre o su apellido.

Mis anteriores experiencias con los miembros del sexo opuesto me habían enseñado que no eran en absoluto de fiar; una lección que estaba desoyendo por mi cuenta y riesgo.

Y entonces recordé algo más.

Mi acompañante se había llevado los gemelos.

13

No PUEDO DECIR que estuviera como nueva cuando, a media mañana, me arrastré para levantarme de la cama, pero al menos me sentía animada. Mi mayor prioridad, después de un café y algo de sustento, era localizar a Redvers y exigirle que devolviera los gemelos. En esos momentos eran la única esperanza de limpiar mi nombre: la policía, sin duda, los consideraría una prueba de que había un espectro más amplio de sospechosos. Necesitaba que reaparecieran.

También tenía intención de preguntar a Amón por su relación con la difunta señorita Stainton. Dudaba que fuera una conversación agradable y habría preferido —con diferencia— evitar al hombre por completo, pero no veía otra forma de hacerlo. Esperaba que un desayuno tranquilo me diera tiempo para discurrir la mejor forma de abordarlo.

El menú del día, sin embargo, no iba a ofrecerme un desayuno tranquilo. Enseguida localicé a Redvers comiendo plácidamente en un rincón de la sala. Fui directa a su mesa y lo pillé con un tenedor cargado de huevos en pleno trayecto hacia la boca.

—Robó usted mis gemelos.

Lo fulminé con la mirada y puse los brazos en jarras. Esperaba que mis ojos resultasen lo bastante fieros para obligarlo a devolverlos sin discusión.

No fue así.

—Esos gemelos no eran suyos —repuso con calma, y volvió a concentrarse en los huevos revueltos.

—Ya sabe a qué me refiero. Quiero que me los devuelva.

—Ya no los tengo. —Parecía lamentarlo. Al ver mi indignación, añadió—: Se los he entregado al inspector Hamadi.

—Ah. —Eso era justo lo que yo pensaba hacer con ellos, y me había ahorrado tener que hablar con el policía—. ¿Le ha explicado a quién creemos que pertenecían?

—Así es. Le he expuesto todo el razonamiento. Aunque me he abstenido de incluir en mi informe que los encontró la sospechosa principal.

Digerí la información durante unos instantes mientras, sin recibir invitación, me dejaba caer en una silla de su mesa.

—Le ha contado que registró la habitación usted solo.

Redvers asintió, y comprendí que seguramente con ello me había hecho un favor. Era mejor que el inspector no pensara que me dedicaba a colarme en habitaciones ajenas y a husmear por el escenario del crimen. Aunque así hubiera sido.

—Y no le ha puesto ningún inconveniente.

Redvers suspiró.

—Por si le interesa, a veces coopero con la policía.

—¿Como banquero?

No me resistí a meter el dedo en la llaga. Sabía que esa historia no era más que eso: una historia.

Él me dirigió una mirada siniestra.

—Ambos sabemos perfectamente que no soy banquero. Pero tampoco puedo decirle lo que estoy haciendo aquí. —El tono y la expresión me indicaron que hablaba muy en serio.

—¿O tendrá que darme como comida a los camellos?

Sus facciones se relajaron y las comisuras de la boca se curvaron en una leve sonrisa.

—No creo que los camellos sean carnívoros.

—El desierto es un lugar enorme y terrorífico. Es difícil saber todo lo que ocurre ahí fuera.

Soltó una risa grave, y yo me entretuve sirviéndome una taza de su cafetera. Esa risa me había provocado un pequeño vuelco en el corazón y necesitaba una distracción momentánea.

Aparqué las preguntas sobre la ocupación de Redvers por el momento. Acabaría descubriendo su tapadera.

—Bueno, ¿y qué ha dicho el inspector sobre los gemelos?

Se produjo una pausa, porque el personal del hotel se había percatado de mi repentina aparición en la mesa de Redvers y un joven llegó para tomar nota de mi desayuno. Cuando se marchó, miré con expectación a mi acompañante.

Este dejó el tenedor y alargó la mano hacia la cesta del pan.

—La policía estudiará a Samara con más detalle. No les es del todo desconocido, pero nunca han conseguido pillarlo con las manos en la masa. Solo tienen sospechas.

—¿Qué clase de sospechas?

—Según tengo entendido, creen que encandila a damas adineradas para meter mano en sus fondos. Después, desaparece una temporada. Supongo que hasta que se le agota el dinero.

Lo pensé un poco.

—Sí que me contó no sé qué de su parentesco con la primera esposa del rey, y algo sobre una revolución. No le presté mucha atención, sinceramente. Me dio la impresión de que intentaba venderme una línea de productos.

—Acertó usted en eso, aunque las mujeres suelen tragárselo. Es lo único que me ha comentado Hamadi, de todos modos, y no estoy muy familiarizado con su expediente.

—Entonces ¿está familiarizado con otros expedientes policiales?

Pensé que era una deducción brillante por mi parte, pero Redvers continuó como si no hubiera oído nada, así que suspiré. «Ha estado cerca».

—Le interesará saber que el forense cree que Anna murió alrededor de las cinco de la madrugada. —Con eso atrajo toda mi atención y olvidé cualquier disquisición acerca de sus secretos. Por el momento—. El personal declaró que el último vehículo salió sobre las tres y media, y el último cliente del hotel subió tambaleándose a su habitación sobre las cuatro.

Si todos los asistentes de la ciudad se habían marchado ya, solo podía significar una cosa.

—Entonces, lo más probable es que quien matara a Anna se aloje en el hotel.

—O que regresara a pie, lo que es posible, aunque no probable —apuntó Redvers—. Se tardan varias horas en llegar a El Cairo.

Había otro detalle que me inquietaba.

—¿Saben de dónde salió el arma?

Redvers se sirvió más té y yo me incliné hacia él.

—Parece que el arma del doctor Williams había desaparecido, hará incluso semanas, pero el hombre no lo había denunciado.

Recordaba vagamente al médico del día anterior, cuando informó a Hamadi del fallecimiento de Anna.

—Es australiano, ¿verdad?

—En efecto. El Mena House sirvió como hospital para las tropas australianas durante la Gran Guerra, y el doctor

Williams fue uno de los médicos destinados aquí. La pistola era su arma de servicio. Se rumorea que adoptó algunas... costumbres... que lo empujaron a quedarse en Oriente Próximo en lugar de regresar a Australia. El hotel se mostró complaciente y lo contrató.

—Puedo imaginar qué clase de costumbres son esas.

—Era cierto. Allí no era difícil encontrar opio, así que supuse que el médico había caído en los brazos de la pipa—. ¿Tiene algún móvil? ¿Alguna relación con Anna?

Redvers negó con la cabeza.

—Ninguna, que la policía sepa. Eso no significa que no la haya, por supuesto. Anna había conocido a muchos hombres en el hotel. —Se interrumpió—. ¿Y su padre? ¿El coronel Stainton?

Me sorprendió un tanto su insinuación, pero me tomé un momento para sopesarla.

—No creo que fuera él, la verdad. Su dolor me pareció sincero cuando le di la noticia. —Me estremecí un poco al recordarlo. El hombre se había quedado completamente destrozado, ¿o no? Sacudí la cabeza con vehemencia para ahuyentar la duda. No pudo ser él. ¿Qué empujaría a un padre a disparar a su propia hija? Sentí una punzada de culpabilidad por el simple hecho de haberme planteado esa posibilidad—. ¿Sigue el coronel aquí? No lo he visto desde que la encontramos.

Desde luego, eso no me sorprendía. Supuse que estaría llorándola en privado.

—Sigue aquí. No le entregarán el cadáver hasta dentro de una semana por lo menos. El gobierno procede despacio, en el mejor de los casos. Luego, supongo que se realizarán las gestiones necesarias para repatriarla a Inglaterra.

Asentí y nos quedamos un momento en silencio.

—Tenemos que hablar con Amón —dije entonces.

Redvers se me quedó mirando.

—¿Cómo que «tenemos»? Comprende que es la policía quien se encargará de eso, ¿verdad?

—Claro, pero me sentiría más a gusto si nosotros también lo hiciéramos.

Redvers levantó una ceja.

—¿No se fía de las fuerzas del orden público locales?

Me removí incómoda en mi asiento.

—Bueno, no mucho, si le soy sincera. Y es mi cuello el que está en juego.

Sin decir palabra, la vista de Redvers se desplazó a esa zona en concreto. De inmediato sentí que me subía el rubor y maldije mi incapacidad de controlarlo. Cuando su mirada se cruzó con la mía, luché por mantener una expresión neutral. Imposible saber hasta qué punto lo estaba consiguiendo.

—Estoy bastante seguro de que ahora mismo estará en la jefatura de policía —dijo Redvers. Por un instante había olvidado de qué estábamos hablando—. Tendremos que esperar un poco para poder hablar con él.

—¿Y qué planes tiene usted hasta entonces? —pregunté.

—¿Ha pensado alguno por mí?

Detecté un centelleo inequívoco en sus ojos.

«¿Está coqueteando conmigo?». Me di por vencida en mi batalla contra el rubor y me planteé la solución de un bronceado como coartada permanente. Más que nada, porque parecía que iba a convertirse en un trastorno recurrente.

Dirigí la mirada al cielo y negué con la cabeza.

—Solo me preguntaba si tenía pensado volver a acercarse al centro.

—Lo cierto es que sí. Debo regresar a la ciudad. Si tiene usted suerte, conseguiré más información sobre la investigación de la policía.

Confié en que la fortuna me sonriera.

14

Cuando terminamos de desayunar, Redvers tomó el tranvía eléctrico que paraba frente al hotel y se dirigía a El Cairo varias veces al día. Me maravillaba que un país con unas raíces tan profundas en la historia antigua dispusiera de servicios tan modernos. Todavía esperaba encontrar una ocasión para disfrutar de ambas cosas.

Como Amón seguía bajo custodia policial, pensé en cuál sería mi propio plan para ese día. Dudaba que a Millie le apeteciera mi compañía, ya que aún era sospechosa. No había visto a Charlie y a Deanna en el desayuno, pero no me vendría mal la inyección de alegría que suponía su conversación. Los buscaría más tarde junto a la piscina.

Antes de eso, sin embargo, decidí hacer una visita improvisada al médico del hotel. Tal vez pudiera averiguar algo sobre el hombre y la desaparición de su arma.

Mientras me dirigía al vestíbulo, me llevé una mano al estómago, apreté y gemí a la vez que aminoraba el paso hasta prácticamente arrastrarme. Me acerqué al mostrador y me agarré a él como si mi vida dependiera de ello.

—¡Señora! ¿Se encuentra mal?

El pobre muchacho parecía alarmado. Mi rostro brillaba a causa del sudor, lo cual aumentaba la verosimilitud de mi actuación. Por desgracia, empezaba a aceptar que ese sería el aspecto habitual de mi cara en ese país con temperaturas de horno.

—Creo que ha sido algo que he comido —me lamenté.

Debía de estar exagerando en exceso, pero el chico parecía convencido.

—Necesita ver al médico, creo yo. Lo avisaré para que venga.

Su mano alcanzó el teléfono, y supuse que tenían línea directa con la habitación del hombre para casos de emergencia.

—No, no. Por favor, no se moleste. Solo indíqueme cómo ir a su habitación. Estoy segura de que podré llegar sola. —Empezaba a preocuparme que se me hubiera ido la mano. El pobre recepcionista parecía dispuesto a pedir que me llevaran en camilla. Me erguí un poco—. ¿Lo ve? No es para tanto. Solo una indisposición.

—Pero tiene un aspecto horrible, señora. ¿Seguro que no quiere que lo llame?

Esa valoración de mi aspecto me molestó un tanto, ya que no estaba enferma de verdad, pero lo dejé pasar. Como el joven no soltaba el teléfono, me apresuré a tranquilizarlo.

—No, no. Puedo ir sola.

—No solemos enviar a la gente directamente a su habitación.

Seguía sin quitar la mano del teléfono, sus dedos tamborileaban sobre el auricular.

—Bueno, verá, creo que me irá bien andar un poco, y seguro que al médico no le importa. ¿Por dónde se va?

El joven seguía dubitativo, pero dejó el teléfono y señaló en la dirección contraria al comedor con inseguridad. Me dijo qué ruta seguir por los pasillos y yo le hice repetir dos veces las indicaciones. El hotel tenía muchos corredores y pequeños tramos de escaleras, de modo que era fácil perderse sin llegar a mi destino. La estructura original del edificio se había construido como pabellón de caza y, al reformarlo para convertirlo en hotel de lujo, se habían realizado numerosas ampliaciones. Estas aportaban muchísimo encanto, con diferentes alturas y galerías de madera que circundaban el edificio originario, pero también hacían que fuese difícil orientarse en él. Repetí las indicaciones del empleado para mí como si fueran un mantra.

Los giros y las bifurcaciones me llevaron a una zona bastante aislada, pero que seguía formando parte del hotel principal. La mayoría del personal fijo, incluidos los jardineros y los dragomanes, eran del pueblo de Mena. Pequeño y autosuficiente, el pueblito quedaba oculto a la vista de los clientes del hotel, aunque oficialmente formaba parte de este. Al parecer, la aldea se veía si se tomaba uno la molestia de cruzar todo el campo de golf..., así que era muy probable que no llegara a verla nunca, o al menos no desde esa perspectiva. Me consideré afortunada al saber que el médico se hospedaba más a mano.

En cuanto localicé la habitación, me detuve ante la puerta, dubitativa. Me llevé una mano al estómago, que esta vez rugía a causa del nerviosismo. Si el hombre decidía auscultarme, sin duda oiría que algo causaba alboroto ahí dentro. Podría haber dejado que el joven empleado lo hiciera bajar al vestíbulo, pero quería ver la habitación de donde habían robado el arma. Y, si pretendía echar un vistazo, tendría que llamar a la puerta.

Afiancé la mano de mi estómago, levanté la otra y golpeé con inseguridad.

Nada.

Volví a levantar la mano para llamar, con más energía en esta ocasión, y por fin oí algo de movimiento. El pestillo chasqueó y la puerta se abrió por completo y dejó ver a un hombre bajo y fornido a medio vestir: llevaba una camisa sin abotonar y algo torcida por encima de una camiseta interior que amarilleaba. Tenía el pelo castaño rojizo todo alborotado. Parecía que lo había levantado de la cama, pese a la hora que era ya. A juzgar por sus ojos inyectados de sangre, al mismo nivel que los míos, no había dormido mucho. Mi desbordante imaginación aportó toda clase de posibilidades sobre dónde podía haber estado hasta altas horas de la madrugada. Ninguna de ellas tenía nada que ver con la profesión médica.

—Sí. —Esa única palabra que me hizo llegar su acento inequívocamente australiano.

—¿Doctor Williams? —Al ver que asentía, continué—: Me duele el estómago. Creo que es por algo que he comido. ¿Tendría algún remedio que darme?

Entornó los ojos.

—No suelen enviarme a la gente a la habitación.

Aguardó un momento antes de desaparecer en la penumbra dejando la puerta abierta. Yo sabía que no era una invitación para que entrara, pero tampoco la había cerrado. Di un paso hacia la habitación.

Tenía una sala de estar del mismo tamaño que la mía, pero el ambiente estaba cargado y olía a rancio. En las contraventanas cerradas se veía una gruesa capa de polvo, y me pregunté si alguna vez las habían abierto para ventilar la habitación. Probablemente no. Esforzándome por ver algún otro detalle bajo la luz escasa, distinguí que la sala estaba bastante ordenada, lo cual me sorprendió.

Oí un frufrú en un rincón y volví la cabeza enseguida, incapaz de identificar el sonido. El médico seguía rebuscando al fondo, así que me interné más en la estancia para poder investigar mejor. El susurro se hizo más fuerte y me llevé las manos al pecho, cerrándolas en puños, preparada para golpear.

Al verme así, el médico se quedó inmóvil.

—Pero ¿qué...?

—He oído algo —dije.

Soltó una carcajada.

—Habrá sido mi codorniz.

Volví a escudriñar con la mirada y esta vez logré distinguir una jaula en el suelo.

—La encontré herida y estoy cuidándola hasta que se recupere. Les gusta la oscuridad.

Bajé los puños sintiéndome como una tonta. Menuda forma más boba de enfrentarse a una codorniz.

—Disuelva estos polvos en un poco de agua. Le aliviará la indigestión. —Me entregó un paquetito—. Y ¿quién ha dicho que es?

—Jane Wunderly. Gracias por esto. —Hice un gesto mientras agitaba el paquete.

Con el sobresalto de la codorniz, había olvidado mi actuación. Volví a llevarme una mano al estómago y esbocé una sonrisa. Esperaba no haber desmontado la farsa; todavía tenía preguntas que hacerle al médico.

—¿No es usted la que encontró a la chica muerta? —Le brillaron los ojos al reconocerme del día anterior.

Con la intensa actividad que siguió al hallazgo del cadáver, me sorprendió que se acordara de mí. Mis propios recuerdos de esa mañana estaban algo borrosos; solo veía una multitud de agentes y hombres pululando por el escenario del crimen y la avalancha de preguntas que me apremiaban a contestar. A él no lo recordaba con mucha claridad, aunque sí su marcado acento, y también que lo había visto llegar corriendo por el pasillo.

—Sí, en efecto. ¿Conocía a Anna, doctor Williams?

Estaba convencida de que lo negaría, pero una expresión lasciva le iluminó el rostro.

—La conocía. Y le gustaba pasárselo bien, ya lo creo que sí.

Tuve que hacer gala de un gran dominio de mí misma para evitar que se me curvaran los labios. Tendrían que haber organizado un desfile en mi honor, francamente.

—Sí que parecían gustarle las fiestas. —Tuve la precaución de hablar con un tono afable.

El médico resopló.

—Sabía correrse una buena juerga. Es una verdadera lástima que no pueda seguir disfrutando de ello.

Esa línea de interrogatorio no llevaba a ninguna parte; ya sabía que Anna era un poco... alocada. Cambié de táctica.

—He oído decir que fue usted médico durante la guerra. Seguro que fueron tiempos difíciles.

—Ha oído decir muchas cosas, señorita. —Entornó los ojos, pero su rostro rubicundo se suavizó al mirar más allá de mí—. La guerra fue dura. Perdimos a muchos hombres.

—También he oído decir que perdió usted un arma.

Abrí más los ojos sin querer. No podía creer que acabara de decir eso en voz alta. Ya casi esperaba que Williams me echara de allí, pero el médico volvió a sorprenderme.

—¿Se lo puede creer? Hacía años que tenía esa pistola de servicio; la guardaba en mi habitación y alguien me la ha robado. Me encantaría ponerle las manos encima al tipo que lo ha hecho. Tampoco tengo ni idea de cómo entró. —Miró a su alrededor, como si esperase encontrar a alguien acechando detrás de un armario.

Debía poner fin a esa entrevista antes de que mi suerte se agotara y mi boca me metiera en más líos. No estaba segura de haber conseguido mucha información valiosa, al margen de que el doctor Williams era un hombre impredecible. Me dirigí a la puerta.

—Bueno, gracias de nuevo por esto. —Levanté el paquetito de los polvos y sonreí con debilidad.

La cercanía del médico y ese ambiente tan cargado empezaron a hacerme sentir incómoda. Igual que ese frufrú constante del rincón. De pronto, encontrarme en una habitación en penumbra con un hombre impulsivo no me pareció la más brillante de mis ideas. Sobre todo porque nada indicaba que no hubiera sido el propio doctor Williams quien había usado el arma contra Anna. Parecía sinceramente abatido por su pérdida, pero ¿quién sabía?

Por fin, con la mano aún sobre el estómago, llegué al umbral y me apresuré a salir de nuevo a la luz. Oí que la puerta se cerraba tras de mí con firmeza, y solo había dado unos pasos cuando la voz del médico me llegó amortiguada. Me volví un instante. Debía de estar hablando con la codorniz, o llamando a alguien por teléfono. Supuse que sería eso último; lo más probable era que estuviera reprendiendo al recepcionista por haberme dejado subir a su *suite*. Era lo que habría hecho yo de encontrarme en su lugar.

Seguí andando despacio y controlando el paso hasta que giré por un recodo del pasillo y ya nadie podía verme desde la habitación del médico. A partir de ahí, regresé a la mía casi trotando.

Tenía más información que investigar.

15

DE VUELTA EN mi habitación, me dediqué a reflexionar sobre con quién debía hablar a continuación. Por desgracia, la lista era muy corta. La tarea de repasar todos los sospechosos apenas llevaba unos instantes. No creía que el coronel fuera el culpable, y la policía todavía tenía que localizar al joven a quien habíamos visto con Anna la última noche. El primer puesto de mi lista lo ocupaba Amón, así que, hasta que tanto Redvers como él regresaran de la ciudad, me encontraba atada de manos. Como no tenía ni idea de cuándo llegaría alguno de ellos, decidí ceñirme a mi plan original y dilapidar mi tiempo junto a la piscina. Con un poco de suerte, encontraría a Deanna y a Charlie allí.

Guardé en el neceser el paquetito con los polvos que me había dado el doctor Williams y me puse el traje de baño. Al llegar a la piscina, todas las tumbonas estaban ocupadas y me decepcionó ver que ninguno de mis dos nuevos amigos estaba por ninguna parte.

Había pensado que los clientes huirían en cuanto se enteraran del asesinato, pero en la piscina parecía haber más personas que de costumbre incluso, reunidas en grupitos perfectos para chismorrear. Conseguí hacerme con una tumbona tras merodear por la zona hasta que una mujer de mediana edad envuelta en un caftán largo recogió sus pertenencias y regresó al interior del hotel. Me lancé hacia el sitio libre y arrastré el mueble enseguida bajo una gran sombrilla que había cerca. No tenía necesidad alguna de tostarme. Me aseguré de calarme bien la pamela y me dispuse a leer. Todavía no había acabado la novela y, pese a la decepción de no haber encontrado a Deanna y a Charlie, me alegraba poder pasar un rato a solas con mi libro.

Sin embargo, una vez más, lo de leer tranquilamente no habría de ser. Empezaba a preguntarme si algún día terminaría ese libro. De reojo, vi llegar a Amón y lo observé con discreción por encima de las páginas. Llevaba un bañador blanco y, mientras paseaba la mirada por los turistas reunidos junto al agua, me pregunté si estaría buscando a alguien en concreto. Yo había levantado el libro intentando ocultar mi rostro, pero sus ojos dieron conmigo —aplicada como estaba en pasar inadvertida— y vino derecho hacia mí. Antes de que quisiera darme cuenta, el sonido de las patas de una silla rascando el pavimento de piedra llegó a mis oídos y el hombre se acomodaba a mi lado. Me pregunté cómo había conseguido un asiento libre tan deprisa. Una rauda mirada a mi derecha me desveló la respuesta: había dos mujeres compartiendo con torpeza una única tumbona.

«Increíble».

—Señora Wunderly —dijo Amón—, me alegro de encontrar una cara amiga.

Puesto que la mía, en esos momentos, distaba mucho de expresar amistad, supuse que hablaba de manera figurada.

—Señor Samara.

Marqué la página y dejé el libro. Hacía un rato había decidido que era mejor que Redvers y yo habláramos juntos con Amón, sobre todo después de mi encuentro con el médico. No obstante, ya que el señor Samara se me había presentado como un regalo envuelto con esmero, sería una lástima desaprovechar la oportunidad charlando de temas inanes, como el tiempo. Esa conversación, de todas formas, habría sido muy corta, porque básicamente solo hacía calor. Cualquier cosa que Amón me contara en ese momento, yo podría relatárselo más tarde a Redvers.

Parecía preocupado. Incluso después de sentarse, su atención siguió vagando por toda la zona, como si sus ojos no lograran encontrar un lugar en el que descansar con comodidad.

—Parece alterado, señor Samara. ¿Ha tenido una mañana complicada?

Me había pedido que me dirigiera a él por su nombre de pila, pero no quería que creyera que estábamos entablando amistad. Ni ningún tipo de relación, para el caso. Así que había vuelto a recurrir a un tratamiento formal.

El hombre soltó un suspiro teatral.

—Ha sido horrible, señora Wunderly. He pasado horas en la comisaría de El Cairo... Todo el desayuno y, luego, la comida. Ni se imagina lo terrible que es la comida allí.

Pronunció esa última frase con tal gravedad que casi me eché a reír. Sin embargo, también esperaba no llegar a experimentarlo en primera persona.

—Imagino que la policía le habrá preguntado por la señorita Stainton, ¿verdad? —Tenía que confirmar mi pálpito de que ya conocía a Anna.

—Sí, pero apenas nos conocíamos, así que he podido contarles muy poco.

—¿De veras? Entonces ¿por qué tenía ella sus gemelos? —Las palabras salieron de mi boca antes de que pudiera plantearme si era inteligente confesar que conocía ese detalle, pero logré mantener una expresión neutral.

Amón me miró durante unos segundos como si quisiera desenmascararme o estuviera corrigiendo cualquier valoración anterior que hubiera hecho sobre mi persona. Era evidente que no había esperado a una mujer inmune a sus encantos. Y dispuesta a desafiarlo, además.

—¿Cómo sabe lo de los gemelos, señora Wunderly? —Su voz había cambiado. No de una forma espectacular, pero sí lo suficiente para que resultara perceptible.

De pronto denotaba cierta crudeza, y me pregunté hasta qué punto su educado discurso era una mera actuación.

—La policía los mencionó cuando me interrogaron, y recuerdo que lo vi a usted con ellos la otra noche.

Estaba improvisando. No quería que supiera que era yo quien los había encontrado.

—¿Recuerda mis gemelos? —Parecía escéptico.

—Bueno, la otra noche, en el baile, no pude evitar fijarme en ellos. Eran muy llamativos. —Hasta ahí era cierto—. Aunque me pareció extraño que las iniciales no coincidieran con las suyas.

Esperé que no reparara en que no podía haber visto las iniciales a menos que hubiera estado en su misma mesa.

—Posee usted un gran poder de observación, señora Wunderly. —Hizo una pausa y durante un instante temí que hubiera descubierto mi embuste, pero siguió hablando—. Eran de mi abuelo. Una herencia familiar.

Respondió con tal naturalidad que no supe decidir si decía la verdad o era un mentiroso consumado.

Me pareció más seguro suponer eso último.

—¿Cómo llegaron a las manos de Anna, señor Samara?

Me negaba a dejar que escapara del anzuelo tan fácilmente. Además, quería conocer la respuesta, aunque dudaba de que me contestara con sinceridad.

—Me temo que la señorita Stainton tenía los dedos largos. Solía agenciarse objetos llamativos que no le pertenecían.

Igual que esos pájaros que coleccionan cosas brillantes. Hmmm... ¿Las urracas?

Lo pensé un poco. Había visto las pertenencias de Anna y no parecía que fuera justa de dinero. Dudaba mucho que necesitara robar cosas cuando sencillamente podía comprarlas sin más. Desde luego, también sabía que algunas personas cometían esa clase de actos por la emoción que les causaba, y no por motivos económicos, pero no me hubiera imaginado a Anna buscando esa clase de diversión.

Aunque también tenía mi broche en su habitación, así que tal vez sí fuera una costumbre suya, al fin y al cabo. Sin embargo, eso seguía sin explicar por qué se había tomado tantas molestias para esconder los gemelos, ni cuándo los había hurtado. No me parecía que fuera tan simple como que sisara «objetos llamativos». Anna había tenido que invertir cierto esfuerzo en robar los gemelos y luego coserlos en su vestido en el poco tiempo transcurrido entre cuando yo había visto a Amón con ellos y el momento en que la asesinaron. Decidí que mi broche era un asunto del todo diferente.

Hice una mueca imaginaria y decidí intentarlo con una táctica más halagadora, dejando que el hombre creyera que por fin me había rendido a sus «encantos».

—Bueno, seguro que Anna no se cruzaba todos los días con alguien tan apuesto como usted. —Casi me atraganté con mis palabras—. Tal vez quería un recuerdo suyo.

Su mirada se suavizó.

—Puede. Nos conocíamos desde que era jovencita. Anna era encantadora. Era un auténtico placer tenerla cerca.

No compartía su opinión, pero, al menos, por fin llegábamos a alguna parte.

—Pues la otra noche, en el salón, ni siquiera le dirigió la palabra. Y acaba de decirme que apenas se conocían.

—Señora Wunderly, lo cierto es que estábamos enamorados, pero ella quería ocultárselo a su padre, que no aprobaba nuestra relación. —Se miró las manos en actitud reflexiva. Mientras lo contemplaba, empezó a darse un masaje en el nudillo del dedo índice—. Tuvimos una pelea cuando llegué, y por eso no hacía más que irse con esos jovenzuelos. Intentaba ponerme celoso. Yo la amaba, señora Wunderly. —Por fin levantó la mirada y estableció contacto visual conmigo—. Tiene que creerme.

Si de verdad Amón y Anna habían sido pareja, dudaba que ponerlo celoso fuera lo único que se ocultaba tras sus coqueteos. Mientras profería sonidos de compasión por la pérdida del hombre, me pregunté si habría un ápice de verdad en lo que estaba diciendo.

Probablemente no.

—Entonces ¿por qué tropezó con ella en el bar? Vi que le tiró el bolso al suelo.

Amón se tensó.

—Debió de confundirse, señora Wunderly. No fue a mí a quien vio.

Hice un ruidito de fingida aquiescencia. Antes había dudado de mí misma, pero de pronto sentí una certeza absoluta. Amón era el hombre del traje blanco al que había visto chocar con Anna.

Se aclaró la garganta y cambió de tema mientras ponía la vista en el horizonte.

—Anna podía ser muy generosa, ¿sabe?

Me temo que en ese punto mis cejas desaparecieron en algún lugar bajo mi cabellera, aunque él no pareció darse cuenta.

—Solía colaborar con un orfanato católico, aunque ella no profesaba esa fe. Visitaba a los niños y, una vez al año, se los llevaba a sus establos para que montaran a caballo.

Por primera vez desde que lo conocía, tuve la sensación de que Amón Samara podía estar diciendo la verdad..., por muy sorprendente que resultara esa información.

—Pero, señora Wunderly, el otro día no llegó a contestar mi pregunta. ¿Cómo puede una mujer tan encantadora como usted seguir soltera? Seguro que tendrá muchos pretendientes en su país.

El cambio de tema fue muy abrupto y nada celebrado, pero no inesperado. Tendría que haber supuesto que no se rendiría sin más. Después de oír el informe de Redvers sobre la afición de ese hombre por las mujeres adineradas, comprendí que Amón debía de suponer que yo era una de ellas, pese a que las pruebas apuntaran en el sentido contrario. Nada de lo que llevaba podía inducir a nadie a pensar que era de buena familia, pero tal vez él creía que era una excéntrica. Al fin y al cabo, me alojaba en un hotel muy chic, por el que había pasado el rey de Egipto en persona... Amón no tenía forma de saber que era mi tía Millie quien sufragaba los gastos de toda la expedición.

Por desgracia para él, mientras que otras mujeres podrían haberse sentido halagadas por ese interés suyo, yo no era como la mayoría. Y la idea de comentar mi vida personal en una charla banal con ese *playboy* meloso me ponía los pelos de punta. Literalmente.

—Verá, no me gusta hablar de ello, y esta es la última vez que voy a ser educada con respecto al tema. —Le dediqué una sonrisa furiosa—. Empiezo a tener dolor de cabeza. —Ni siquiera intenté ocultar el hecho de que no era más que un pretexto para escapar—. Si me disculpa...

Recogí mis cosas y me fui, dejando a Amón Samara allí plantado con la boca abierta. No me importaba lo que pensara de mi grosera contestación ni de mi abrupta marcha. Si era listo, evitaría arrinconarme con una conversación así en el futuro. A partir de entonces, le dejaría todos los interrogatorios a Redvers.

Justo cuando pasaba por la columnata, vi acercarse a Deanna y a Charlie.

—¿Ya te marchas? —La decepción de Deanna parecía sincera—. Esperábamos encontrarte aquí.

—Me temo que sí. El calor me está dando dolor de cabeza.

—¿El calor o esa comadreja de traje blanco? —Charlie señaló a Amón con la cabeza.

Ya estaba charlando con la mujer mayor que había ocupado mi asiento. Iba alegremente ataviada con un traje de baño de rayas de abeja y llevaba un turbante a juego.

Solté una risa auténtica.

—Me habéis pillado. Ese hombre es demasiado para mi gusto.

—Es demasiado para el gusto de cualquiera —señaló Deanna con sequedad, y cruzamos una sonrisa.

—¿Quedamos esta noche para tomar una copa?

No quería socializar a la vista de Amón, pero sí me apetecía pasar un rato con los recién casados.

—Suena de maravilla —dijo Charlie.

De camino a la habitación, me propuse que les preguntaría a los Parks qué pensaban de Amón Samara. Era evidente que se habían formado una opinión. Sentía curiosidad por ver cuáles eran sus impresiones, y si se habían enterado de algo relacionado con él que yo desconociera.

16

TODAVÍA ERA TEMPRANO cuando regresé a mi habitación. Me pasé un paño fresco por la cara y el cuello y rememoré la conversación con Amón. Al contrario que en mi charla con el médico, sabía que había recabado por lo menos un par de datos útiles: que Amón sí conocía a Anna, fuera cierta o no la relación que él afirmaba que tenían; y que seguía creyendo que había sido él quien le había tirado el bolso, una jugada que estaba segura de que había sido adrede. Reflexioné sobre qué podía ganar él con ello.

Tal vez nada. Quizá solo había querido fastidiarla. O que ella supiera que estaba allí.

Intenté concentrarme en mi novela, pero me costaba olvidar las fisgonas preguntas de ese hombre. Su indiscreción en cuanto a mi estado civil me molestaba más de lo que quería reconocer. Otra mujer apenas habría considerado sus preguntas un leve incordio, pero mi matrimonio era un capítulo que había cerrado con rotundidad. No me apetecía que nadie intentara abrir la tapa. El breve interrogatorio y el estrés por el asesinato de Anna hacían que no lograra mantener esos oscuros recuerdos guardados a cal y canto. Por mi mente pasaron la larga serie de doncellas que enseguida dejaban nuestro hogar, así como las magulladuras que me esforzaba por ocultar o el acre olor de los ungüentos que me aplicaba cuando me hacía sangre.

La memoria me dejó el estómago revuelto.

Cuando llegó el carrito con la comida, decidí localizar a Millie, ya que se suponía que era su acompañante en el viaje y apenas la había visto un total de cinco minutos en más de un día. Pese a que mi tía parecía estar evitándome, me sentí ligeramente culpable por la negligencia en el cumplimiento de mis deberes.

Pensé en su evidente aversión hacia la policía; un misterio para el que todavía tenía que encontrar respuesta. Me preguntaba si el descubrimiento de los gemelos y el interrogatorio de Amón significaban que yo había dejado de ser la sospechosa principal del asesinato de Anna. Solo podía esperar que así fuera. Y, en ese caso, tal vez mi tía volviera a considerar tolerable mi compañía.

Crucé el pasillo y llamé a su puerta, pero no obtuve respuesta. Me dirigí al comedor con la esperanza de no toparme de nuevo con Amón por el camino. Su mera presencia me suponía un quebradero de cabeza que en ese momento solo deseaba evitar. Vi a Millie y a sus dos jóvenes compañeras en un rincón de la sala y me dirigí hacia allí.

Mi tía se puso algo nerviosa al ver que me acercaba.

—No te preocupes, tía Millie, ya tienen a otro flamante sospechoso principal. Puedes estar tranquila; la policía busca en otra parte.

—Bien. —Pareció sopesarlo un momento, y yo sentí una pequeña puñalada al ver que tenía que plantearse si dejaba que me uniera a ellas o no—. Por favor, siéntate a comer con nosotras. Todavía no hemos pedido.

Conseguí sonreír con elegancia, ocupé la silla vacía y contemplé las opciones de la carta. Acababa de decidirme por un plato cuando el camarero llegó para tomar nota. Al terminar, Millie y Lillian reanudaron su conversación sobre la calidad de los diferentes campos de golf en los que había jugado la joven en comparación con el del hotel. Millie la escuchaba con atención, pero yo desconecté y aproveché la oportunidad para observar a las chicas con más detenimiento.

Marie era la más morena de las dos: pelo más oscuro, tez más oscura, estatura algo menor y bastante más llenita. Daba la sensación de no haber perdido aún las redondeces de la infancia, mientras que Lillian era esbelta y atlética, con una buena constitución para el deporte. Su pelo color caoba no era la moderna melenita que llevaba Marie; el corte de Lillian parecía responder más a la comodidad que a otra cosa. No me habría sorprendido saber que se lo cortaba ella misma con un par de tijeras desafiladas. Sin embargo, irradiaba la confianza en sí misma que suele acompañar al talento natural, y era capaz de defender su estilismo. Marie cuidaba más de su aspecto, pero contaba con menos atractivo natural con el que trabajar.

Me pregunté si alguna de las dos tendría otra afición aparte del golf. Lillian parecía absolutamente entregada a ese deporte, hasta el punto de excluir todo lo demás, a juzgar por la conversación que estaba manteniendo. Y Marie parecía absolutamente entregada a Lillian; se pasaba casi todo el rato contemplándola con una mirada de completa adoración. Formaban una pareja interesante.

Por fin se produjo una breve tregua en el diálogo y pude preguntarle a Lillian cómo había llegado a interesarse tanto por el golf.

Me sorprendió que Millie me interrumpiera:

—Ay, Jane, es una historia preciosa. Lillian es una atleta excepcional.

Me costó bastante ocultar mi asombro ante el evidente orgullo que transmitía la voz de mi tía. Por una chica a la que acababa de conocer.

117

O eso afirmaba ella.

—Tampoco es tan emocionante, tía Millie —dijo Lillian.

Mis cejas salieron disparadas al oír que usaba el término «tía».

—Mi padre me introdujo en él a muy temprana edad. Es un apasionado del golf, y ya sabe que Escocia cuenta con hermosos campos. A menudo íbamos allí de vacaciones para disfrutarlos.

Al otro lado de Lillian, Marie sonreía tanto como la propia Millie.

—¿Y dónde os conocisteis Marie y tú? —Sentía verdadera curiosidad por la respuesta.

Lillian se encogió de hombros de una forma algo brusca, y miré a Marie, que estaba algo alicaída ante la falta de entusiasmo de su amiga.

—Nos conocimos en la escuela, hace años —explicó Marie al cabo. Hasta entonces no había reparado en que hablaba con acento estadounidense—. Mis padres me enviaron a Inglaterra, a casa de unos primos, y yo los convencí para que me dejaran quedarme. —Su mirada regresó a Lillian.

Mientras tanto había llegado la comida, y Lillian asintió y se concentró en su plato de pescado, arroz y verduras. Era metódica, terminaba cada alimento antes de atacar el siguiente, y así siguió comiendo hasta que acabó su plato sin mezclar los diferentes componentes ni una sola vez, ni permitir que se tocaran siquiera. Intenté apartar la mirada, pero era difícil.

—Bueno, señora Wunderly...

Me sobresalté al oír la voz de Marie. Resultaba tan insólito oírla hablar que me pilló con la guardia bajada.

—Me han dicho que encontró usted el cadáver. Parece algo sacado de una revista sensacionalista. —En sus ojos se veía un brillo extraño que me resultó de muy poco gusto.

—Así es. Su padre está destrozado. —Le dirigí una mirada cargada de intención a la chica, que bajó la vista a su plato—. De hecho, ¿alguna lo ha visto hace poco? Creo que debería ir a comprobar cómo se encuentra.

Todas negaron con la cabeza sin convicción y, aunque noté su decepción desde el otro lado de la mesa, Marie dejó el tema.

En cuanto los tenedores cayeron sobre nuestros platos vacíos, Lillian se excusó y salió hacia los *greens* con Marie pisándole los talones. Me sorprendió un poco que Millie se quedara conmigo, pero parecía que su recién descubierto entusiasmo por el golf no alcanzaba para arrastrarla a la práctica del *putting*... o de la actividad deportiva que fuera que Lillian se dirigía a practicar.

—¿Marie también juega al golf? —pregunté.

—No, apoya a Lillian y le lleva el equipo.

Enarqué las cejas de nuevo.

—¿Como un cadi?

—Bueno, sí. Es que, verás, Marie siente adoración por Lillian, y es bastante experta escogiendo palos.

—Entiendo. —Lo cierto era que no, pero no quería oír nada más sobre palos de golf.

Casi esperaba que Millie buscara una excusa para marcharse, pero por el momento parecía contenta con mi compañía, así que le propuse salir a la terraza para tomar una taza de té. O una copa, si lo prefería.

—Un té suena de maravilla.

Casi desafiaba a la lógica que Millie renunciara a una bebida alcohólica, y tuve que hacer un esfuerzo para que mi rostro no mostrara sorpresa alguna. No estaba segura de si atribuirlo al calor, aunque era poco probable, o que la novedad de poder conseguir una copa tan fácilmente empezaba a perder su efecto.

Tal vez fuera otra cosa lo que influía en ella.

Mientras avanzábamos hacia la terraza, le pedí a uno de los jóvenes camareros que nos sirviera un té, y mi tía y yo encontramos una mesa a la sombra donde acomodarnos. El joven no tardó en regresar con una bandeja sobre el hombro y dejar en nuestra mesa una tetera humeante, así como dos tazas con sus platos. Las tazas estaban vueltas del revés, y se me ocurrió pensar que era una disposición extraña, puesto que solían llegar del lado correcto y listas para recibir el té. Pero no le di más importancia.

Millie me pidió que le sirviera, así que alargué la mano y puse su taza boca arriba para llenarla con la aromática infusión. Volví a dejar la tetera y añadí leche y azúcar a su taza antes de centrarme en la mía. No hice caso de sus quejas mientras se echaba dos azucarillos extras y removía enérgicamente el té.

Entonces le di la vuelta a mi taza y un brillante insecto negro con la cola levantada resbaló por el interior de porcelana.

Era un escorpión.

17

GRITÉ CON FUERZA y dejé caer la taza en la mesa, donde rebotó antes de estrellarse en el suelo. La delicada porcelana se hizo añicos de inmediato. El escorpión, al salir huyendo, no había acertado en mi mano por muy poco. Me aparté de la mesa lo más deprisa posible y, mientras intentaba poner distancia —mucha distancia— entre la criatura venenosa y mi persona, hice rechinar las patas de la silla sobre el pavimento de piedra.

Atraídos por el alboroto, camareros y comensales por igual se acercaron corriendo.

—¿Adónde ha ido?

Mis manos temblorosas se apretaban contra mi pecho mientras seguía ahí de pie, con las rodillas flojas, algo apartada de la mesa.

La tía Millie levantó la tapa de la tetera con calma, retiró con destreza mi platito valiéndose de un cuchillo para la mantequilla y, con un movimiento raudo, atrapó al escorpión bajo la tapa abombada.

—De verdad, Jane. Estás histérica.

Esa fue toda su reacción, y volvió a darle vueltas a su té.

—No estoy histérica. —Apenas me salía la voz—. Me he... sobresaltado. Solo me he sobresaltado.

Millie resopló.

Nuestro camarero estaba entre los curiosos que se habían acercado a toda prisa, y su rostro se imbuyó de horror al ver lo que habíamos encontrado. Habló deprisa en árabe con Zaki, que había llegado justo después, y estaba dirigiendo a los comensales de vuelta a sus mesas. Zaki me hizo de traductor con nuestro joven camarero; el dominio del inglés del muchacho, que era excelente, parecía haberse esfumado a causa de la conmoción.

—Señora, Hasan promete que no sabía que hubiera un escorpión bajo su taza. —Zaki señaló al joven azorado—. Dice que, cuando ha cogido la bandeja de la cocina, ya estaba preparada y las tazas estaban puestas así.

Se interrumpió mientras Hasan seguía con su acelerado parlamento, luego posó la mano con cuidado en el brazo del joven para tranquilizarlo.

—Guardamos así las tazas, señora —explicó Zaki—, pero no está seguro de quién ha preparado la bandeja. Nuestra cocina es una zona muy ajetreada durante las comidas. Dice que no ha visto a nadie, que solo ha sacado el servicio de té.

Suspiré. La cocina debía de ser una casa de locos a esas horas, y era poco probable que alguien recordara una bandeja en concreto. El joven me dio lástima. Tenía lágrimas en los ojos, y comprendí que seguramente le preocupaba perder su trabajo.

—Por favor, dígale que no se inquiete. Nadie ha resultado herido, y estoy segura de que estas cosas suelen ocurrir.

—Lo cierto es que no, señora. —Zaki negó despacio con la cabeza—. Un escorpión es algo muy poco frecuente. Pero le transmitiré lo que me ha dicho.

Zaki dio órdenes a un pequeño ejército de camareros y luego se llevó a Hasan echando un brazo sobre sus delgados hombros. El ejército se quedó para ocuparse del escorpión atrapado. Mientras los miraba, me estremecí.

—Creo que subiré a mi habitación, querida, si ya estás bien.

Mi tía me dio unas palmaditas distraídas en el brazo. Me fijé en que se había terminado el té como si tal cosa mientras a su alrededor reinaba el caos.

—Sí, estoy... bien. Gracias por reaccionar tan deprisa.

Vi como se alejaba abriéndose camino entre la pequeña muchedumbre que se negaba a dispersarse con calma.

Mi corazón dejó de martillear, pero la inyección de adrenalina me había dejado temblorosa. Me desplacé hasta una silla de una mesa cercana y, sentada allí, me pregunté cómo podía haber acabado un bicho con predilección por los rincones oscuros y tranquilos en la iluminadísima cocina de un hotel.

Debajo de una taza de té.

UNA HORA DESPUÉS, Redvers me encontró todavía en esa mesa, absorta en mis pensamientos. Me preguntaba si había sido un acto de la naturaleza lo que había puesto al escorpión en mi camino, o si se trataba de algún tipo de mensaje. Y, pese a mis ganas de estar sola y recuperar cierta sensación de normalidad, sentí alivio al verlo.

—Me he enterado de lo sucedido. ¿Se encuentra bien? —Frunció el entrecejo con preocupación.

—Me he llevado un buen susto. Creo que encajé mejor encontrar a Anna muerta que haber encontrado un escorpión vivo. —Me recorrió otro escalofrío.

—Siento no haber estado aquí.

Redvers alcanzó una silla y la acercó. Movió la mano hacia la mía, pero entonces se detuvo bruscamente y, en lugar de eso, la colocó en su regazo.

—No estoy segura de qué podría haber hecho usted, pero le agradezco la intención. Y debo decir que Millie se ha ocupado de ello bastante bien. —Hice una pausa y me pregunté si sería conveniente comunicarle lo que andaba barruntando—. Lo he estado pensando y me cuesta mucho creer que fuera un accidente. ¿Cómo acaba un escorpión metido debajo de una taza? ¿En una cocina ajetreada y bien iluminada? Millie y yo hemos tenido suerte de que no nos haya picado a ninguna de las dos.

Le informé de lo que me había contado Zaki sobre la cocina y el servicio de té.

—¿Cómo era ese escorpión? —Redvers se inclinó hacia delante.

Le describí lo mejor que pude la pequeña criatura negra y reconocí, avergonzada, que tampoco me había fijado mucho porque no me encontraba... demasiado serena.

—Bueno, pues tengo una buena noticia. Si no se ha tratado de un accidente, solo ha sido una advertencia. Esa clase de escorpión no es mortal, aunque su picadura habría sido muy dolorosa. —Redvers volvió a erguirse—. Podría haberla dejado fuera de combate durante varios días... Tal vez incluso semanas. —Al ver mi expresión de horror, quiso arreglarlo añadiendo—: Por lo menos no era un escorpión amarillo. Esos son especialmente mortales. Una vez conocí a un tipo que...

Esa era una historia de la que no necesitaba conocer los detalles, así que lo interrumpí levantando la palma de la mano y moviendo la cabeza con rotundidad.

—Qué espanto. Muchísimas gracias.

Ambos nos quedamos un momento en silencio.

—Casi se me olvida contárselo. He tenido una pequeña charla con el señor Samara —dije entonces.

Todas las señales de la anterior preocupación de Redvers se deshicieron en un aluvión de frustración.

—¿Por qué no me has esperado? Jane, se suponía que íbamos a hablar con él los dos.

Azorada por ese repentino tuteo, balbuceé un poco.

—Es que... se... Se ha sentado a mi lado en la piscina. No iba a hacer como que no lo había visto, ¿no?

Redvers gruñó descontento. Decidí que sería mejor esperar un poco para mencionarle mi visita al doctor Williams.

—Además, ¿cómo sé que puedo confiar en ti? Acabamos de conocernos —murmuré. Me pasé los dedos por el pelo y apreté la mano contra la sien antes de seguir bajando por mi rostro—. Se me olvida todo el rato, pero apenas te conozco. Ni siquiera sé tu nombre completo.

Redvers se quedó callado mirando el borde de una taza de té. Después alargó las manos, tomó las mías, y por primera vez me fijé en lo grandes que eran. Casi hicieron desaparecer las mías entre ellas. Los dedos largos y sensibles eran cálidos, fuertes y reconfortantes. Se inclinó hacia mí y sentí que algo me atraía hacia él, como si tuviera una fuerza gravitacional propia.

—Jane, puedes confiar en mí.

Una frase tan sencilla... Y, sin embargo, al mirarlo a los ojos percibí su sinceridad como si estuviera marcada a fuego. También noté una calidez ardiente que me subía desde la boca del estómago y que se me aceleraba el pulso. Sus ojos oscuros sondearon los míos.

En ese momento supe que Amón Samara me había mentido, aunque no era capaz de decir sobre qué ni cuánto. Pero existía una diferencia abismal entre alguien que decía la verdad, como Redvers un instante antes, y alguien que solo te decía lo que querías oír.

Aun así, también reparé en que seguía evitando darme su nombre completo.

Antes de que el momento se alargara más aún y yo perdiera el juicio, alguien se aclaró la garganta junto a nosotros.

Redvers me soltó las manos, el hechizo se rompió y ambos regresamos a la realidad.

Me volví hacia el camarero que estaba junto a la mesa y recoloqué la servilleta en mi regazo con manos nerviosas. Varias veces.

—¿Puedo traerles algo?

Era el joven Hasan. Durante la última hora se había mostrado desesperado por compensarme y no se alejaba de mí, dispuesto a satisfacer todos mis deseos. Yo no había deseado nada, pero eso no le impedía intentar servirme algo cada vez que carraspeaba. Hacía un rato me había compadecido de él y le había pedido otro té. No me apetecía mucho, pero sentía la necesidad de demostrarnos a ambos que el incidente tampoco me había afectado tanto.

Redvers recuperó la sobriedad y le aseguró al joven que teníamos todo cuanto necesitábamos. Me alegró que contestara él; no estaba segura de poder encontrar mi voz todavía. Di un buen trago de agua, respiré hondo varias veces y continué con la conversación como si no hubiera pasado nada.

—Bueno, ¿quieres saber lo que me ha dicho Amón? ¿O prefieres interrogarlo tú mismo?

Redvers suspiró y, mirando al cielo, me pidió que prosiguiera. Intenté evitar que una sonrisa asomara a mi rostro mientras le relataba mi conversación con el hombre, incluyendo todos los detalles que era capaz de recordar.

—Miente —opinó Redvers en cuanto terminé.

—Eso mismo he pensado yo. Pero ¿sobre qué en concreto? ¿O sobre todo lo que me ha contado?

Me detuve y sopesé si debía informarle de mi conversación con el médico. Decidí que era mejor soltarlo ya.

Redvers escuchó en silencio hasta que terminé.

—Bueno, si te hace sentir mejor, parece que has tenido más éxito que la policía. Alguien se ha sentido tan amenazado como para lanzarte una advertencia.

—Entonces ¿no crees que lo del escorpión haya sido un accidente?

—Teniendo en cuenta la cantidad de personas a las que has importunado hoy, diría que no. No ha sido un accidente.

Resistí el impulso de dedicarle una mueca por insinuar que estaba molestando a la gente y, en lugar de eso, decidí sentirme halagada por haberlo hecho por lo menos igual de bien que la policía, si no mejor. Aun así, había algo más que me inquietaba.

—Seguramente debería revisar mi habitación esta noche, por si hay más insectos mortales.

—Una idea estupenda.

18

Antes de acostarme esa noche, hice exactamente eso. Me pasé cerca de una hora comprobando todos los rincones y las grietas de mi habitación. Miré debajo de mantas, almohadas y colchones, y sacudí la ropa armada con un bate de críquet que me había buscado Redvers. Su superficie plana iría muy bien para machacar a intrusos indeseables..., pero desde una distancia segura, ya que era bastante largo.

No encontré nada de nada.

Por extraño que pareciera, eso me dejó más angustiada que si hubiera dado con algún bicho asqueroso y lo hubiera aniquilado con el arma de madera. Suspiré, me senté en la cama y apoyé el bate contra la mesita de noche. Me acurruqué bajo la colcha arrugada y me pregunté si sería capaz de conciliar el sueño.

Pese a todo, estaba ansiosa por que llegara el día siguiente. Redvers se había ofrecido a acompañarme a las pirámides para que me distrajera un poco. No estaba segura de si lo conseguiría; mientras no esposaran a alguien, no creía que pudiera quitarme de encima la leve sensación de náusea que me lastraba. Sin embargo, me emocionaba pensar que por fin iba a ver de cerca una parte de la rica historia de Egipto, que tanto anhelaba conocer. Redvers parecía creer que la policía no pondría ningún reparo a nuestra excursión, puesto que la realizaría en su compañía. Yo no estaba tan convencida, pero decidí apostar por que nadie notaría mi ausencia. Al fin y al cabo, ahora contaban con otros sospechosos en quienes centrar su atención. Además, haría todo lo posible por disfrutar de nuestro día.

Habíamos decidido quedar temprano, mucho antes del amanecer. Eso me vino muy bien, puesto que estaba despierta desde mucho antes de que hiciera falta. Me invadían la impaciencia y la emoción, dos sentimientos que habían bastado por sí solos para tenerme la noche en vela. Mi subconsciente no tardó en llevar las cosas un paso más allá y decidió interpretar cada ruidito minúsculo como la muerte acechando en la oscuridad; al final, encendí la luz y así la dejé.

Tras bajar rodando de la cama, me vestí para pasar un día bajo el sol del desierto: con una blusa de lino blanca y de manga larga, y unos pantalones de lino de color beis. Sabía que ese tejido transpiraría bien, y Redvers me había asegurado que la manga larga era lo más adecuado. También me puse una gran pamela. Serviría para protegerme la cara del sol y también me daría una excusa para no arreglarme el pelo.

El desayuno fue rápido. Devoré el mío junto con varias tazas de café para compensar la falta de sueño. Mi anterior inquietud por las órdenes de Hamadi había quedado olvidada; casi saltaba en la silla de la emoción —y la cafeína— mientras esperaba a que Redvers se terminara el té y pudiésemos partir.

—Nunca había visto a nadie tan entusiasmado por ver un montón de piedras viejas.

—Pues yo he visto a ancianas tardar menos que tú esta mañana. ¿Cuándo piensas acabar?

Con eso me gané una carcajada mientras Redvers apuraba su taza y se apartaba de la mesa.

También él llevaba manga larga y pantalones largos, aunque los suyos formaban parte de un traje de lino ligero que de algún modo conseguía no parecer arrugado. Mi atuendo, por el contrario, daba la sensación de que había dormido con él puesto. Cuando salimos de la sombra de la entrada del hotel, Redvers se puso un sombrero Panamá color crema. Yo no hacía más que dirigirle miradas de refilón; qué elegante figura...

Nos dirigimos al límite del recinto del hotel, donde Redvers había encargado a un mozo de cuadra que fuese a buscarnos con un par de camellos del pueblo de Mena. La mayoría de los camellos que se usaban para el transporte de turistas eran de la aldea. Los contemplé con inquietud, aunque me parecieron bastante dóciles. Había esperado unas bestias temperamentales que escupirían todo el rato y arrancarían a galopar en cuanto me acercara a ellas, pero nos esperaban arrodillados en la arena con tranquilidad, masticando un montón de hojas verdes que les habían dado. El más corpulento de los dos me miró con un ojo plácido y siguió rumiando mientras Redvers y su cuidador cruzaban algunas palabras en árabe. Mi acompañante le entregó un puñado de monedas al hombre de la túnica marrón y, tras un breve saludo, este se alejó.

—¿No va a acompañarnos? —pregunté mientras lo veía desaparecer tras un pequeño palmeral.

—No será necesario. Los camellos se me dan bastante bien.

Habría jurado que el animal que teníamos más cerca dejó de masticar para lanzarle una miradita.

—Ese parece interesado en ti —dije señalando a la bestia.

—Será por mi nueva colonia.

Arrugué la nariz.

—Me alegra que lo hayas mencionado. Pensaba que era el camello.

A Redvers le temblaron las comisuras de los labios, y yo sonreí. No me preocupaba que se hubiera ofendido. Olía divinamente, y estaba segura de que él lo sabía muy bien.

Me ayudó a montar sobre el más pequeño de los animales, para lo que lancé una pierna por encima del lomo con agilidad y me acomodé en la silla de cuero, que iba bien sujeta sobre una manta de vivos colores. La brida de tela del camello era de un tejido similar, muy diferente a las de cuero que se usaban para los caballos. En lugar de pasar entre los dientes del animal, la cuerda descansaba en lo alto del morro y le dejaba la boca libre. Los coloridos pompones que colgaban de la brida junto a las mejillas del camello conjuntaban con las vistosas rayas de la manta de montar. El efecto resultaba bastante festivo y encajaba con mi ánimo alegre. Ni siquiera el olor ligeramente almizclado del camello lograría fastidiarme.

Observé a Redvers mientras montaba en su propio camello. Luego profirió un extraño chasquido doble con la boca. El animal se puso de pie con torpeza y, cuando el mío lo siguió, me esforcé por mantener el equilibrio mientras la bestia se balanceaba hacia atrás y hacia delante entre breves gruñidos. Ahogué una exclamación al ver lo lejos que estábamos del suelo. Aun subida al ejemplar más pequeño, habría tenido que bajar la mirada hacia Redvers si hubiera estado de pie a mi lado. Ese desgarbado animal debía de ser varios palmos más alto que un caballo.

Enseguida supe cómo guiar al camello usando las riendas y agarrándome con una mano al fuste de la silla, y avanzamos a un paso tranquilo, trotando el uno junto al otro en dirección a los enormes monumentos.

—Las pirámides no están lejos, también podríamos haber ido a pie. ¿Para qué necesitábamos los camellos?

—He pensado que la experiencia te gustaría. Todos los visitantes de Egipto deberían montar en un camello en algún momento. Además, así luego podremos alejarnos un poco más. La vista desde las dunas es espectacular.

Todavía era temprano y, aunque el sol ya había sobrepasado el horizonte, aún tenía que calentar el día, de modo que el paseo fue cálido, pero no asfixiante. Tanto por delante como por detrás de nosotros se veían algunos turistas más, quizá con el mismo plan de salir a primera hora de la mañana para llegar antes que el calor. La mayoría de los pequeños grupos iban guiados por un dragomán, los elegantes guías locales, a quienes se reconocía con facilidad gracias a las preciosas *galabiyas* de seda y los complicados turbantes que llevaban.

—¿Cuántos idiomas hablas exactamente? —pregunté tras unos minutos de agradable silencio.

—Soy capaz de mantener una conversación aceptable en unos cuantos. —Calló unos segundos; las pezuñas de los camellos levantaban pequeñas nubes de arena a intervalos rítmicos—. ¿Por qué te interesan tanto las pirámides? Parece que tienes por ellas una fascinación más profunda que la del turista típico.

Me tomé un momento para poner en orden mis pensamientos y poder explicar mi interés sin desvelar demasiado. Me habían educado sin el ritual de la religión, y había perdido a mi madre a una edad temprana. Al quedarme también viuda a los veintidós años, había empezado a interesarme tanto por la ceremonia que rodeaba a la muerte como por las diversas teorías sobre lo que venía después.

—Siento curiosidad por saber cómo ven la vida eterna otras culturas. Los egipcios tenían unas ideas especialmente peculiares sobre lo que les ocurría después de la muerte y cómo tratar a sus muertos. Los aspectos ceremoniales y los sistemas de creencias me resultan muy interesantes.

Redvers asintió con respeto.

—De modo que tu interés abarca algo más que las baratijas que desentierran.

Me reí.

—Sí, algo más. Aunque también querría ver las baratijas.

Guardó silencio un momento.

—Bueno, sin duda estas pirámides dan testimonio de la creencia egipcia en el más allá.

Lo dejó ahí, y yo solté un suspiro mudo de alivio al ver que no insistía en el tema.

Cuanto más nos acercábamos a las grandes pirámides, menos capaz me veía de mantener una conversación coherente. Es imposible describir el efecto que tenía verlas en persona; y contemplarlas de cerca resultaba mucho más sobrecogedor que otearlas de lejos, como la vista de postal que había disfrutado desde el hotel. Me conmovieron su absoluta majestuosidad, la imposibilidad de su arquitectura y el sencillo hecho de que su construcción hubiera tenido lugar unos cuatro mil años atrás. Costaba asimilar que los humanos hubieran creado esas descomunales estructuras hacía tantos años, y que la única maravilla de la Antigüedad que nos quedaba hubiera conseguido sobrevivir a los implacables vientos del desierto durante miles de años. Era una hazaña que me dejaba aturdida.

Redvers nos hizo parar a cierta distancia para que pudiera recrearme en la contemplación de la vista que teníamos delante. Era evidente que él las había visto en otras ocasiones, pero también parecía sobrecogido.

—Por muchas veces que las haya visto, me siguen dejando sin palabras.

—Sí... —susurré.

Redvers había quedado con otro guía local en el emplazamiento, y el hombre se llevó a los camellos a un redil temporal mientras nosotros nos acercábamos a las pirámides a pie. Ahora que estábamos en el suelo, noté que la arena se me metía en los zapatos a cada paso y notaba el roce de los granos contra las plantas de los pies. Sentí el impulso de descalzarme y vaciarlos, pero sabía que el esfuerzo sería inútil.

A sugerencia de Redvers, la estructura a la que nos dirigimos primero fue la de Jufu, la más antigua y mayor de todas, conocida por los lugareños como la pirámide de Keops. Construida en el 2500 a. C., se erguía desde el polvo y el calor del desierto hasta alcanzar una altura asombrosa. Jamás me había sentido tan pequeña. Los bloques exteriores de piedra caliza que recubrieron la pirámide en un principio habían desaparecido hacía tiempo, o se los habían llevado, y lo único que quedaba era el núcleo escalonado originario, aunque solo eso ya era una visión imponente. En mis fantasías, siempre me había imaginado subiendo sin dificultad por una cara de la pirámide, como si fuera una escalera, pero los bloques utilizados en la construcción eran enormes. Casi me llegaban al pecho. Comprendí que no habría forma de trepar saltando con ligereza.

Llegamos a la enorme estructura desde el norte, por donde se permitía la entrada a los turistas. La subida era bastante empinada. Los grandes sillares tenían escalones más pequeños tallados en ellos, pero me vi obligada a aceptar la ayuda de Redvers varias veces, porque resultaba complicado pisar con firmeza a causa de la arena y los escombros que cubrían el camino.

No había pensado qué sucedería cuando llegáramos, había olvidado que en la gran pirámide se permitía el acceso a los visitantes. Redvers me indicó por señas que entrara yo primero en el túnel, y me acerqué con paso lento e inseguro. La sección inicial del túnel era sorprendente: estaba hecha de una roca tallada toscamente para abrir un pasadizo. En lugar de la suave piedra que esperaba, casi parecía la pared interior de una cueva. Sentí una ligera presión en el pecho, pero seguí adelante.

Cruzamos ese primer pasadizo y llegamos a una plataforma. Allí me di cuenta de que el túnel en el que estábamos a punto de entrar era estrecho y bajo, y ambos nos veríamos obligados a encorvarnos para caber en él. El pasaje ascendía en un ángulo pronunciado y tenía una tabla larga con travesaños espaciados que servían de apoyo para que nuestros zapatos no resbalaran hacia atrás. Miré con horror al interior y empecé a hacer mis ejercicios de respiraciones profundas. Por desgracia, había supuesto que dentro de las pirámides haría fresco, como en una cueva, pero se trataba de una estructura de piedra cociéndose bajo el sol abrasador. El aire era caliente y viciado, y no tenía el efecto calmante que yo necesitaba.

—¿Lista?

—Cla... Claro —balbuceé, y me interné en el túnel con Redvers detrás de mí.

No conseguí avanzar más que unos metros antes de que unas garras empezaran a constreñir mi respiración desde el interior de mi pecho. Me detuve, posé una mano temblorosa en la pared y realicé varias respiraciones largas y lentas. De mi frente brotaron unas perlas de sudor, y no a causa del calor. Mi cerebro me gritaba que diera media vuelta, así que tuve que contener el impulso de salir huyendo.

Mi cuerpo y mi mente estaban en guerra. Todo mi ser me impelía a escapar de allí, pero yo no quería perderme la oportunidad de ver la famosa pirámide por dentro solo porque mi difunto marido me hubiese hecho odiar los lugares cerrados. El goce que obtenía al explotar las debilidades de los demás —sobre todo las mías—, e infligir dolor, me había dejado marcas indelebles en más de un sentido. Los lugares cerrados y oscuros nunca me habían provocado más que un temor comedido hasta que mi marido se aseguró de encerrarme en uno. Las numerosas horas que pasé a oscuras dentro de un armario olvidado sin nadie que pudiera rescatarme se contaban entre las peores de mi vida.

Una risa cruel resonó en mi cabeza.

—¿Te encuentras bien? —Redvers me puso una mano grande y reconfortante en la espalda.

—Me temo que soy un poco claustrofóbica —conseguí responder mientras boqueaba.

Era el eufemismo del siglo.

—¿Prefieres que salgamos? —Su voz transmitía sincera preocupación.

Negué con la cabeza, absolutamente avergonzada de que estuviera presenciando ese numerito.

—No.

Cerré los ojos y deseé volver a encontrarme en el exterior, pero respiré hondo un poco más y Redvers tuvo el detalle de retroceder un tanto para darme más espacio. Me tomé unos segundos para recuperar el control sobre mí misma.

—Quiero verlo —dije, y él dejó algo más de espacio entre nosotros, lo suficiente para que no me sintiera atrapada—. Pero creo que será mejor que vayas tú primero.

Si Redvers iba delante, yo podría concentrarme en el hecho de que él estaba bien y, por lo tanto, también yo lo estaría. Retrocedimos y nos colocamos de manera que él pudiera ir en cabeza. En el exterior, mi cuerpo casi se rebeló en contra de volver a entrar en aquel reducido espacio. Redvers, sin embargo, alargó una mano hacia atrás, como si comprendiera perfectamente lo que necesitaba para continuar. Me agarré a ella y me obligué a entrar de nuevo. Debía de resultarle muy raro ascender así, con una mano estirada a su espalda, pero no me soltó hasta que llegamos a lo alto.

El siguiente túnel era más espacioso y pudimos caminar por él sin tener que encorvarnos. La presión de mi pecho disminuyó de intensidad, así que no necesité la asistencia de Redvers. Me limité a seguir con mis respiraciones profundas, inhalando ese aire denso, que olía a moho y humedad, y también un leve aroma a orina que me hacía cosquillas en la nariz. Decidí no imaginar de dónde procedería. En cambio, me concentré en la fuerte espalda de Redvers, siempre delante de mí, y mantuve una respiración lenta y regular.

Redvers avanzaba despacio y de vez en cuando comprobaba que no me hubiera desmayado detrás de él. Le agradecí que no hiciera preguntas, que solo me ofreciera su apoyo silencioso. Más adelante me tomaría un momento para inquietarme por lo que podía pensar de mi pequeño episodio, por si se habría llevado una pobre opinión de mí a causa de ello; esas tribulaciones, no obstante, tendrían que esperar un poco todavía.

El pasadizo llegó por fin arriba del todo, y nos agachamos para cruzar un umbral abierto en el suave granito. La sala en la que entramos era grande, y mi respiración se tranquilizó muchísimo. El pánico que amenazaba desde los límites de mi conciencia retrocedió al fin. Aunque se habían llevado los tesoros del interior de la pirámide y los tenían almacenados en diversos museos, pude imaginar el esplendor que había contenido esa cámara una vez, y eso bastó para distraerme temporalmente de mis cuitas corporales. Deslicé los dedos por la piedra fresca y me acerqué al único objeto que seguía allí: una gran tumba de piedra.

19

Un pequeño grupo de desventurados turistas guiado por su sufrido dragomán nos seguía a cierta distancia, ascendiendo todavía por el primer túnel. Sus constantes preguntas llegaban hasta nosotros, en lo alto, pero de momento estábamos solos en la gran cámara.

—Aquí no hay bajorrelieves.

Había imaginado jeroglíficos como los que se encontraban en muchas otras tumbas.

—Creo que esta sala era, más que nada, de uso ceremonial. —La voz grave de Redvers rebotaba en las paredes y hacía vibrar mi torso al retumbar.

A pesar de la falta de ornamentación, seguía resultando impresionante hallarse entre esas paredes de granito. Me sentí agradecida de poder disfrutar de un momento de paz ahí dentro, antes de que llegaran otros turistas.

Para cuando el grupo que nos seguía terminó el ascenso, yo ya me había saciado y estaba lista para marcharme. El trayecto de regreso resultó mucho más sencillo; mi subconsciente comprendía que la salida era inminente, aunque de todos modos tuve que obligar a mis pies a ir despacio. Bajar de forma apresurada por ese camino tan empinado habría sido mortal.

Redvers, de nuevo, optó por no preguntar nada y se limitó a ofrecerme su apoyo mudo.

Tras parpadear al reencontrarme con la luz solar en la entrada, realicé una serie de respiraciones profundas para llenar los pulmones de aire y mi ritmo cardíaco volvió a la normalidad. Vi que los turistas empezaban a llenar el lugar; conversaciones serias y alegres flotaban hasta nosotros en la suave brisa, y me alegré de haber llegado tan temprano. Muchas personas se habían desplazado en coches descapotables. Hice visera con la mano y vi varios aparcamientos repartidos por la zona. Parecía que algunos eran para vehículos y otros para animales, puesto que muchos visitantes llegaban a caballo o con camellos, como nosotros.

—¿Te apetece subir arriba del todo?

Seguíamos junto a la pirámide, y Redvers señaló al cielo.

Solté una risilla.

—Estoy más que contenta con verlas desde abajo, gracias.

No necesitaba contemplar las vistas desde aquella altura, y tampoco quería reconocer que todavía tenía las piernas algo temblorosas a causa del episodio que había sufrido dentro.

Redvers se encogió de hombros con indiferencia.

—Yo ya lo he visto y esto empieza a llenarse de gente. Si a ti te parece bien...

Me dedicó una cálida sonrisa, y yo le correspondí con una dubitativa.

Empezamos el breve descenso.

—Gracias. Por lo de antes —dije.

Se detuvo un instante y se volvió hacia mí.

—No tienes nada que agradecerme.

Asentí, sin más.

Cuando llegamos al suelo, me debatí entre abordar la situación más a fondo o no; me avergonzaba que hubiera presenciado uno de mis ataques y me planteé ofrecerle alguna clase de explicación. Pero ¿me haría sentir eso mejor o peor? No era capaz de decidirlo. Redvers actuaba como si no hubiera ocurrido nada, así que al final le seguí la corriente. Al menos por el momento.

Dimos la vuelta hacia las otras dos pirámides, la de Kefrén y la de Micerino, que eran mucho menos altas que la que acabábamos de visitar. Ninguna de ellas estaba abierta al público, y me abochornó un poco sentir una punzada de alivio.

Tras rodear una de las esquinas de Micerino, la menor de las dos, llegamos a las tres pirámides de las reinas. Casi como si fueran un proyecto pensado para aprovechar los materiales sobrantes, esas pirámides menores parecían diminutas en comparación con las de los reyes, aun con las dos más pequeñas. Me fastidió que los monumentos de las mujeres tuvieran que ser mucho menos impresionantes.

Un par de hombres que estaban cerca del pequeño trío me llamó la atención y entorné los ojos para intentar verlos mejor. Uno de ellos me resultaba muy familiar. Llevaba una vestimenta militar, con salacot incluido, y un bastón cuya empuñadura desprendía brillantes destellos dorados al sol.

—¿No te parece ese el coronel Stainton? —Los señalé con la cabeza—. Creo que es su bastón.

El otro era egipcio. Pese a la considerable distancia a la que nos encontrábamos, vi que la túnica marrón y el turbante estaban mugrientos, cubiertos de la arena de los alrededores. Por su lenguaje corporal y sus gestos, la conversación no parecía estar yendo muy bien.

Redvers se volvió para mirarlos.

—Sí que se le parece mucho. —Metió una mano en el bolsillo y sacó unos pequeños prismáticos que se acercó a los ojos—. Sí, sin duda es el coronel.

Me quedé mirándolo un instante y luego señalé los prismáticos que tan oportunamente había hecho aparecer.

—¿Más trucos de magia? ¿Dónde los tenías escondidos?

Me ofreció una sonrisa traviesa. Yo negué con un movimiento de cabeza y seguimos observando —él con la evidente ventaja de la ampliación— mientras los dos hombres empezaban a gesticular con ira. Por un momento pareció que iban a llegar a las manos y, exaltada, le quité a Redvers los prismáticos de las manos y miré por ellos. De reojo, vi que me clavaba una mirada de asombro con la boca abierta.

—La vista al frente, Redvers. No vayas a perderte algo.

El egipcio cruzó los brazos sobre el pecho y el coronel tiró su bastón.

—No había visto al coronel Stainton fuera de su habitación desde la muerte de su hija. Resulta extraño que esté aquí. —Bajé los prismáticos un instante—. Me pregunto por qué estarán discutiendo...

Me quedé sin voz mientras el coronel recuperaba su bastón y se alejaba dando grandes zancadas. Al ver que la conversación había tenido un final pacífico, y pese a mi afecto por el hombre, le devolví los prismáticos a Redvers con una decepción algo maliciosa. Este reajustó la mirilla y siguió a la figura del coronel hasta que se perdió entre el gentío. Los turistas se mezclaban con los vendedores locales que animaban a los visitantes a dar un pequeño paseo en camello o comprar agua tibia de sus odres de cabra. Cuando volvimos a mirar hacia la pequeña pirámide donde había tenido lugar la discusión, también el lugareño había desaparecido.

Redvers se quedó pensativo y guardó los prismáticos en el bolsillo donde los había tenido ocultos.

—No los querías otra vez, ¿verdad? —Parecía vagamente divertido.

—No, ahora ya no hay nada que ver. ¿Conoces al hombre con el que estaba?

Al fin y al cabo, parecía familiarizado con bastantes personajes autóctonos.

—No, pero hay excavaciones en curso en algunas de las zonas más alejadas. Podría ser un trabajador de algún yacimiento.

Los dos sopesamos la posibilidad en un silencio reflexivo. Intenté encontrar un motivo que hubiera llevado al coronel a discutir con el trabajador de un yacimiento a plena luz del día, pero acabé rindiéndome sin haber dado con ninguno convincente.

—Hmmm... —dije al fin.

—¿Hmmm? —Redvers enarcó una ceja interrogante.

—Anna le reprochó a su padre que no le gustaban las compañías que frecuentaba. En ese momento era evidente que se refería a mí, pero... Por la forma en que lo dijo, parecía referirse también a alguien más. Me pregunto si sería esta la compañía en la que estaba pensando.

—Hmm; desde luego.

Después de contemplar las demás pirámides, regresamos a la de Keops, por donde habíamos empezado, pero en esta ocasión nos acercamos a la misteriosa esfinge que tenía delante y daba la bienvenida a los visitantes. Tallada de un bloque macizo de piedra caliza, el tiempo y los intrusos le habían hecho mella, pero su belleza seguía siendo evidente.

La gigantesca escultura tenía las patas recubiertas de ladrillos, y me pregunté en voz alta si sería un intento por preservarla. Redvers creía que sí. Señaló otras zonas donde el desgaste era muy visible y explicó que, a lo largo de los años, la piedra blanda había sido erosionada en algunos puntos más que en otros. En el lado que nos quedaba más próximo, pudimos observar cómo habían tapado con ladrillos de un tono dorado similar las áreas que presentaban un mayor deterioro. Incluso mutilada y sin nariz, la figura mitad león, mitad persona, parecía curiosamente satisfecha con su papel de guardiana de las grandes pirámides.

Nos dirigimos entonces al templo de Kefrén, que se encontraba cerca de las patas delanteras de la esfinge y estaba en ruinas. Lo encontramos vacío, puesto que la mayoría de los turistas parecían más interesados en las pirámides. Un raudo vistazo hacia arriba me indicó que había bastantes visitantes disfrutando de las vistas desde lo alto. Redvers desapareció tras una columna que quedaba por delante y oí como si alguien raspara algo. Parecía una piedra raspando contra roca dura, pero no recordaba haber visto trabajadores cerca del templo ni de la esfinge. Alcé la mirada y vi una fina lluvia de arena que caía hacia mí y a punto estuvo de darme en el rostro, vuelto hacia arriba. Retrocedí un paso y eché la cabeza atrás mientras sostenía mi amplia pamela con firmeza.

Nada. Solo los pilares medio desmoronados de las antiguas ruinas.

Otra vez ese ruido, en esta ocasión algo más cerca. Reculé varios metros a toda prisa, hasta que mi espalda chocó contra un pilar de piedra caliza, sin apartar los ojos del último lugar donde había oído el sonido.

Entonces se interrumpió y solo quedó el silencio.

20

EL CORAZÓN ME latía muy deprisa. ¿Estaría paranoica? ¿Podía habernos seguido alguien hasta las pirámides a Redvers y a mí? ¿Quería esa persona hacerme algún daño? No lo habría pensado de no ser por mi encontronazo con el escorpión del día anterior. Giré la cabeza hacia uno y otro lado en busca de algún movimiento, pero parecía que el ruido había desaparecido del todo. La arena crujió bajo mis zapatos al moverme para encontrar una perspectiva mejor de la base de los pilares que me rodeaban.

Un momento después, Redvers asomó la cabeza desde detrás de una columna. Se fijó en lo concentrada que estaba, miró hacia arriba y levantó una ceja.

—¿Vienes?

—¿No has oído nada, justo ahora? —Seguía con la mirada clavada en lo alto.

Salió de detrás del pilar negando con la cabeza mientras observaba alrededor.

—No, ¿tú sí? —Un matiz de preocupación tiñó su voz.

Por fin logré separar la vista de los pilares y mirarlo a él. Tras el episodio de las pirámides, no quería darle más motivos para pensar que podía ser frágil. O inestable. Decidí no insistir más.

—Déjalo. —Le dirigí una sonrisa segura—. Habrá sido un pájaro.

—Seguramente. Hay muchas codornices por la zona. Si ya has terminado aquí, creo que nuestros camellos nos esperan —dijo, y de nuevo desapareció tras la columna.

Eché un último vistazo a mi alrededor y, con un gesto de la cabeza, lo seguí.

LE PEDIMOS NUESTROS camellos al lugareño, que también le entregó a Redvers una alforja grande. Después de rebuscar en ella un instante, este sacó un odre de agua y me dejó beber a mí primero. No sabía qué más habría preparado, pero se lo agradecí. Notaba el interior de la boca como si hubiera estado masticando una galletita hecha de arena. Una vez saciada la sed —por el momento, al menos—, volví a montarme en el camello sin ayuda, proferí dos chasquidos y el animal se levantó. Redvers se quedó de piedra. Casi me eché a reír al ver el asombro en su rostro, aunque todavía me agarraba a la silla como si me fuera la vida en ello.

—¿Necesitas ayuda para montar, Redvers? —pregunté—. Estaré encantada de echarte una mano si hace falta.

Le dediqué una sonrisa traviesa y él se rio mientras se subía a su camello. Nos alejamos entonces del bullicio de los turistas, las pirámides y el hotel, y nos adentramos más en el vasto desierto barrido por el viento.

—Tengo que agradecerte que me sacaras hoy aquí, señor Redvers. Me he divertido muchísimo.

—No hay de qué. Siempre disfruto mucho en las pirámides. ¿He conseguido distraerte? —preguntó.

Me eché a reír.

—Puedo asegurarte que sí. —Callé un instante, pensando en todo lo que habíamos presenciado—. Aunque ha sido raro encontrar al coronel Stainton, ¿verdad? Llevaba días sin verlo y, de repente, aparece discutiendo con alguien en las pirámides, como si no hubiera pasado nada. —Fruncí el ceño—. ¿Tienes idea de a qué puede deberse?

—Es difícil decirlo —contestó Redvers con vaguedad.

Suspiré.

—Bueno, probablemente no tenga nada que ver con el asesinato de su hija. Aun así, siento curiosidad. —Moví la cabeza—. La curiosidad es sin duda uno de mis peores vicios.

—Me temo que alguien más también lo piensa. —Se detuvo—. ¿Qué sabes de las dos chicas con las que tu tía ha estado pasando tanto tiempo?

Por un instante me pareció que quería cambiar de tema, luego comprendí lo que insinuaba.

—No creerás que alguna de ellas tuvo algo que ver en el asesinato de Anna, ¿no? Son muy jóvenes. ¿Cuál podría ser el motivo?

—Eso es lo que te pregunto. —Tenía una expresión seria.

—¡Redvers! Si apenas tienen dieciocho años.

Suspiró.

—Dejando a un lado el asesinato, ¿qué sabes de ellas? Pasan muchísimo tiempo con tu tía. Estoy un poco preocupado por ella.

Me conmovió que se inquietara por el bienestar de Millie. Reflexioné unos instantes para recordar todo lo que sabía de ellas, y luego compartí la poca información que tenía.

—No sé mucho, aparte de que Lillian es una absoluta fanática del golf, y que Marie... Bueno, Marie parece ser una fanática de Lillian.

Redvers enarcó las cejas.

—Se comporta como un entusiasta labrador saltando alrededor de su dueña —expliqué.

Seguimos cabalgando en silencio un rato.

—¿Y tus amigos estadounidenses? Charlie y Deanna.

—¿Los Parks? ¿Qué te parecieron?

Los cuatro habíamos compartido una copa en el bar la noche anterior, aunque Redvers y yo nos disculpamos tras solo una ronda para poder salir temprano al día siguiente.

—Bastante encantadores —reconoció—. Aunque me extraña que una pareja de actores itinerantes haya podido permitirse un viaje como este.

—Yo pensé lo mismo. Creo que oí a Deanna mencionar algo sobre que su compañía de teatro había hecho una recolecta para su luna de miel.

—Qué generosos... —comentó él, y yo asentí con la cabeza.

Sí que era un gesto generoso, pero no tenía motivo para pensar que me hubieran mentido. Además, la pareja era tan agradable que resultaba fácil creer que sus compañeros de escenario hubieran estado dispuestos a contribuir para hacerles un gran regalo de bodas.

—Ya les pregunté si conocían a Anna. Por lo visto, Charlie jugó varias veces con ella a las cartas, pero no parece que pasaran de ahí.

—¿Y has dicho que Deanna tiene serpientes en su número? ¿Son venenosas?

Negué con la cabeza.

—Veo adónde quieres llegar, pero las serpientes y los insectos venenosos son dos cosas muy diferentes. —Detestaba que sembrara en mi cabeza la duda sobre mis amigos—. Además, ¿qué motivo podría haber tenido Deanna para matar a Anna? Apenas se conocían.

—Bueno, debemos explorar todas las opciones si queremos descubrir quién lo hizo.

Era consciente de ello, pero eso no hacía que sospechar de amigos y familiares fuese más cómodo.

Redvers estuvo callado un rato, y supuse que seguía pensando en Deanna y Charlie Parks. Me sorprendió.

—Me gustaría pedirte que dejes de meter palos en agujeros oscuros, pero no voy a convencerte, ¿verdad? —Su voz fue suave, pero su expresión era seria.

Me alegró que no solo se preocupara por mi tía.

—Seguramente no. Aunque ya no me consideraran sospechosa, me temo que no podría dejar de investigar.

Tenía que continuar tirando del hilo para ver si desentrañaba algo... o a alguien. En el fondo, por supuesto, todo se debía a la pesadilla de mi matrimonio. Jamás volvería a seguir el camino fácil, fueran cuales fuesen las consecuencias. Ese camino ya me lo había hecho pagar con creces.

—Aunque sea posible que alguien te haya amenazado.

Fue una afirmación, no una pregunta, pero de todos modos contesté.

—Lo único que significa eso es que me estoy acercando a las respuestas. Y ni siquiera estamos seguros de que fuera una amenaza de verdad.

Habíamos llegado a lo alto de la duna y agradecí la interrupción. La vista era sobrecogedora, así que detuvimos los camellos para disfrutar de ella. Desde allí se veían las seis pirámides: las de los reyes y las de las reinas por igual. Los turistas quedaban empequeñecidos junto a los monumentos, reducidos a cangrejos que correteaban por la arena. Había merecido la pena soportar un rato más de sol para contemplarlo, pero unos instantes después nos pusimos en marcha de vuelta al hotel.

—¿Y qué me dices del médico? Verás, se me ha ocurrido que dijo algo extraño cuando hablé con él.

Redvers se volvió hacia mí.

—Me dijo que Anna sabía correrse una buena juerga. ¿Crees que tenían algún tipo de relación?

—Por lo que sé de la señorita Stainton, debo reconocer que es una posibilidad.

Me sentí como una boba por no haberle preguntado más sobre Anna al doctor Williams, pero recordé lo desagradable que había resultado abordar al hombre en su sofocante habitación. Y a solas.

—¿Podría tener algo que ver con las drogas? Si el médico está metido en eso, tal vez ella también lo estuviera. —Era pura especulación, pero, al decirlo en voz alta, no me sonó tan descabellado—. Quizá era ese el tipo de juerga al que se refería.

—En realidad, tampoco tenemos ninguna prueba de que el médico esté metido en temas de drogas, pero me temo que es un área de investigación que voy a insistir en que me dejes a mí. —La voz de Redvers fue firme—. No tendré la conciencia tranquila si te dejo entrar en un antro de perdición de El Cairo haciendo aspavientos y preguntando sin parar. Conseguirás que te maten.

—Yo nunca hago aspavientos. —Aunque reconocí que llevaba parte de razón. Ni siquiera sabía adónde dirigirme para encontrar uno de esos antros, y mucho menos qué preguntar una vez dentro—. ¿Me prometes que me contarás lo que descubras?

Me lo prometió. Y aunque no tenía ninguna duda de que sabría manejarse, también le hice prometer que iría con cuidado.

Me negué a plantearme por qué me importaba.

En lugar de eso, volví a pensar en nuestro elenco de posibles sospechosos.

—Debo reconocer que sigo opinando que nuestros mejores sospechosos son o bien el médico, ya que, a fin de cuentas, se usó su arma, o bien el señor Samara.

—El médico dijo que estaba solo en su habitación, lo cual significa que no tiene coartada —señaló Redvers—. Y nuestro querido señor Samara afirma que estuvo en la sala de juego hasta que cerraron, y que luego subió a su habitación con unos jóvenes para echar unas cuantas manos más a las cartas.

Digerí esa información.

—Es la primera noticia que tengo de una coartada. ¿Ha encontrado la policía a esos jóvenes con los que dice que estuvo?

Bajo el sombrero color marfil, Redvers me miró con sus ojos oscuros con aprobación y yo parpadeé al notar un cosquilleo de placer.

—Pues no, lo cierto es que no. Él insiste en que eran de uno de los hoteles del centro.

—Qué oportuno... —repuse.

—Es posible que esos jóvenes, que por lo visto eran dos, hayan dejado el hotel y ya estén de vuelta en su casa, pero parece poco probable.

Asentí. Parecía muy poco probable.

Ya se veía el hotel. Las palmeras verdes y la hierba exuberante nos saludaban entre la arena seca y polvorienta. Sin embargo, esa visión, más aún que la conversación que acabábamos de mantener, me hizo pensar que la muerte nos rondaba... La excursión a las pirámides había sido una distracción muy grata, pero ahora tenía que volver a estar alerta.

Redvers y yo habíamos formado una feliz asociación. Me entusiasmaba que debatiera abiertamente el caso conmigo y me pidiera mi opinión. El intercambio constante de ideas con él me ayudaba a aclarar y ordenar la mente.

Ni por un momento se me había ocurrido considerarlo sospechoso.

21

De vuelta en el hotel, Redvers y yo compartimos una comida ligera. Los camareros estuvieron muy ocupados rellenando mi vaso de agua; no conseguía quitarme esa sensación arenosa de la boca. Cuando terminamos, tras disimular un bostezo, me disculpé y me retiré a mi habitación. La noche en vela y la larga mañana al sol empezaban a pasarme factura y necesitaba una siesta como agua de mayo. Conseguí quitarme los zapatos cómodos que había usado para caminar y enseguida me desplomé en la cama.

Desperté varias horas después, del todo desorientada. Había dormido profundamente, sin soñar y sin moverme siquiera. Viví un instante de pánico que me paró el corazón al darme cuenta de que me había metido en la cama sin comprobar que no hubiera ningún huésped venenoso. Pero, puesto que había sobrevivido a la siesta, me tranquilicé y me prometí estar más vigilante en el futuro.

Busqué un reloj y reparé en que se acercaba la hora de la cena, así que fui al lavabo a refrescarme. Tenía tiempo de darme un baño rápido para quitarme el polvo y la arena de encima antes de ponerme un vestido azul marino de canesú ajustado y con delicada pedrería que terminaba en una falda holgada y suelta con varias capas de *chiffon*. Me puse un par de zapatos de color crema que me gustaban mucho, de tacón bajo y con hebilla en T, y decidí bajar al bar a tomar una copa antes de cenar.

La tía Millie estaba instalada en la que yo ya empezaba a considerar su mesa de siempre. Se encontraba en la ubicación perfecta para que pudiera observar las idas y venidas del bar, así como llamar al camarero para solicitarle más copas. Un general del ejército no podría haber planeado una posición más estratégica. Pedí un *gin-tonic* en la barra y me uní a ella.

—¿Las chicas no cenan contigo esta noche? —pregunté.

Millie me fulminó con la mirada.

—Por supuesto que sí, pero antes tenían que refrescarse. —Dio un buen sorbo a su vaso—. ¿Y por dónde has estado callejeando tú todo el día?

Nunca se ganaba nada replicándole cuando estaba de mal humor; la única que lo disfrutaba era ella. Me pregunté qué la habría contrariado tanto.

—He ido a ver las pirámides con el señor Redvers —contesté con docilidad—. ¿Qué tal tu día?

Resopló.

—Pues no me lo he pasado de excursión —contestó, aunque esta vez su tono resultó menos duro.

Era muy probable que la hubiera aplacado un poco al mencionar a Redvers. Que su sobrina hubiera pasado el día acompañada de un hombre soltero solo podía entusiasmarla.

Reparé en que no hacía más que volverse en dirección a la barra. Seguí su mirada y mis ojos se toparon nada menos que con Amón Samara, que estaba charlando con un par de mujeres de mediana edad que se encontraban sencillamente encandiladas con sus atenciones.

Lo saludé con un gesto de la cabeza.

—¿Has tenido ocasión de conocer ya al señor Samara, tía Millie? —Empezaba a sentirme como un disco rayado.

Ella puso cara de pocos amigos, dio otro largo trago de su vaso y dedicó varios segundos a llamar con la mano al camarero más cercano para que le sirviera otro combinado antes de molestarse en responder a mi pregunta.

—Por supuesto que no, Jane. —Soltó un bufido—. Nadie nos ha presentado y yo he estado demasiado ocupada para andar conociendo a todos los clientes del hotel.

Suspiré por lo bajo. Ese era un misterio que quedaría sin resolver.

Las chicas escogieron ese instante para unirse a nosotras. Lillian se inclinó y posó un beso en la mejilla de Millie, cosa que de inmediato le devolvió el buen humor a mi tía. Decidí no darle más vueltas a su extraña conducta por el momento y, en lugar de eso, me concentraría en averiguar algo más sobre las jóvenes.

—¿Qué tal todo, señoritas? —pregunté al reparar en que Lillian estaba algo pálida cuando se sentó a la mesa.

Marie miró a su amiga con preocupación, y luego a Millie.

—Estoy un poco indispuesta, la verdad. —La voz de Lillian resultaba tan débil como su aspecto—. Ha sido así, de repente.

—¿Crees que haces bien estando levantada y rondando por ahí? —Millie toqueteó su servilleta. Jamás la había visto tan inquieta como en esos momentos—. Tal vez deberías regresar a tu habitación.

Marie asintió enseguida con la cabeza.

—¡Ah! —De pronto recordé mi visita al doctor Williams—. Tengo unos polvos para el estómago revuelto. Están en mi habitación. ¿Quieres que vaya a buscarlos?

Lillian asintió con gratitud, así que me levanté sin perder tiempo.

Cuando regresé, una leve película de sudor cubría la frente de la joven. Le entregué el paquetito y ella disolvió el contenido agradecida en un vaso de agua del que fue dando delicados sorbos. Marie y Millie revoloteaban a cada lado de la enferma en busca de cualquier indicio de malestar.

—Marie —dije al final. Lamentaba que Lillian estuviera indispuesta, pero iba a volverme loca si seguíamos sentadas en silencio sin hacer más que observar cómo se bebía el vaso de agua. Esta vez le tocaba a Marie ser el centro de la conversación—. Lo cierto es que no respondí a tu pregunta sobre la señorita Stainton la última ver que nos vimos. Disculpa que te dejara en vilo.

A la muchacha pareció desconcertarle mi disculpa, pero los ojos le brillaron de interés. Para gran disgusto de mi tía, le hice un breve resumen de cómo había encontrado el cadáver. Millie se pasó toda mi explicación frunciendo los labios y resoplando por la nariz. De no haber estado tan preocupada por Lillian, seguro que me habría interrumpido al instante. Marie, por su parte, estaba pendiente de todo lo que decía, tenía la boca entreabierta y la movía levemente, como si intentara capturar las palabras que salían de la mía y guardarlas en la suya.

Cuando terminé, pregunté distraídamente si había conocido a Anna. Esperaba que, de tener algún tipo de información, lo compartiera conmigo ahora que le había contado mi historia.

La joven negó con la cabeza.

—Era boba de remate. Lamento que haya muerto, claro, pero lo cierto es que era muy soberbia. Resultaba evidente que nos despreciaba a todos. Además, nunca cerraba la ventanilla... No sé si sabe a lo que me refiero.

No tenía ni la más remota idea de a qué se refería, y debí de poner cara de perplejidad, porque Lillian, aún más pálida y sudorosa que antes, salió en mi ayuda ofreciendo una traducción.

—Que siempre estaba besuqueándose con hombres.

—Ah —murmuré.

Hacía muchos años que había pasado la edad de pescar la jerga de las *flapper*. Hablando con Marie, de pronto, me sentí muy mayor. Miré a Millie, que, por motivos sobre los que ni siquiera podía empezar a especular, tenía una expresión algo petulante.

—Lillian, ¿tú la conocías? ¿De Inglaterra, quizá? —pregunté, pero ella escogió ese momento para doblarse de dolor.

Gimió, y tanto Millie como Marie se levantaron de la mesa a toda prisa y se plantaron con firmeza a cada lado de Lillian. Mientras la ayudaba a ponerse de pie con precaución, mi tía me fulminó con la mirada.

—¿Qué es eso que le has dado, Jane? ¡Está peor aún!

Millie, fría y serena toda su vida, incluso al enfrentarse a insectos venenosos, parecía al borde de un ataque de histeria.

El vaso de Lillian, con su brillo blanco fosforescente, estaba solo a medio beber.

22

—¡Solo eran los polvos que me dio el médico! ¡Nada más que bicarbonato sódico!

Lillian tenía un aspecto horrible, su rostro se contraía de dolor. Ni por un segundo se me había ocurrido pensar que el médico pudiera haberme dado algo diferente a lo que afirmaba, pero de pronto me pregunté qué contendría exactamente el paquetito. Marie y Millie ayudaron a la chica a salir del comedor, lo cual causó bastante revuelo entre los clientes allí reunidos. Antes de levantarme de la mesa para seguirlas, saqué un pañuelo del bolso y envolví con él el paquete que Lillian había abierto. Me pareció que aún quedaba algún residuo atrapado en las esquinas, y esperé que fuera suficiente para analizarlo. Me apresuré a guardarlo en el bolso.

El doctor Williams estaba sentado al fondo del bar, pero, al percatarse de la agitación que rodeaba a Lillian, se acercó corriendo y se hizo cargo de la situación. Yo estaba demasiado atrás, bloqueada por la gente, para poder impedir su intervención. Quería decirle que se apartara de Lillian hasta estar segura de que no había sido él el responsable de su estado actual.

Aun así, si ese polvo —o veneno— iba destinado a mí, sin duda su juramento hipocrático lo impelería a ayudar a la joven, ¿verdad?

Al verlo junto a ella, tuve que reconocer que al doctor Williams se le daban muy bien las emergencias médicas y que su preocupación por la chica parecía sincera. Apartó a Marie enseguida y, tomando a Lillian del brazo, ayudó a Millie a sacar a la pobre muchacha de la sala mientras les dirigía preguntas a ambas. Decidí guardarme mi inquietud para mí y seguirlos, junto a Marie, que no hacía más que retorcerse las manos con angustia. Justo cuando abandonábamos el comedor, llegaron los Parks. Deanna cruzó una mirada conmigo al pasar a nuestro lado y me tocó el brazo.

—¿Podemos hacer algo? —preguntó.

Negué con la cabeza y le di unas palmaditas en la mano.

—Eres un cielo, pero creo que estaremos bien. —Le ofrecí una breve sonrisa y seguí a nuestro pequeño convoy humano.

Alcancé primero a Marie. Las lentas lágrimas que le caían por las mejillas empezaron a tomar impulso y acabaron manando como una fuente que auguraba un desastre inminente. Pronto me vi asistiéndola a ella, porque sus pasos eran cada vez más inestables y los sollozos iban en aumento. En términos generales, éramos todo un espectáculo.

Cuando llegamos a la habitación de Lillian, dejé a la llorosa Marie en un sillón de la salita antes de entrar corriendo en el dormitorio. Las dos camas dobles estaban bien hechas y los objetos personales de las chicas estaban ordenados. Tanto cepillos como zapatos formaban filas perfectas.

—¿Ha tomado algo? —espetó el doctor Williams en cuanto tumbaron a Lillian en su cama.

La chica, gimiendo y con los brazos fuertemente apretados sobre la tripa, adoptó una posición fetal encima de la colcha. Expliqué que le habíamos dado los polvos para el estómago y, con una mirada oscura, el hombre envió a Millie corriendo a por una jarra de agua.

Mientras tanto, el maletín médico apareció en manos de un empleado del hotel que llegó sin aliento. El doctor Williams rebuscó en él y de las profundidades sacó una botellita que reconocí como un vomitivo muy común. Un instante después, echó sin contemplaciones de la habitación a todo el mundo menos a Millie. Yo esperé fuera con Marie, que anduvo de un lado a otro por el pasillo durante unos segundos desquiciantes antes de apoyarse contra la pared y dejarse resbalar hasta el suelo sin que pareciera reparar en su vestido de *chiffon* amarillo limón. Tenía el rostro arrasado por las lágrimas, estaba pálida y temblaba.

Pasaron unos minutos muy tensos, y al fin Millie asomó la cabeza por la puerta para ponernos al día.

—Ha conseguido sacar casi todo lo que fuera eso —dijo con un alivio evidente tanto en la cara como en la voz. Esta vez ni siquiera se molestó en recriminarme nada, así que supe que había estado muerta de miedo—. Ahora duerme. Me ocuparé del primer turno de vigilancia. —Habló con vehemencia y cerró la puerta con igual firmeza.

Mi tía debía de intuir que Marie querría discutírselo y, de hecho, la chica pasó varios minutos debatiéndose entre irrumpir en la habitación e insistir o esperar, pero al final la convencí de que era inútil llevarle la contraria a Millie. Se contentó con quedarse en el pasillo para llevar a cabo su propia vigilia.

—Pues me quedaré aquí y relevaré a su tía cuando se canse —anunció.

Estaba demasiado exhausta para discutir con ella, aunque su plan no tenía mucho sentido, y regresé abajo. Allí ya no le era útil a nadie.

Redvers me encontró en el bar, delante de una copa muy necesaria. Charlie y Deanna parecían haberse esfumado una vez más.

—Allá adonde vas, te sigue la acción. —Me miró mientras daba un largo trago.

—Ojalá no fuera así. —Suspiré—. De hecho, debo decir que no están siendo las vacaciones relajantes que había esperado.

Me dio la razón.

—¿Cómo se encuentra la joven?

—Se recuperará. El doctor Williams está con ella. Reconozco que, pese a todas mis sospechas, parece un médico excelente.

—Las personas siempre son complicadas. Puede ser un médico excelente y, aun así, tener un problema con las drogas.

—¿Te han confirmado hoy eso?

Al despertarse, mi curiosidad ahuyentó el cansancio que me invadía.

Las comisuras de los labios de Redvers temblaron en respuesta a mi evidente interés.

—Pues sí. Parece que el doctor Williams es asiduo a bastantes fumaderos de opio de la ciudad... Y algunos de los más sórdidos, debería añadir.

—Me pregunto cómo se permite el hotel seguir teniéndolo contratado —reflexioné en voz alta.

—Lo más probable es que no sepan nada. O que hagan la vista gorda. Como tú misma has dicho, en una emergencia, es un médico excelente. Parece que su consumo de drogas no interfiere en eso. Por lo que me han contado, es un habitual: va al menos una o dos veces por semana, aunque nadie ha confesado haber visto a Anna.

Le di vueltas a la vez que contemplaba la escena del bar. Reparé en que el coronel Stainton había vuelto a hacer acto de presencia en sociedad, aunque estaba al otro extremo de la sala. Mientras lo observaba, nos lanzó una mirada a

Redvers y a mí. Al darse cuenta de que lo había pillado mirándonos, me sonrió un poco y se volvió hacia la barra con brusquedad. Fruncí el ceño.

—Qué raro ha sido eso. ¿Crees que el coronel nos habrá visto hoy? ¿En las pirámides?

Miré a Redvers, que también parecía haber presenciado el cruce de miradas.

—Dudo que tenga nada que ver contigo —apuntó con cautela—. El coronel no es uno de mis grandes admiradores, que digamos.

—Y ¿qué has hecho últimamente que lo haya ofendido tanto? —Lo pregunté a la ligera, pero sentía una curiosidad imperiosa por conocer la respuesta.

—Solo ser yo mismo, encantador como siempre —contestó él con un tono igual de trivial, aunque detecté cierta renuencia a responder.

Sabía que ahí había algo más, pero no estaba muy segura de cómo sonsacarle toda la historia. Redvers mantenía un hermetismo increíble en todo lo relacionado con sus asuntos y, aunque le preguntara, dudaba que fuera a darme una respuesta directa. Torcí los labios un instante e intenté decidir cuál sería la mejor forma de descubrir lo que quería saber.

Apuré lo que quedaba de mi vaso medio vacío y se lo entregué a Redvers. Este me miró con perplejidad.

—Voy a darle el pésame y, puesto que es inmune a tus encantos, creo que iré sola.

—Sabia elección.

—Mientras tanto, sería maravilloso que nos consiguieras dos copas más.

Levantó mi vaso vacío a modo de saludo y se dirigió al extremo más cercano de la barra. Yo seguí en la dirección contraria, hacia el coronel Stainton.

A su alrededor se abría una burbuja de espacio vacío, como si su luto tuviera un peso y una presencia específicos. Pese a encontrarse en una codiciada posición junto a la barra, ese campo de fuerza impedía que otros clientes se le acercaran demasiado sin querer. Sonrió con calidez al verme, y noté que mi rostro se tensaba para corresponderle con el mismo gesto. Tal como había sugerido Redvers, la reacción negativa del coronel iba dirigida a él, no a mí. Sentí cierto alivio. Alargué un brazo y aferré un instante la mano rojiza y tosca del hombre, que estaba apoyada sobre su bastón de madera pulida, en un compasivo apretón.

—¿Qué tal lo lleva, coronel? Lo acompaño en el sentimiento.

Sabía que esas palabras le supondrían poco consuelo, pero eran las únicas que podía ofrecerle. Él cubrió mi mano con la suya un instante y la estrechó también antes de que yo la retirara.

—Lo llevo todo lo bien que puede esperarse, querida. —Se aclaró la garganta—. No va a quedarse uno llorando en su habitación para siempre. No es lo que mi adorada Anna habría deseado.

Recordé de pronto la conversación que había presenciado en las pirámides, pero no me vi capaz de mencionárselo. Todavía no.

—No, seguro que no desearía algo así. —Hice una pausa—. No quiero importunarlo más aún, pero es que tengo una pregunta. Antes me he cruzado con el doctor Williams y ha mencionado a Anna. ¿Ellos dos se conocían?

El coronel asintió y tensó el mentón.

—Sí, se tomaron alguna copa juntos, una o dos veces, al poco de llegar nosotros aquí —dijo—. Lamenté ver que ella lo dejaba plantado y prefería la compañía de muchachitos más jóvenes. El médico es un buen hombre.

Me sorprendió que pensara eso, dado lo que había descubierto Redvers sobre él, pero tal vez el coronel no lo conocía tan bien.

El coronel Stainton cambió de tema.

—Supongo que a estas alturas ya habrá tenido ocasión de visitar las pirámides, ¿no es así? Sé que estaba impaciente por verlas, espero que lo haya conseguido.

Me quedé en blanco, preguntándome si, en efecto, nos habría visto observándolo. Sin embargo, al estudiar su rostro no detecté nada más que una educada curiosidad.

—Sí, así es. Las he visitado con el señor Redvers.

Señalé con la cabeza hacia el otro extremo de la barra, donde este seguía apoyado con desparpajo en la madera pulida, esperando nuestras copas con paciencia. Su traje de *tweed* oscuro era de una calidad evidentemente superior a la de los que lo rodeaban, y me tomé un momento de más para apreciar lo bien que le sentaba el corte.

—Ah, vaya... Hmmm, qué bien. —El coronel carraspeó—. Espero que se haya divertido. —Su sonrisa se suavizó—. Solo lamento no haber podido acompañarla yo mismo.

Asentí.

—¿Conoce al señor Redvers?

Se sobresaltó al oír mi abrupta pregunta y luego miró a la barra.

—No, no he tenido el placer. —Su tono fue seco.

—Ah. Me había parecido que ya se conocían.

Negó con la cabeza y yo me quedé con más preguntas que al principio. ¿Estaba siendo sincero el coronel? ¿De verdad no se conocían? Tal vez había esperado que reconociera alguna clase de enemistad medieval entre ellos, pero eso era una tontería.

La conversación había encallado. Dado lo sucedido, resultaba difícil encontrar un tema inocuo, y ninguno de los dos quería seguir pisando el terreno minado del asesinato de su hija.

El coronel paseó la mirada por la sala y posó los ojos en Zaki, que estaba en la parte delantera, cerca de la puerta.

—Ha sido un placer charlar con usted, querida, pero, si me disculpa, me temo que tengo un asunto que atender con un miembro del personal. —Me dio unas palmaditas en el brazo y, tras colgarse el bastón en el ángulo del codo, se alejó de mí con presteza.

Al principio supuse que solo era una excusa oportuna para escapar de la incómoda conversación, pero vi que se reunía con Zaki junto a la entrada. Los dos desaparecieron entonces con las cabezas inclinadas para poder hablar.

—No parece que necesite ese bastón —mascullé para mí.

—¿Cómo dices? —Redvers ya estaba a mi lado y me rozó la mano con la suya al entregarme una copa recién servida.

Estaba segura de que el roce no había sido intencionado, pero de todos modos despertó mis terminaciones nerviosas. Azorada, no repetí mi anterior comentario, sino que hice uno nuevo.

—En este sitio todo el mundo actúa de un modo extraño. Parece que no soy capaz de mantener una conversación normal con nadie.

—Tal vez seas tú —dijo Redvers—. Que sacas lo mejor de la gente.

Esta vez sí que le hice una mueca, y él sonrió con travesura, lo cual transformó su apuesto rostro; pasó de peligroso a infantil en un abrir y cerrar de ojos. Esa sonrisa me aceleró el pulso, pero antes muerta que permitir que se diera cuenta.

Me toqueteé el labio inferior. Quizá debía empezar a pasar menos tiempo con ese hombre, ya que no era capaz de controlar mis reacciones hacia él. De todos modos, en ese momento no podía hacer nada, así que me limité a cambiar de tema.

—Lillian ha empeorado mucho cuando le he dado los polvos para el estómago, y eran los mismos que me dio ayer el doctor Williams. ¿Crees que es posible que alguien los cambiara?

La sonrisa desapareció del rostro de Redvers, que echó a andar hacia la mesa que antes había ocupado con mi tía y las jóvenes. No había dado ni dos pasos cuando lo agarré del brazo para retenerlo.

—Ya la han recogido.

Era lo primero en lo que me había fijado al regresar al comedor.

—Maldita sea. —Arrugó la frente con frustración.

Yo sonreí y rebusqué en el bolso.

—Pero no te preocupes. He rescatado el paquete.

Elevó una ceja y yo luché contra el impulso de guiñarle un ojo.

—Por si acaso. Aunque no estoy segura de que sirva de algo.

—Lo analizaremos, por supuesto. —Parecía muy satisfecho—. Así sabremos qué era exactamente lo que el médico pretendía que tomaras.

—¿Me estás diciendo que también tienes un equipo de química en tu habitación? ¿Para hacer experimentos a altas horas de la noche?

—Si lo tuviera, el hotel ya no estaría en pie. No, debería haber dicho que puedo hacer que lo analicen. Y conozco a la persona perfecta para ello. Se lo llevaré mañana.

Estaba a punto de dejar el paquete en su mano tendida, pero me detuve.

—Has dicho «puedo hacer que lo analicen», pero seguro que querías decir «podemos», ¿no?

Tenía que asegurarme de que no me diera esquinazo.

—Desde luego —afirmó—. Palabra de escolta.

Una vez más, puse mi confianza en sus manos y le entregué el paquetito envuelto sin hacer más preguntas.

23

MILLIE REGRESÓ AL bar antes de que diéramos por terminada la velada. Me llamó con una mano para indicarme que nos había visto, pero se detuvo a pedir una copa antes de acercarse a nosotros. Caminaba con los hombros caídos a causa del agotamiento y el rictus de preocupación aún se le marcaba en el rostro redondo.

—¿Cómo se encuentra Lillian, tía Millie?

Soltó un suspiro.

—Ahora está durmiendo, pero parece que le ha vuelto un poco de color a la cara. Por la mañana sabremos algo más. El doctor Williams cree que se recuperará.

Dio un largo trago al vaso y sacó fuerzas del reconstituyente whisky a palo seco.

Le toqué el brazo.

—Debe de ser horrible para ti. Sé lo unidas que habéis llegado a estar.

Redvers asintió con compasión.

Millie se irguió un poco para poner distancia con mi emotividad.

—Saldrá adelante. Está hecha de una pasta muy dura. —Parecía querer añadir algo más, pero cambió de opinión—. Volveré a subir dentro de nada. Marie quería hacer su turno de vigilancia.

Asentí. Dudaba que ninguna de las dos durmiera en su cama esa noche.

—Casi se me olvida, Jane. ¿Tienes algún vestido para la fiesta de disfraces del viernes?

El repentino cambio de tema de mi tía me dejó estupefacta. La miré embobada un momento, sin acabar de comprender su pregunta.

—¿Fiesta de disfraces?

—Sí, una fiesta de disfraces —repitió Millie con impaciencia—. No de esas de máscaras y demás, como en Estados Unidos. Hay que vestirse como los lugareños egipcios, y lo cierto es que llevan unas prendas con bordados preciosos. —Calló un instante—. Si te soy sincera, no estoy del todo segura de por qué lo llaman fiesta «de disfraces». Pero eso no importa: una fiesta es una fiesta.

Me aclaré la garganta y repasé mis compartimentos mentales en busca de recuerdos traspapelados, pero salí con las manos absolutamente vacías de nada que tuviera que ver con disfraces ni con fiestas.

—No... Es que no recuerdo que nos comentaran nada, tía Millie.

Ella suspiró.

—Jane, ¿qué vamos a hacer contigo?

Supuse que era una pregunta retórica.

—Siempre que Lillian siga mejorando, yo misma te acompañaré a buscar un vestido.

Me sorprendió que se mostrara tan entusiasmada con una fiesta de disfraces, pero entonces se volvió hacia Redvers.

—Y usted será la pareja de Jane, ¿verdad que sí, señor Redvers? —Millie le dedicó una sonrisa que quería ser deslumbrante, pero que se parecía muchísimo a la de un tiburón persiguiendo su almuerzo.

Debería haber sospechado que tenía segundas intenciones. Puse los ojos en blanco, aunque mi tía no se dio cuenta porque estaba demasiado ocupada presionando a Redvers.

Él carraspeó un poco y me lanzó una mirada divertida.

—Será un placer, por supuesto.

En el fondo me gustó que accediera, por mucho que mi tía básicamente lo hubiera puesto contra las cuerdas. De todos modos, no me parecía un momento apropiado para asistir a una fiesta, con un asesinato dominando nuestros pensamientos y Lillian tan indispuesta todavía.

—No sé si es buena idea...

Redvers siguió hablando como si yo no hubiera dicho nada:

—Creo que algunos proveedores de ropa locales pueden venir incluso al hotel.

Entorné los ojos para mirarlo, y él se encogió de hombros. No me estaba ayudando en absoluto.

Millie lo miró resplandeciente.

—Que sugerencia tan maravillosa. Eso es aún mejor. No tendremos que dejar a Lillian sola aquí. Me ocuparé de prepararlo todo, Jane. —Mi tía se volvió hacia mí y su sonrisa se esfumó—. Y, ahora, voy a regresar con Lillian. No quiero que se despierte y piense que la he abandonado.

Apuró el whisky y me pasó el vaso vacío antes de alejarse correteando.

Redvers me miró a los ojos. Suspiré.

—Lo lamento —dijo—. ¿No te apetece ir?

No parecía lamentarlo en absoluto, así que enarqué una ceja.

—No demasiado.

La perspectiva de bailar me provocaba escalofríos. Me pregunté si habría alguna forma de ahorrarme el mal trago. Tal vez podría torcerme un tobillo. Esa idea me animó. Me volví hacia Redvers y vi que miraba con gesto pensativo el punto por donde había desaparecido mi tía.

—¿En qué estás pensando?

Sus oscuros ojos castaños se encontraron con los míos.

—Tu tía... —No terminó la frase.

Sabía muy bien a lo que se refería.

—Ya. —Arrugué la frente—. Millie está muy unida a Lillian, que, por lo que yo sé, es prácticamente una desconocida. No he sido capaz de descubrir nada al respecto. Jamás la había visto así.

Sentí una punzada de culpabilidad. La inquietud de mi tía por Lillian en ese viaje había provocado que tuviera que arreglármelas sola, y yo disfrutaba de esa liberación tanto como de evitar la siempre viperina lengua de Millie. Bueno, en gran medida.

Volví a recordar su reacción ante Amón.

—De hecho, Millie ha estado actuando de una forma muy rara desde que llegamos. La he pillado fulminando con la mirada al señor Samara más de dos y tres veces. Y, cuando le pregunto por él, se pone a la defensiva y se niega a contestarme. No sé qué conclusión sacar.

—Quizá haya sido víctima de una de sus... tretas. Está especializado en aprovecharse de damas adineradas de cierta edad —dijo Redvers—. Sobre todo de las que no cargan con un marido.

—Reconozco que me he planteado que sea un cazafortunas. Pero ¿el señor Samara... tendiéndole una trampa... a mi tía? No es una imagen que me apetezca albergar en la cabeza.

Redvers se echó a reír, y el timbre grave de su risa retumbó de una forma muy agradable en mi interior.

Como si hubiéramos invocado al diablo en persona, Samara entró por una puerta de intrincadas tallas de madera y paseó sus ojos oscuros por toda la sala. Nos saludó a ambos con un elegante movimiento de cabeza, pero no se acercó hasta donde estábamos. En lugar de eso, fue a la barra y se puso a hablar con el barman. Zaki, que estaba solo cerca del frente de la sala y observaba con atención esa conversación, se desplazó entonces a la barra y se unió a ellos. Su pequeña conferencia duró varios minutos.

Con aspecto de haber quedado satisfecho, Amón sonrió y regresó por donde había llegado. Zaki y el barman siguieron hablando un momento más antes de que el *maître* pasara también al otro lado de la barra. Entonces, deprisa y con eficiencia, se pusieron a cargar una bandeja con bebidas varias.

—¿Adónde se va por ahí? —Señalé la puerta que había cruzado Amón.

Antes no me había fijado en ella; había tantos paneles con hermosas tallas de madera por toda la zona que esa puerta quedaba bastante bien camuflada.

—A la sala de juego. Las apuestas de ahí dentro son bastante altas. —Redvers enarcó una ceja—. ¿Estás pensando en probar suerte?

—Demasiado para mí. —No me gustaba regalar mi dinero sin recibir nada a cambio—. Pero supongo que no debería sorprenderme que Samara juegue. Encaja con su imagen.

—Desde luego que sí.

La puerta se abrió una vez más y por ella vi asomar una cabeza conocida con un remolino muy característico. Enarqué las cejas sorprendida cuando Charlie echó un vistazo por la sala sin reparar para nada en nosotros. Su mirada recayó en Zaki, que ya se acercaba cargado con la bandeja de bebidas, y se le iluminó la mirada. Con una gran sonrisa, Charlie le sostuvo la puerta abierta para que pasara y la cerró tras él.

—O sea que es ahí dentro donde Charlie ha estado escondido todas las noches. —Recordé que el número escénico de Charlie contenía trucos de cartas, y pensé si no sería así, en parte, como se estaban financiando el viaje: trabajándose las mesas de cartas—. Me pregunto si Deanna estará con él.

—Es muy probable. —Redvers se frotó la oreja mientras reflexionaba—. Espero que no se busque problemas ahí dentro.

No estaba segura de si Redvers se refería a perder todo el dinero que la pareja pudiera tener, o a ganarlo gracias a sus juegos de manos. Cualquiera de las dos opciones podía suponerles un buen lío.

El resto de la velada transcurrió con calma, lo cual resultó un alivio. No estaba segura de cuánta emoción más sería capaz de soportar en mis «relajantes» vacaciones.

24

EL DÍA SIGUIENTE dormí hasta tarde. Mucho más de lo que estaba acostumbrada a dormir. Cuando por fin logré abrir los ojos, me planteé darme otra vez la vuelta, pero el sol había salido del todo y me dije que yo debía hacer lo propio. El espejo del baño no me hizo ningún favor mientras me echaba algo de agua en la cara, así que pensé en recluirme en la habitación el resto de la mañana, simplemente para tener ocasión de descansar y reflexionar. Tampoco me iría mal poner algo de distancia con Redvers. Empezaba a recurrir demasiado a su compañía.

Unos fuertes golpes en la puerta acabaron con cualquier esperanza de pasar un día tranquilo.

Me puse por encima una bata ligera y fui a abrir. Ante mí estaba Millie, fresca y tersa como una rosa, con los brazos en jarras.

—¡Jane, no puedo creer que todavía no te hayas levantado! Pensaba que te vería en el desayuno. La gente de los vestidos llegará enseguida. Será mejor que te prepares. Nos vemos abajo, en la terraza.

No pude hacer mucho más que asentir con debilidad y regresar al baño para lavarme bien y vestirme. No podía creer que Millie estuviera tan... despierta, pues supuse que se habría pasado gran parte de la noche en vela, con Lillian. Si mi tía estaba así de animada, la muchacha debía de haberse despertado mucho mejor.

Bajé como pude y me encontré a mi tía esperándome. Con alegría. Casi tanta como para enviarme directa de vuelta a mi habitación.

—Jane, se te ve muy cansada hoy. —La capacidad de observación de Millie era certera, como siempre.

—¿Y cómo es que a ti no? —Me derrumbé en una silla junto a ella—. ¿Tengo tiempo de desayunar?

Mi boca se abrió para dejar salir un bostezo tan enorme que apenas pude disimularlo.

—Quizá no un desayuno completo. Has dormido hasta muy tarde, Jane, pero seguro que pueden traerte un café mientras esperamos.

Se levantó con agilidad y fue al mostrador de recepción, donde debió de acosar al joven empleado para que nos llevaran algo de café desde la sala de desayuno. Por una vez, no me importó lo expeditivo de sus métodos.

—Ya está todo arreglado.

Le sonreí con gratitud.

—Gracias, tía Millie. —Volví a bostezar—. ¿Y cómo se encuentra Lillian?

—Está mucho mejor esta mañana, aunque Marie y ella se quedarán descansando en la habitación. Nunca es una lo bastante precavida. Pasaré a verlas en cuanto hayamos acabado aquí.

Cuando llegó mi café, también la modista había hecho acto de presencia y se había instalado en una salita que daba al vestíbulo del hotel. No éramos las únicas clientas que harían uso de sus servicios, pero Millie la había convencido para que llegara más temprano y nos hiciera un hueco. Saludamos a la joven desde la entrada y ella se presentó como Nenet.

—Bienvenidas. —Sus ojos oscuros destellaron mientras cerraba la puerta tras nosotras. Tenía una melena larga y negra, con ondas naturales. La llevaba suelta y le caía por la espalda. Era una mujer imponente—. Cómo me alegro de que les dieran mi contacto. He traído mucho género del que tengo en la tienda, así que sin duda les encontraremos a ambas algo que les siente muy bien.

La forma asertiva con que se refirió a la tienda me hizo pensar que Nenet era la dueña. Me impresionó que una mujer más o menos de mi edad dirigiera su propio negocio en ese país.

—¿Cómo lo ha traído todo hasta aquí?

Paseé la mirada por la salita, maravillada. Todas las superficies estaban cubiertas de vestidos, las mesas y las sillas se habían convertido en una auténtica explosión de colores y texturas.

Se echó a reír.

—Tengo muchos primos y tíos que me ayudan a cargar el carro, y he llegado a un acuerdo con el hotel para cuando celebran fiestas, así que mi familia está acostumbrada a trasladar mis vestidos.

La selección era abrumadora y durante un rato me quedé junto a la puerta intentando verlo todo. Millie se lanzó de cabeza al caos. Al cabo de nada, se había hecho con unos cuantos modelos e iba directa al biombo que habían dispuesto en un rincón para hacer las veces de vestidor.

—Solo quiero asegurarme de que alguno de estos me entra, Jane, y luego te ayudaré a escoger uno adecuado —dijo mi tía desde detrás de la pantalla de madera con recargadas decoraciones.

Sería interesante ver qué idea tenía Millie de lo que era un vestido adecuado para mí.

La joven modista me tocó el brazo y me hizo entrar en la sala. Calculó mi talla y, sin decir nada, empezó a rebuscar entre las numerosas pilas de vestidos; era evidente que conocía su material y sabía dónde lo tenía todo. Un pequeño milagro.

—¡Ah! —La voz de Millie era de inequívoca satisfacción—. Este me irá de maravilla.

Salió de detrás del biombo y le sonreí. Le pegaba mucho. La larga túnica azul tenía la parte de arriba calada por ricos bordados geométricos hechos con un hilo plateado que decoraba todo el cuello y el frente de la pieza. Las mangas, ligeramente acampanadas, llevaban bordados a juego en los puños.

—Esa *galabiya* le sienta muy bien. —Nenet asintió con aprobación—. Tengo un pañuelo a juego para la cabeza.

—No necesitaré pañuelo.

Tras una nueva incursión al otro lado del biombo, Millie salió con la *galabiya* azul doblada en las manos y le devolvió los vestidos descartados a Nenet.

—¿Por qué no se lo lleva? Quizá cambie de opinión —dijo esta, y le entregó el pañuelo de todos modos.

Millie se atusó el pelo algo alborotado y entonces llegó mi turno. Desaparecí tras el biombo, me quité la blusa y la falda y alcancé el primero de los vestidos que Nenet había escogido para mí. No me entraba por las caderas, así que lo rechacé de inmediato. Tuve el mismo problema con el segundo, y también lo dejé a un lado. Al ver el problema común de los vestidos desechados, Nenet rodeó el biombo cargada con otros tantos de un estilo diferente. Mientras me disponía a probarme uno de ellos pasándomelo por la cabeza, oí que la modista ahogaba una exclamación a mi espalda. Enseguida me volví con los ojos muy abiertos y sacudiendo la cabeza con insistencia.

Me había visto las cicatrices.

—¿Va todo bien? —preguntó Millie desde el otro lado de la pantalla.

Por suerte, no podía ver nada.

—¡Perfectamente! —exclamé—. Es que acabo de golpearme un dedo del pie con una esquina.

Clavé mis ojos color avellana en los oscuros iris de Nenet, que asintió.

La parte inferior de mi espalda y mis nalgas estaban surcadas por unas protuberancias alargadas y blanquecinas, recuerdo de la enfermiza relación de mi difunto esposo con el dolor. Ese mapa peculiar lo había creado con una fusta de montar de cuero por la que él sentía debilidad. Tenía suerte de que siempre me hubiera golpeado bastante abajo, porque había podido seguir llevando casi toda mi ropa sin miedo a exhibir mi vergüenza. Recordaba muy bien la primera vez que me azotó con el látigo: solo dos meses después de nuestra luna de miel. Por entonces ya me encogía de miedo ante sus puños, pero el látigo llevó la situación a una dimensión completamente nueva. Justo después de eso intenté huir, pero no conseguí llegar muy lejos antes de que Grant me encontrara y me hiciera regresar a rastras. Su castigo me obligó a guardar cama durante más de una semana. Me prometió que siempre me encontraría, y que no solo yo pagaría por mi huida, sino cualquiera que osara ayudarme. Lo creí cuando me dijo que me mataría si me marchaba; también creí que me mataría si me quedaba.

Al recordarlo, me resultaba desconcertante la facilidad con que me seleccionó de entre la manada y me aisló con el pretexto de «quererme solo para él». A cualquiera que pudiera haberme ofrecido refugio le dijo que me encontraba en el campo a causa de mi mala salud. Incluso mi querido padre creyó las deliciosas mentiras que mi marido le hacía llegar sobre papel, y toda amistad de antes de mi matrimonio se esfumó del panorama en cuanto Grant empezó a negarse a tener contacto con cualquiera de mi vida anterior. El dinero que aporté a nuestra unión lo hizo desaparecer en cuentas del hogar protegidas por varias firmas, y después se aseguró de que yo nunca tuviera acceso más que a unas cuantas monedas; ni mucho menos lo bastante para escapar. Me estremecí al recordar que mi único plan había sido el de aguantar hasta que pudiera sisar suficiente dinero de la casa para cambiarme de nombre y desaparecer para siempre. Tristemente, para mí la guerra fue una bendición. Grant se alistó casi de inmediato; disfrutaba imaginando cómo se impondría en el campo de batalla.

En defensa de Nenet había que decir que se recompuso enseguida y me ayudó a probarme el modelo que había escogido para mí. Era de un estilo muy diferente a la túnica holgada que llevaba Millie.

—Este es un vestido tradicional para bailes —me dijo cuando lo tuve puesto.

—Es que yo no bailo —empecé a explicar, pero ella agitó una mano para hacerme callar y se rio.

—No se preocupe. Este vestido es para usted. Baile o no baile. Le realza el verde de los ojos.

Asintió con satisfacción.

Era de un intenso verde esmeralda y tenía dos tirantes finos: uno que cruzaba por la clavícula y otro por el extremo del hombro. Como adorno llevaban unos bordados de oro que luego bajaban por el canesú. El vestido me quedaba como un guante en la parte del pecho, el corte de la cintura me estilizaba las caderas, y la falda estaba cubierta por un *chiffon* repleto de pequeñas monedas de oro. El efecto era tan exótico como sensual. Nenet me envolvió la cabeza con un pañuelo de gasa verde que tenía monedas doradas a juego y me hizo salir de detrás del biombo.

Millie tomó aire.

—Jane. Estás arrebatadora.

Me iluminé al oír el cumplido; los de mi tía eran escasos y solo caían de uvas a peras.

—Tienes que quedártelo. —Se volvió hacia Nenet—. Nos lo llevamos.

—Es demasiado, tía Millie. De verdad que no necesito nada tan extravagante.

Mi tía me dio unas palmaditas en el hombro.

—Insisto. Te lo regalo yo.

Asintió en dirección a Nenet, que estaba exultante, y yo desaparecí otra vez tras el biombo.

Volví a ponerme mi vestido ligero de lino, salí con el verde en las manos y Nenet envolvió nuestras compras.

—Será un *souvenir* fantástico, y un modelo que podrás ponerte más veces —opinó Millie.

No estaba segura de que fuera a encontrar otra ocasión para llevarlo, pero, por primera vez desde que Millie había mencionado esa fiesta de disfraces, me descubrí esperando el acontecimiento con impaciencia.

—Además... —Mi tía me dirigió una sonrisa pícara—. Seguro que a tu señor Redvers le encanta.

Negué un instante con la cabeza.

—El señor Redvers no es mío —masculló, aunque no me hizo caso.

No había forma de discutir con ella el tema de Redvers; jamás lograría convencerla de que no me interesaba volver a casarme, ni de que sus intentos nada sutiles de emparejarme eran una pérdida de tiempo para todos los involucrados. No ayudaba mucho que me viera pasar tanto tiempo con ese hombre. Seguro que se estaba llevando una impresión equivocada, pero tampoco creía que le apeteciera saber que solo intentábamos desentrañar un asesinato. Mi relación con Redvers podía ser amistosa, pero seguía siendo estrictamente empresarial, por así decir.

Nuestra empresa era resolver un asesinato.

Tras despedirnos de Nenet, dejé que Millie encabezara la marcha y me volví para dirigirle otra mirada de gratitud a la modista. Ella me sonrió y asintió para corresponderme. Alcancé a mi tía con tres grandes zancadas y recé una pequeña oración para agradecer que hubiera evitado el desastre; lo último que quería era que Millie empezara a hacerme preguntas acerca de las cicatrices. Eso solo podía acabar en una conversación sobre su difunto sobrino, el sádico con el que había estado casada, y yo no deseaba tenerla.

Aún recordaba los minúsculos destellos de esperanza que sentí al ver el telegrama del ejército. Tuve que leerlo varias veces, pero, cuando por fin comprendí que Grant de verdad no iba a volver a casa, las esclusas se abrieron y me vi inundada por el alivio. El telegrama, aferrado en mi mano, quedó empapado por mis lágrimas de alegría. Al fin era libre.

No lamenté su muerte ni un solo minuto.

25

Aunque habíamos estado menos de una hora con Nenet, parecía que a Millie empezaba a pasarle factura la noche en vela.

—Creo que voy a tumbarme un rato, Jane —dijo conteniendo un bostezo.

—Me parece una idea estupenda, tía Millie.

—Después de pasar a ver a Lillian, por supuesto.

—Por supuesto.

Inquieta, fui en busca de Redvers. Millie y yo no habíamos estado mucho rato ocupadas con los vestidos, pero me preocupaba que pudiera haber partido hacia la ciudad sin mí para reunirse con su químico misterioso.

Pero la primera persona con quien me crucé no fue Redvers, sino nada menos que el inspector Hamadi.

—Señora Wunderly, quisiera hablar con usted, si me lo permite. —Me clavó una mirada que me dejó como un insecto atravesado por un alfiler bajo el microscopio.

—Inspector. ¿Qué tal progresa la investigación del asesinato? —conseguí preguntar con una voz firme y serena, aunque no me sentía así en absoluto.

Ese hombre poseía la capacidad de inquietarme, por mucho que yo supiera que no tenía nada que esconder.

Se le tensaron los labios.

—¿Por qué no me deja la investigación a mí, señora Wunderly?

—Entonces no ha venido a detener a nadie, ¿no?

Por lo visto no era capaz de mantener la boca cerrada esa mañana. Era evidente que también a mí me hacía falta una siesta.

El inspector se acercó un paso más.

—No se preocupe. Cuando esté listo para detener a alguien, será la primera en saberlo.

Tragué saliva de forma involuntaria, y su sonrisa de satisfacción me crispó mientras me maldecía por haber demostrado debilidad. Hamadi daba la sensación de ser de los que se crecían ante ella.

—Tengo entendido que ayer visitó las pirámides, señora Wunderly.

—Sí, bueno, el señor Redvers me aseguró que no habría problema. —De inmediato me sentí culpable por echar a Redvers a las fauces de ese lobo. Erguí la espalda—. Sí, estuve en las pirámides.

El rostro del inspector se ensombreció.

—No vuelva a salir del hotel, señora Wunderly. No me importa con quién vaya.

—Claro que no, inspector. Ni se me ocurriría.

Le ofrecí una gran sonrisa y vi un destello de rabia en sus ojos durante un instante; era evidente que no me había ganado al inspector como aliado. Escupió en el suelo, y esbozó una sonrisa de suficiencia al verme torcer los labios.

Sin embargo, pronto suavizó un poco la mirada y me puse automáticamente en guardia.

—He oído lo de su incidente con el escorpión.

—Sí —repuse—. Fue un buen susto.

—Una suerte que nadie saliera herido. —Hamadi dio una breve cabezada—. Estamos investigándolo. Confío en que no se encuentre usted con más problemas, aunque le pediría que vaya con cuidado. Si no está en el hotel, no podremos asistirla en caso de que le suceda algo más.

Enarqué las cejas sorprendida y asentí con docilidad. Esa inesperada muestra de compasión por parte del inspector desmontó la imagen que me había formado de él, y de pronto me pregunté si me había ordenado que no saliera del hotel porque me consideraba sospechosa, o si se debía a algo del todo diferente. ¿No sería un impulso protector?

Fuera como fuese, me tranquilizó ver que giraba sobre los talones y se alejaba en dirección al tranvía. Tenía la esperanza de que regresara a la ciudad; prefería evitar más encuentros con ese hombre.

Avancé agitada por el pasillo adyacente al vestíbulo principal mientras intentaba decidir cuál sería mi siguiente movimiento. Pese al aplomo del inspector, no parecía que la policía estuviese haciendo grandes avances con la investigación. Por otro lado, que no me hubieran detenido e interrogado otra vez era buena señal. Y aunque parecía que Hamadi ya no me consideraba una posible sospechosa, también era cierto que no estaban más cerca de dar con el asesino. Necesitaba averiguar algo más sobre Amón Samara, y necesitaba encontrar a alguien que trabajara en el hotel y estuviera dispuesto a facilitarme esa información. Tomé una decisión y eché a andar con paso resuelto, ahora que mis pies sabían qué dirección tomar.

El empleado del mostrador de recepción pareció respirar con alivio al verme pasar de largo. Iba mascullando para mí mientras caminaba, y el pobre me había estado mirando con preocupación.

Encontré a Zaki preparando el comedor para el siguiente servicio.

—Zaki, ¿has visto al señor Redvers?

El hombre parecía bastante observador y, gracias a su puesto, seguramente estaba muy al tanto de todo lo que ocurría en el hotel. Dejó de enderezar la cubertería y la vajilla y me miró.

—Sí, señora Wunderly. El señor Samara y él han salido juntos esta mañana después del desayuno. Han tomado el tranvía a la ciudad.

Eso me dio que pensar.

—¿Han desayunado juntos? ¿El señor Redvers y el señor Samara?

Me pregunté por qué de pronto Redvers habría decidido entablar amistad con Samara.

—Así es, señora. Y se han ido juntos en el tranvía. —Inclinó un poco la cabeza hacia mí—. Tengo entendido que esta mañana ha conocido a mi prometida, Nenet.

Su repentino cambio de tema me dejó descolocada un instante.

—Ah, Zaki, no sabía que fuera tu prometida. Es encantadora.

Me miró sonriente.

—Sí. Nenet y yo vivimos en el pueblo de Mena, igual que nuestras familias. A menudo trae sus vestidos aquí, al hotel.

Era evidente que estaba orgulloso de ella, y tenía motivos de sobra para estarlo; tanto Zaki como su futura esposa transmitían calidez y eran acogedores. Era fácil imaginarlos felizmente casados un día.

—Bueno, entiendo que estés orgulloso. —Esperaba que mis palabras sonaran tan sinceras como pretendía—. Ha hecho un trabajo excelente eligiéndome un vestido.

Zaki hinchó aún más el pecho. De pronto me asaltó una nueva preocupación, aunque, por lo que podía ver, de momento no había ni rastro de pena ni de curiosidad acechando

184

en las profundidades de la mirada luminosa y directa de Zaki. Así que crucé los dedos para que Nenet no se sintiera obligada a compartir mi secreto con su prometido. Lo último que me hacía falta era convertirme en la comidilla entre el personal del hotel... Más de lo que ya lo era, claro. La muerte de Anna ya había avivado bastante las llamas.

Zaki me había distraído un momento, pero entonces recordé el motivo que me había llevado a buscarlo.

—Que quede entre tú y yo, Zaki... —empecé a decir, aunque perdí fuelle.

—Por supuesto, señora Wunderly. —Parecía un tanto ofendido al ver que había tenido que decirlo siquiera.

Me detuve a sopesar la conveniencia de lo que estaba a punto de hacer, ya que podía provocar una oleada de chismorreos muy diferentes, pero al final me lancé.

—Bueno... Hmmm... ¿Sabes en qué habitación se aloja el señor Samara?

Zaki me lanzó una breve mirada de arriba abajo, y su reflexivo escrutinio me hizo vacilar.

—Señora Wunderly, usted no es de las que entran solas en la habitación de un hombre.

—No, Zaki, no si el hombre en cuestión está en su habitación.

Confiaba que no me hiciera más preguntas sobre por qué querría entrar en la habitación de Amón cuando él no estaba.

Asintió.

—He oído que está indagando usted sobre la señorita Anna.

Yo también asentí, despacio, preguntándome cómo de conspicua había sido al recabar información, si el personal había reparado en ello.

—Creo que hace usted bien, aunque la señorita Anna fuera... diferente. Así que se lo diré. El señor Samara se aloja en la habitación veintiuno.

—Gracias, Zaki. Confío en que no lo comentarás con nadie.

—Tenga cuidado, señora, por favor.

Le sonreí y le di otra vez las gracias antes de regresar pensativa al vestíbulo. Reparé en que había olvidado preguntarle si los hombres habían dicho cuándo pensaban regresar, pero, al volverme, Zaki había desaparecido.

Me encogí de hombros y subí a mi habitación. Si iba a colarme en otra habitación, necesitaría algo que me ayudara a abrir la puerta. Y un par de guantes ligeros. No tenía ni idea de lo familiarizada que estaba la policía local con el estudio de las huellas dactilares, pero no tenía ningún deseo de descubrirlo de primera mano.

Nunca era una lo bastante precavida.

26

REGISTRÉ MI HABITACIÓN en busca de algo con lo que abrir la cerradura y al final me hice con un par de horquillas de pelo que no me importaba sacrificar por la causa. Salí con sigilo y me dirigí a la habitación de Amón. No dejaba de vigilar por si me cruzaba con clientes curiosos, pero por suerte los pasillos estaban desiertos. La gente se encontraba disfrutando de las vistas o participando en las actividades del hotel. Todavía no era mediodía, así que el calor aún no había llegado a su apogeo. Las primeras horas de la tarde eran para esconderse del sol, pero el tráfico peatonal empezaría a repuntar sobre el almuerzo. Tenía que darme prisa.

Me acerqué a la puerta de Amón con la esperanza de resultar un prodigio en aperturas de cerraduras. Llamé dos veces y agucé el oído para asegurarme de que Zaki no me hubiera dado una información incorrecta sobre la salida de Amón a la ciudad. Al no oír nada, me puse los guantes, saqué del bolsillo mis ganzúas improvisadas y me dispuse a probar suerte. Una vocecilla procedente de las profundidades de mi cabeza sugirió que, puesto que no tenía formación ni experiencia en romper cerraduras, intentara con el tirador antes de tomarme más molestias. La puerta se abrió con facilidad y, llevada por la sorpresa, casi me precipité en el interior de la habitación.

Me apoyé en una jamba para lograr una entrada más elegante de la que había estado a punto de protagonizar y cerré la puerta sin hacer ruido. Tenía el corazón acelerado... Tanto por haber estado a punto de caer de bruces como por el miedo a ser descubierta husmeando en otra habitación. Y con los guantes puestos, nada menos. También me aterraba que el propio Amón pudiera regresar; esa idea me impelió a volver sobre mis pasos y echar el cerrojo. Así ganaría algún segundo más si lo oía abriendo la puerta.

El olor de su colonia cargaba el aire de la habitación y, cuando llegó al fondo de mi garganta, su sabor casi me hizo sentir náuseas. Tendría que ser un registro rápido. Y probablemente necesitaría darme un baño al terminar.

Me sorprendió ver que no era una de las *suites* más grandes, como la de la tía Millie. En lugar de eso, Amón se alojaba en la zona interior del hotel, igual que yo, sin las vistas espectaculares que se disfrutaban desde las habitaciones exteriores. Pensé que tal vez su presupuesto no fuera tan generoso como hacía creer a las damas... O quizá lo reservaba para las noches de juego.

Eché un vistazo a la habitación y me sorprendió descubrir que estaba ordenada y que no había muchas cosas. Ni ropa ni otros objetos. Recordaba las numerosas maletas con las que lo había visto llegar y me preguntaba dónde habría almacenado el contenido. Lo que se veía no llenaría ni una sola de esas bolsas suyas. Revisé la cuidada selección de ropa sin saber muy bien qué esperaba encontrar. Me fijé en que los pocos trajes que colgaban en el armario eran de buena calidad, pero al inspeccionarlos más de cerca vi que los habían remendado varias veces. Rebusqué en los cajones de la cómoda y comprobé que ocurría lo mismo con la pequeña colección de camisas. Eran de una calidad excelente, pero les habían sustituido los puños y los cuellos...

Imposible decir cuántas veces. Mientras mis dedos se movían entre sus objetos personales, me concentré en esforzarme por dejarlo todo tal como lo había encontrado; no veía necesario alertar a Amón sobre el hecho de que alguien había registrado su habitación.

Aprecié entonces el decorativo sofá que había contra la pared del fondo. La madera tallada tenía taraceas de marfil, y las elegantes líneas atraían la mirada. Algo pequeño y blanco llamaba la atención contra el suntuoso brocado rojo de la tapicería. Era la esquina de un papel oculto bajo el cojín del asiento.

—¿Podría haber sido más evidente? —murmuré mientras me acercaba.

Levanté el cojín y saqué un pequeño alijo de papeles. Entorné los ojos para estudiarlos mientras los iba hojeando. A simple vista, el primero parecía contener una lista de pagos con diferentes cantidades y unas iniciales junto a cada entrada. La letra era femenina, pero no me sorprendía que el meticuloso Amón tuviera una caligrafía ligeramente afeminada.

La siguiente hoja parecía ser un listado de objetos. Arriba del todo se mencionaba un yacimiento arqueológico que yo sabía que se encontraba a poca distancia de El Cairo; antes de partir, había investigado sobre los más cercanos por si tenía ocasión de visitar alguno mientras estábamos en el Mena House. Uno de los objetos de la lista estaba rodeado por un círculo, así que leí por encima la descripción de la pequeña estatuilla de marfil.

Algo se despertó en un recoveco de mi mente, pero, antes de poder identificar qué intentaba decirme mi cerebro, oí pasos en el pasillo. Me quedé inmóvil, con el pulso latiéndome en los oídos casi al mismo volumen que el ruido de fuera. Recorrí toda la habitación con la mirada en busca de un lugar donde esconderme si esos pasos se detenían en la puerta de Amón. Tal vez el armario fuera mi mejor opción, pero me quedaría atrapada dentro o, si Amón necesitaba cambiarse de ropa después de haber pasado el día en la ciudad, me descubriría.

Los pasos siguieron camino sin detenerse.

Me tomé un momento para respirar de nuevo, volví a toparme con la densa nube de colonia y, conteniendo una tos, reanudé el examen de los documentos que tenía en la mano. El último era una copia de una partida de nacimiento inglesa. De una niña. La fecha era de casi diecinueve años atrás, pero fue al llegar al nombre de la madre cuando me dejé caer en el sofá, atónita.

Millicent Stanley.

Que yo supiera, mi tío y Millie nunca habían podido tener hijos; sin embargo, mis manos sostenían la prueba de que ella había dado a luz en lo que parecía ser un hospital rural del norte de Inglaterra. El nombre del padre estaba en blanco.

Aun a través de la neblina de mi conmoción, comprendí que llevaba en la habitación de Amón más tiempo del que era seguro, o sano; mi nariz y mis pulmones no dejaban de protestar por el olor. Me guardé la partida de nacimiento y remetí los demás papeles bajo el cojín, donde los había encontrado. Me detuve a escuchar en la puerta y, al no oír nada, abrí el cerrojo y salí disparada para regresar a una relativa seguridad. Casi llegué a mi habitación corriendo, quitándome los guantes en plena carrera, con el papel aferrado en mi mano sudorosa. No tenía ni idea de cómo mencionarle a Millie lo que acababa de descubrir, pero explicaba por qué se había comportado de una forma tan extraña frente a Amón; sus iniciales me habían gritado desde la lista de lo que solo podía deducir que eran los pagos de un chantaje.

Había tomado a Amón Samara por muchas cosas —ninguna de ellas halagadora—, pero jamás habría adivinado que fuera un chantajista. Tenía que examinar de nuevo todo lo que creía que sabía sobre ese hombre.

Los documentos también arrojaban una luz del todo diferente sobre mi tía, algo que todavía no había ni empezado a asimilar.

Cuando me vi a salvo en mi habitación, se me ocurrió pensar que, con un alijo de documentos incriminatorios escondido en su sofá, había sido increíblemente tonto por parte de Amón no cerrar la puerta con llave.

Además, había resultado facilísimo encontrarlos.

27

Sopesé las diferentes opciones de escondrijo que tenía en mi habitación. Debía ocultar ese papel y no podía utilizar mi fiel palmera del pasillo; el documento era demasiado valioso para ello. Recordé que la policía había pasado por alto los gemelos cosidos en la ropa de Anna y contemplé mi propio vestuario con ánimo pensativo. Mi mirada recayó en una de mis pamelas. Tenía una cinta ancha que rodeaba toda la copa. Doblé el papel a lo largo varias veces, hasta que midió solo dos o tres centímetros de ancho, lo metí por dentro de la cinta y volví a dejar el sombrero en su estante. Pensé que, de lejos, e incluso de cerca, nadie repararía en el ligero bulto. Sobre todo si ese alguien era un hombre.

A pesar del creciente calor del día, y después de comprobar dos y hasta tres veces la seguridad del documento sisado, salí a dar un largo paseo. Mi incursión delictiva ya me había dejado sudorosa, así que pensé que más me valía ganarme un sudor real. Tenía mucho en lo que pensar, y también un exceso de energía nerviosa que quemar. El documento que había encontrado conllevaba enormes repercusiones para mi familia. No era capaz de decidir si enfrentarme a Millie o si respetar ese secreto que era evidente que había ocultado durante tantos años.

Estuve más de una hora vagando bajo el bochorno, pero al final llegué a la conclusión de que lo dejaría pasar.

Yo tenía mis secretos, y también mi tía tenía derecho a los suyos.

Cuando regresé, encontré a Redvers disfrutando de una taza de té en la terraza. Al ver que me aproximaba, se levantó, y yo acerqué una silla a su mesa de azulejos azules y blancos.

—Se la ve algo... acalorada, señora Wunderly. ¿En qué líos te has metido?

—Solo he salido a pasear. —Levanté ligeramente el ala de mi pamela y me enjugué un poco el sudor de la frente con el dorso de la mano.

Él enarcó una ceja, pero no hice caso. En esos momentos no estaba demasiado preocupada por las sutilezas del trato social, como tampoco por lo poco atractivo que debía de resultar mi aspecto.

—Y tú, ¿dónde has estado toda la mañana?

—Me he acercado un momento a la ciudad. Te alegrará saber que el médico no intentó matarte. Los polvos no eran más que eso: sales estomacales.

Lo fulminé de un vistazo. Si las miradas matasen, el forense habría tenido otro cadáver del que ocuparse.

—Has ido a que lo analicen sin mí.

La decepción que sentí al enterarme de la inocencia del médico tardaría algo más en afectarme; de momento, estaba demasiado ocupada avivando el fuego de mi ira hacia Redvers.

—Verá, es que debo mantener la confidencialidad de mis contactos, señora Wunderly.

—Pero me lo prometiste.

—En realidad, te di mi palabra de escolta, y debo confesar que jamás he sido escolta.

—Es una de las excusas más ridículas que he oído nunca.

Estaba más que encendida, así que decidí guardarme la información de lo que había encontrado en la habitación de Amón. Era infantil, pero tardaría un rato en perdonarle que me hubiera dado esquinazo. También comprendía que era una reacción exagerada, pero todavía no estaba dispuesta a plantearme por qué.

Herví un rato en mi propia salsa, sentada en esa silla mientras sorbía un café caliente que me dejó la lengua abrasada. Redvers levantó el ejemplar del *Egyptian Gazette* que había estado hojeando y me dejó en paz. De vez en cuando miraba por encima del borde del periódico para ver si ya me había calmado, luego regresaba a la lectura y de tanto en tanto pasaba una hoja con languidez.

—¿Has descubierto algo más? Me han dicho que has desayunado con el señor Samara. —Todavía estaba molesta con él, pero al final la curiosidad le ganó la batalla a la ira.

Redvers dejó el periódico y me sonrió. Yo hice lo posible por evitar que aquella sonrisa me ganara.

—No he descubierto mucho, sinceramente. Por lo menos no gracias al señor Samara.

Decidí no insistir en por qué habían desayunado juntos, como dos viejos compañeros de escuela.

—¿Eso es que has descubierto algo gracias a otra persona?

—Sí, pero temo volver a sacar el tema. —Su expresión era muy seria, pero un destello en su mirada me indicó que estaba jugando conmigo.

Me tomé la molestia de resoplar con un ápice de indignación.

—¿De modo que ese químico tuyo tan misterioso te ha dicho que los polvos eran inocentes? —No pude resistirme a lanzar una pequeña pulla.

—Eso es lo que parece. —Fue listo y pasó por alto mi ataque.

—Así que todo ese asunto no habría sido más que una mera coincidencia temporal: Lillian se indispuso sola, sin la ayuda extra de los polvos.

El médico no había intentado envenenarme. No sabía muy bien si sentir alivio o decepción por ello. Si los polvos hubiesen sido venenosos, eso lo señalaría sin lugar a dudas y nos encontraríamos más cerca de obtener respuestas.

—Sí. Por lo visto, si Lillian estaba baja de potasio, el bicarbonato sódico podría haberle provocado los vómitos. Y resulta muy probable, sobre todo teniendo en cuenta lo activa que es.

Asentí.

—Aunque eso tampoco exime del todo al médico. Al fin y al cabo, fue su pistola la que usaron para matar a la señorita Stainton.

La explicación del doctor sobre el robo del arma no me había convencido, así que seguía ocupando los primeros puestos de mi lista de sospechosos. Justo por detrás del señor Samara, nuestro chantajista particular.

Al pensar en Amón, se me ocurrió que Redvers tal vez tuviera un motivo más despreciable para haberse reunido con él en el desayuno, pero lo descarté de inmediato. Si Amón estaba chantajeando a Redvers, no era probable que compartieran mesa civilizadamente. Y, por muy molesta que estuviera por su promesa rota, me negaba a creer que Amón hubiera descubierto nada sobre él que pudiera utilizar para hacerle chantaje.

No solo me fastidiaba haberle tomado cariño, sino que tampoco me apetecía plantearme ningún escenario en el que ocupara el papel del culpable. Me dije que solía tener buen ojo para calar a las personas; a excepción, desde luego, de mi primer marido. Pero había aprendido mucho de ese error de juicio. Si me había equivocado al estar tan dispuesta a confiar en Redvers, mi instinto me lo haría saber.

¿Verdad?

Tal vez fuese capaz de engañarme con cosas pequeñas, como su visita al químico, pero no me mentiría acerca de nada más gordo. Me daría cuenta, sin duda.

—Por cierto, ¿cómo sabes que he desayunado con Samara?

Reparé en que me había quedado mirando el interior de la taza con el ceño fruncido mientras reflexionaba sobre los hombres de mi vida. Algo que, sinceramente, había esperado ahorrarme desde que me casé, varios años atrás. Y sin embargo, allí estaba, enfadada más allá de toda lógica porque un hombre apuesto al que apenas conocía había roto una promesa que me había hecho. Un hombre en el que no debería estar interesada. ¡Y no lo estaba!

Ay, los hombres, qué insidiosos...

—Me lo ha dicho Zaki. Hace un rato le he preguntado si sabía dónde estabas.

Redvers, pensativo, miró hacia el comedor.

—Qué tipo tan servicial.

28

ME PASÉ LA tarde viendo a Deanna y a Charlie jugar al tenis. Los dos hacían unas trampas escandalosas sin la menor vergüenza mientras reían, golpeaban la pelota como si fuera de béisbol y bromeaban sin parar. No estaba segura de cómo me habían convencido para que me uniera a ellos, pero descubrí que disfrutaba del entretenimiento que suponía su compañía. Millie seguía secuestrada por Lillian, quien, según se rumoreaba, ya se encontraba mucho mejor, así que esa noche Redvers y yo cenamos con los Parks. Los dos nos reímos mucho y con ganas. Fue una distracción muy bienvenida después de los acontecimientos de los días previos y, al menos durante esa velada, conseguí olvidar la creciente lista de cosas que me preocupaban.

Cuando llegó la mañana siguiente, comprobé que por una vez había dormido mejor de lo esperado, y que en realidad estaba impaciente por que empezara el acto de esa tarde, pese al inevitable baile. Por mucho que me gustaran las fiestas, jamás me había parecido que bailar fuese una forma agradable de pasar el rato. No era una persona del todo descoordinada; solo cuando se trataba de encontrar el ritmo. Tenía una incapacidad absoluta para seguir o mantener el compás. Aun así, me apetecía disfrazarme y disfrutar de la compañía de mis amigos.

Me pasé el día relajándome, bebiendo té y descansando en mi habitación. Fue lo más distendido que había hecho desde nuestra llegada, justo lo que necesitaba para recuperar la calma. Tras una siesta tardía, decidí darme un largo baño en la bañera. Por fin hice buen uso de las sales de baño con aroma de jazmín. De vez en cuando añadía algo de agua tibia, y no salí hasta que tuve los dedos de las manos y de los pies arrugados como pasas.

Esa noche me tomé mi tiempo para maquillarme, pero no me preocupé mucho por mi pelo, ya que el pañuelo lo cubriría en gran parte. Me puse el vestido y sentí gratitud por la generosidad de mi tía; no debía olvidar decírselo. Elegí un par de zapatos de tacón plateados. Eran algo más altos de los que solía llevar, pero combinaban a la perfección con el vestido.

Me acerqué a la habitación de Millie, que había accedido a que la ayudara a acicalarse, pero me encontré con que alguien había llegado antes que yo y que mi asistencia era del todo innecesaria.

—¡Millie! Estás preciosa —exclamé al verla.

Lillian y Marie le habían arreglado la larga melena gris con un recogido de lo más moderno: unas ondas hechas con tenacillas que enmarcaban su rostro y un moño bajo en la nuca. Le habían quitado diez años de encima. Llevaba un maquillaje muy cuidado, y el vestido que había elegido le sentaba de maravilla. Gruñó un poco en respuesta a mi cumplido, pero de todos modos se la veía satisfecha.

Las dos chicas llevaban vestidos parecidos, del mismo estilo pero en colores diferentes: Lillian había optado por uno naranja y rojo intenso; Marie, por uno de un sobrio azul cobalto. Ambos eran holgados y vaporosos, pero con brillos y cuentas en abundancia. Lillian estaba un tanto pálida todavía, aunque alegre, y Marie resplandecía en toda regla. Se notaba que tenían muchas ganas de disfrutar de la noche, y, mientras bajábamos a la terraza, sentí que las chicas me contagiaban su energía.

La fiesta estaba en pleno apogeo cuando llegamos. A juzgar por la cantidad de personas que habían acudido, era evidente que habían invitado a los clientes de los hoteles de lujo de El Cairo a unirse al jolgorio. Camareros con túnicas blancas se movían entre el gentío repartiendo bebidas; al observar el balanceo de los cuerpos, distinguí a Zaki, que dirigía el tráfico del personal. Habían despejado una amplia zona de la terraza para bailar, y un pequeño conjunto musical se apretaba en un extremo, interpretando sus melodías. Una animada música de jazz flotaba por encima de los asistentes. Reconocí la canción que estaba sonando en esos momentos: «Everybody Loves My Baby».

Redvers apareció tras de mí, y casi volvió a provocar que diera un respingo. En lugar de optar por la *galabiya* tradicional egipcia que llevaban casi todos los hombres, él estaba irresistible con un sencillo esmoquin negro. El pelo color avellana le brillaba a la luz de la luna, sus ojos oscuros centelleaban.

—De verdad, tienes que dejar de acercarte a la gente con tanto sigilo —dije.

—Y tú deberías aprender a estar más alerta.

Me dirigió una sonrisa peligrosa. Le habría soltado una contestación aguda, pero me ofreció una copa y le guiñó un ojo a la tía Millie. Di un sorbo para probar. Era un Gin Fizz con limón, mi preferido.

—Está usted arrebatadora, señora Stanley.

Millie parecía completamente encandilada por Redvers. En lugar de espetarle el comentario cortante que yo habría esperado, o regañarle por no ir vestido con uno de los «disfraces» de los lugareños, me sorprendió ver un favorecedor rubor en sus mejillas. Mi tía, de hecho, estaba sonrojándose como una colegiala.

—No le importará que le robe un momento a su sobrina, ¿verdad?

—Claro que no, señor Redvers. Que lo pasen ustedes de maravilla.

Mi tía me dirigió una sonrisa de aliento y se volvió para hablar con las chicas. El trío se dirigió hacia la barra charlando con alegría.

Redvers centró entonces su atención en mí, y noté que empezaba a ponerme colorada.

—¿Le gustaría bailar, señora Wunderly? —preguntó.

A pesar de que me había puesto tacones, Redvers tuvo que inclinarse para hablarme al oído, cosa que me provocó una descarga eléctrica en la columna vertebral. El nivel de ruido, aun al aire libre, era poco menos que ensordecedor, y achaqué a eso su repentina cercanía.

Negué con la cabeza.

—Me temo que no, señor Redvers. Mis habilidades como bailarina dejan mucho que desear.

Esperaba que la cosa quedara ahí, pero mi negativa solo avivó su determinación.

—Me temo que no puedo aceptar eso como respuesta esta noche, señora Wunderly. Voy a tener que insistir. Está absolutamente deslumbrante con ese vestido, y sería una lástima no darle una vuelta por la pista de baile. —Su aliento volvió a mover el mechón de pelo que rodeaba mi oreja.

Busqué una respuesta a la desesperada.

—Gracias.

¿Era eso coherente? No estaba segura. De pronto, me daba la sensación de tener un calcetín de lana en la boca.

Con una timidez repentina, miré mi copa, que ya estaba medio vacía. Me pregunté adónde había ido a parar la primera mitad. Miré a mi alrededor. ¿La había derramado? Era imposible que me la hubiera bebido ya.

Redvers me quitó de la mano ese vaso que de pronto resultaba tan fascinante y, tras entregárselo junto con el suyo al camarero más cercano, me condujo a la pista de baile. Al instante recordé por qué había dicho que no, para empezar.

—De verdad que no sé bailar, Redvers —dije haciendo lo que podía por resistirme.

—Bobadas —repuso él—. Eso es porque no has encontrado a la pareja de baile adecuada.

Negué con la cabeza. Él me atrajo hacia sí y me hizo trazar un elegante arco por la pista. Notaba su brazo fuerte y seguro contra mi espalda.

—¿Lo ves? Bailas estupendamen... —Ni siquiera pudo terminar la frase antes de que lo pisara sin querer—. No importa. —Negó con la cabeza—. Olvida que he dicho nada.

—He intentado advertírtelo —insistí—. No tengo ritmo. Podemos parar en cuanto quieras. Detestaría ver que acabas lisiado.

—No, no —dijo con una mueca—. Ha sido idea mía y tengo toda la intención de llegar hasta el final... de esta canción, por lo menos.

Volvimos a girar y mi tacón entró en contacto con el hombre que teníamos detrás, que de inmediato se llevó una mano al golpe recién recibido en la pantorrilla y saltó sobre una pierna mientras su pareja de baile lo miraba desconcertada. Redvers maniobró con presteza para apartarnos del pobre bailarín, y no pude evitar reírme... La cara de Redvers era impagable.

—Esos tacones están afilados.

—Lo tendré en cuenta, por si algún día necesito un arma.

—Valdrían. —Miró por encima de mi hombro—. Espero que no le hayas hecho sangre a ese pobre tipo.

Redvers aguantó al pie del cañón hasta el final, y apenas cojeó al abandonar la pista de baile cuando terminó la canción.

Llamé con la mano a otro camarero y conseguí dos nuevas copas, una de las cuales Redvers estuvo agradecido de aceptar.

—Pensaba que exagerabas. —Dio un largo trago de su vaso.

—Ya ves que no.

—Jamás volveré a dudar de ti.

Su sonrisa, aun después del espectáculo que acabábamos de protagonizar, fue cálida. Esbocé otra sonrisa en respuesta.

—Pero, por la seguridad de todos, tal vez será mejor que nos quedemos algo más apartados.

Reí mientras nos dirigíamos a la barra.

Era difícil hablar sin levantar la voz, así que Redvers se pegó a mí... Tanto que, al cabo de un rato, decidí que necesitaba darle un descanso a mi corazón desbocado. Entreví a Millie y a las chicas y pensé en acercarme a ver qué tal les iba.

—Creo que voy a comprobar cómo está mi tía. —La señalé con la barbilla.

—Yo iré a pedir dos copas más —dijo Redvers—. Y tal vez me pasee un poco entre los asistentes para hacerme una idea de dónde están todos los protagonistas esta noche.

Me había distraído tanto con él que casi había olvidado que debíamos investigar un asesinato y vigilar a nuestros sospechosos. Tuve que sofocar un poco mi decepción al ver que él seguía teniendo la cabeza despejada y no estaba tan alterado por mi proximidad como yo por la suya. Después me solté un buen sermón mental sobre los peligros de dejar que un hombre volviera a acercarse tanto a mí.

Intenté abrirme camino entre la masa de asistentes hacia donde había visto a Millie por última vez, pero, antes de poder dar cinco pasos, una mano me agarró del codo.

29

—¡Señorita Wunderly!

El coronel iba hecho un pincel, con una *galabiya* azul marino y un turbante a juego, y se movía con ese atuendo extranjero como si estuviera en su casa. Con su inseparable bastón conseguía abrirse paso a su alrededor.

—Está usted preciosa, querida.

—Gracias. A usted también lo veo muy bien, coronel.

Iba a comentar su vestimenta cuando alguien me empujó por la espalda. Me volví y me encontré casi de frente con el doctor Williams.

—Ah, señora Wunderly. —El médico no parecía ni contento ni contrariado de verme.

—Comandante Williams —saludó el coronel con alegría, y se estrecharon las manos en un apretón amistoso.

Parecían más íntimos de lo que yo había creído. Cuando el coronel me había hablado del médico, supuse que ambos se conocían de vista. Sin embargo, reflexionando más sobre ello, ambos eran antiguos militares, y el doctor Williams había acudido al escenario del crimen de Anna. Había varios lugares donde ambos podían haber coincidido antes, y el hotel no estaba tan abarrotado como para que no se hubiesen cruzado en más de una ocasión.

—¿Ha venido a divertirse, comandante? ¿O está aquí de servicio? —preguntó el coronel.

Williams soltó una breve carcajada.

—Hace muy buena noche y resulta que, por una vez, la tengo libre. ¿Se pasará por las mesas, coronel? —El médico se balanceó un poco sobre los talones.

—Así es, así es. Pero no a esas donde las apuestas son tan elevadas, las que suele preferir usted. Son demasiado para mí.

Enarqué las cejas. Me sorprendió que el coronel se pasara la noche jugando a las cartas cuando su hija había muerto apenas unos días antes, pero me dije que probablemente necesitaba una distracción. Regodearse a solas en el dolor no era la opción más saludable para nadie.

—¿Hay muchas mujeres en la sala de juego? —pregunté, para mi sorpresa.

—Pues claro que sí —contestó el coronel, mientras que el médico se encogía de hombros—. Mi Anna heredó de mí la fiebre por el juego, me temo. Estuvo bastantes noches ahí dentro antes de... En fin. —Se interrumpió, y el doctor Williams le dio unas palmadas en el hombro mientras me dirigía una mirada de reproche que me sentó como un tiro.

No había sido mi intención sacar a colación lo de su hija, aunque recordaba que Charlie había comentado la habilidad de Anna en la mesa de juego. Pero, ya que había sido mi curiosidad sobre la joven lo que había motivado mi pregunta, tal vez estuviera equivocada, al fin y al cabo. Le ofrecí una sonrisa de disculpa al médico.

El coronel negó con la cabeza y, al cambiar de tema, siguió un rumbo que me dejó algo boquiabierta.

—¿Han encontrado ya su arma de servicio, comandante? Es una auténtica vergüenza.

Puesto que era el arma que había matado a Anna, me sorprendió mucho que la mencionara. También me extrañó que no pareciera considerar al médico responsable en modo alguno.

—Todavía no, aunque tampoco estoy seguro de que fueran a decírmelo, si se diera el caso. Hamadi no es el hombre más comunicativo del mundo, que digamos.

Al menos, mi impresión inicial en cuanto al inspector parecía ser universal.

—¿Sabe cómo se hicieron con ella? —La voz del coronel era afable, pero su mirada resultaba intensa.

—Estoy bastante seguro de que fue en mi habitación. Nunca la llevaba conmigo por el hotel, ni cuando salía a la ciudad. No quería que me la robaran. —Las comisuras de la boca del médico se curvaron para formar una sonrisa irónica.

—¿En los fumaderos de opio, quiere decir? —Oí que preguntaba mi propia voz.

Abrí los ojos con un ligero sobresalto. Mi boca se había adelantado a mi cerebro, una vez más.

El doctor Williams frunció el ceño y yo me preparé para recibir la invectiva que estuviera a punto de soltar, pero movió la cabeza hacia atrás y estalló en carcajadas.

—No, jamás la habría llevado a los fumaderos, señora Wunderly. Allí me habría buscado muchos problemas.

El coronel asintió con sabiduría y aquiescencia.

—El comandante realiza muchas buenas obras en esos lugares, pero son un tanto peligrosos. —Le dirigió una mirada de aprobación al médico.

Miré desconcertada a uno y a otro.

—Intenta sacar de esos agujeros oscuros a todos los antiguos soldados que puede, y desintoxicarlos. Demasiados hombres buenos se han perdido a causa de los recuerdos de la guerra y la llamada de la pipa —explicó el coronel.

Abrí y cerré la boca varias veces, como un pececillo. Por fin me recompuse y les ofrecí a ambos una débil sonrisa.

El médico nos puso entonces una mano en la espalda a cada uno, como si los tres fuéramos antiguos camaradas de guerra.

—Bueno, allí veo a una joven señorita a quien no le vendría mal darse una vuelta por la pista. Me parece que está muy recuperada.

Seguí la dirección de su mirada y comprendí que estaba hablando de Lillian. Sí que había recobrado el color de las mejillas, y conversaba alegremente con Marie y Millie.

El coronel sonrió con aprobación.

—Si me disculpa a mí también, señorita Wunderly. Me temo que las mesas de juego me llaman. —Me dirigió una sonrisa—. Pero ha sido un placer verla, como siempre.

Le correspondí, y él me ofreció un saludo militar al despedirse. Entonces lo observé mientras avanzaba con pericia entre la muchedumbre y me incliné hacia delante para no perderlo de vista. Entró de nuevo en el hotel con agilidad y cruzó el salón antes de detenerse a hablar con Zaki. Este, con una sonrisa, metió una mano en la túnica. Volvió a sacarla deprisa y me pareció que le entregaba algo al coronel Stainton en un apretón de manos; aunque, a tanta distancia, me era imposible estar segura. El coronel lo miró con afabilidad, le dio unas palmadas en la espalda y se fueron juntos en dirección a la sala de juego.

Mascullé una maldición. Si Zaki le había pasado algo al coronel, había sido algo pequeño. Me intrigaba mucho de qué podía tratarse, pero también sabía que no había una forma sencilla de averiguarlo. Con un leve suspiro de derrota, me alejé siguiendo la misma trayectoria que el médico, hacia mi tía y las jóvenes a su cargo.

Cuando llegué junto a ellas, el doctor Williams estaba en la pista de baile con Lillian. Marie fulminaba a la pareja con la mirada; tenía los brazos cruzados y una expresión enfurruñada. Millie parecía indiferente. Me aproximé a ella por el lado que no ocupaba Marie.

—¿No le pones ninguna pega? —Señalé con la cabeza hacia el médico y Lillian, en la pista—. Es mucho mayor que ella.

—Bobadas, Jane. Solo están bailando. —Mi tía dio un sorbo satisfecho a su combinado—. La chica ha sido amable al aceptar. Además, el doctor hace muy buenas obras en esta comunidad.

Negué con un movimiento de cabeza. O Redvers había recibido una información equivocada de sus contactos o me había transmitido una información errónea a propósito. Todas las fuentes independientes parecían ofrecer una imagen de Williams muy diferente a la que nos habíamos compuesto.

Localicé a Charlie y a Deanna en los márgenes del guateque y decidí que algo de alborozo era justo lo que necesitaba; los demás me estaban confundiendo, y tampoco me apetecía estropear la velada con demasiada reflexión. Cuanto más me alejaba de la barra, más fácil era oír algo, y sentí alivio al ver que se habían situado en un rincón donde lograríamos entendernos sin tener que gritar.

Deanna iba ataviada con un modelo similar al mío: un vestido de baile tradicional, en lugar de la holgada *galabiya*. El suyo era una prenda reluciente que me recordó el cielo nocturno cuando estaba a caballo entre el negro y el azul. El maquillaje de sus ojos era muy teatral, y me resultó fácil imaginarla cautivando al público desde un escenario. Charlie llevaba una *galabiya* roja con un turbante a juego. Vi que elevaba la mano para alisar el remolino e interrumpía el gesto con brusquedad al encontrar tela en lugar de pelo.

—¡Jane! —exclamó Deanna al verme, y me arrastró a un abrazo.

Supuse que llevaría varias copas encima, pero su arrebato de afecto no me molestó. Charlie me sonrió abiertamente.

—¿Os lo estáis pasando bien? —Ya conocía la respuesta a mi pregunta.

—Esto es bárbaro, ¿a que sí, Charlie? —Deanna rodeó la cintura de su marido con un brazo y él bajó la mirada hacia su flamante esposa con felicidad.

—Solo porque tú estás aquí, amor mío. —Y le plantó un beso en el pelo.

Les sonreí a ambos.

—¿Dónde está tu apuesto caballero? —me preguntó Deanna con un guiño.

—Ah... Pues, no... Vamos, que no estamos... —balbuceé.

—Bueno, pues deberíais. —La sonrisa de Deanna creció más aún.

Cambié de tema.

—¿Os pasaréis por las mesas esta noche?

A Charlie se le iluminó la cara.

—Se supone que hoy, por la fiesta, no habrá partidas de cartas. Pero estoy seguro de que algunos de los más entregados encontraremos la forma de jugar más tarde.

Me pregunté adónde se habría dirigido el coronel entonces, si las mesas no estaban abiertas. Luego me recordé que debía relajarme y dejar la reflexión para otro momento.

Estuvimos casi una hora charlando y bebiendo, pero, cuando la banda empezó a tocar «Somebody Loves Me», Charlie y Deanna se disculparon para dar una vuelta por la pista de baile. Vi que se miraban fijamente a los ojos mientras él la llevaba con elegancia, y aparté la vista con una leve punzada de dolor. Observé a la concurrencia. El ambiente era efervescente; resultaba fácil olvidar que, ni una semana antes, se había cometido un trágico asesinato. Los clientes lucían prendas más vistosas que un ave exótica, y la alegre cháchara y las explosiones de color actuaban como un oleaje implacable que rompía contra el malecón de los sentidos. Empecé a notarme cansada y me alejé hacia los jardines oscuros para respirar un poco de aire fresco.

—¿Lo estás pasando bien? —Tanto el grave rumor como ese sigilo al acercarse empezaban a resultarme familiares.

Redvers y yo seguimos paseando hasta que el ruido de la fiesta no fue más que un murmullo.

—Pues sí. Es una noche encantadora. Todo el mundo parece estar divirtiéndose.

Me estremecí un poco. Había olvidado mi chal. Redvers reparó en mi escalofrío y se quitó la chaqueta para colocármela sobre los hombros. Agradecí tanto el gesto como la calidez de la prenda.

—Gracias. —Me cerré un poco las solapas, y un olor a jabón, pino y algo más especiado me envolvió los sentidos—. ¿Y tú? ¿Lo estás pasando bien?

—Ahora, mejor aún.

Su voz era un susurro grave y cálido. Nos habíamos detenido lejos del gentío y entonces me miró a los ojos. Mi cuerpo empezó a temblar de nuevo —aunque esta vez no de frío— y supe lo que venía a continuación. Mi instinto de supervivencia, afilado como un cuchillo desde la muerte de mi marido, se debatió con mi deseo de dejar que ese hombre apuesto me tomara entre sus brazos y me hiciera perder el sentido con un beso.

Redvers se inclinó hacia mí, pero yo le puse una mano en el pecho para frenarlo; el instinto de supervivencia había ganado, por mucho que sintiera una punzada de decepción en el estómago.

—No puedo.

Él se enderezó.

—¿No puedes o no quieres?

—No importa mucho cuál de las dos respuestas sea. —Le estaba hablando al suelo, con la mano todavía posada en su pecho firme—. La conclusión es la misma.

Bajé la mano, me quité su chaqueta y se la devolví, con lo que de inmediato eché en falta tanto el calor como el olor reconfortante. Maldito hombre.

—Jane... —empezó a decir.

—Somos amigos. —Mi voz sonó segura, aunque yo no me sintiera así. Por fin levanté la mirada hacia él—. Y solo amigos. Tendrás que respetarlo.

Tenía los ojos turbados por la confusión y la frustración mientras, con la chaqueta echada ahora sobre el hombro y las manos metidas en los bolsillos, veía cómo me alejaba. Yo me envolví con mis propios brazos y regresé a mi habitación, sintiendo frío y mucha soledad.

Redvers no intentó seguirme.

30

ME PASÉ TODA la noche dando vueltas en la cama. Había tomado la decisión correcta, estaba bastante segura. Sin embargo, la otra cara de la moneda, las posibilidades y el placer alcanzables de no haber rechazado a Redvers... En fin, todo eso me impedía dormir. De hecho, la falta de sueño que estaba sufriendo en mis supuestas vacaciones empezaba a ser indignante.

Cuando por fin rompió el alba, bajé arrastrándome a la sala del desayuno sin prestar atención al agitado rumor que percibí a lo largo del camino. Mi prioridad era el café. Solo al llegar a la estancia reparé en que había una gran cantidad de agentes pululando por allí, y en que los clientes murmuraban nerviosos a mi alrededor. Cerré los ojos un momento mientras sopesaba si esperar hasta después del desayuno para descubrir lo que había ocurrido, pero, como siempre, me pudo la curiosidad. Me dirigí hacia el sitio donde se concentraba un mayor número de agentes.

Solo conseguí llegar hasta la barra antes de que alguien me diera el alto. Estiré el cuello intentando esquivar al policía moreno, pero vi muy poco aparte de las espaldas de otros agentes uniformados. Contemplé al policía que tenía ante mí y decidí que era poco probable que lograra deshacerme de él, así que sentí alivio y nerviosismo por igual al oír una voz familiar a mi espalda.

—¿Intentando echar un vistazo? —Redvers, con las manos en los bolsillos, me dirigió una mirada cauta.

Me volví hacia él y reparé en los semicírculos oscuros que tenía bajo los ojos. Por lo visto, no había sido la única que se había pasado la noche en vela.

—Desde luego. ¿Qué está ocurriendo ahí dentro?

Me miró unos segundos antes de contestar.

—¿De verdad vas a hacer como si anoche no hubiera pasado nada?

—Sí. Eso es lo que vamos a hacer. —Mi tono resultó mucho más valiente de como me sentía.

Redvers abrió la boca, pero no dijo nada.

—Fantástico. —Hablé con voz enérgica para ocultar mi temblor—. Me alegra que estés de acuerdo conmigo. Bueno, ¿qué ha ocurrido ahí?

Antes de contestar, masculló algo que se pareció mucho a «Esto no ha acabado aún», aunque no habría podido jurarlo.

—Anoche asesinaron al señor Samara.

Sobresaltada, tomé aire. Aunque, dado lo que sabía sobre el hombre en el poco tiempo que hacía desde que lo conocía, y consciente de su clandestina operación de chantaje, no debería haberme sorprendido tanto.

—¿Dónde? ¿Cómo?

Mi cerebro, falto de cafeína, estaba espeso. Todavía no me veía muy capaz de formular preguntas más inteligentes.

—En la sala de juego. Un miembro del personal lo ha encontrado esta mañana, temprano, tumbado bocabajo sobre una mesa, cuando ha llegado a trabajar. Le habían disparado.

—¿Puedo verlo? —pregunté.

—¿Por qué diablos querrías verlo? —Redvers estaba boquiabierto, y sentí un pequeño arrebato de placer al comprender que lo había descolocado—. ¿Y lo dice la mujer que casi se desmaya al ver un escorpión?

—Un momento... —Resoplé—. Eso no fue así. Además, lo que me costó digerir fue un insecto venenoso enorme, no un cadáver.

Tal vez estuviese exagerando el tamaño de ese insecto. Hasta cierto punto.

Él negó con la cabeza y me miró frunciendo las cejas.

—No estoy seguro de que pueda convencerlos para que te dejen acercarte, sobre todo porque, técnicamente, sigues siendo sospechosa del asesinato anterior.

Me limité a mirarlo con un gesto de asombro, y Redvers volvió a mover la cabeza, esta vez derrotado. Resistí el impulso de sonreír cuando miró alrededor. Al ver que nadie nos hacía ningún caso, me tomó del brazo y me condujo a través de la sala. Pasamos junto a los numerosos agentes mientras él intentaba ocultarme para que no me vieran. No habría hecho falta. La policía había dejado de prestarme atención en cuanto Redvers se hizo cargo de mí.

Conseguimos llegar a la puerta sin que nadie nos lo impidiera, y me asomé al interior. La escena era tal como la había descrito Redvers. La mejilla y el brazo izquierdo de Samara descansaban en un oscuro charco de sangre sobre la mesa de caoba. Tenía los ojos cerrados, y agradecí no poder ver con claridad las heridas que había sufrido en el pecho. Un cojín de una de las sillas de la mesa estaba tirado en el suelo, y de él sobresalían plumas por varios agujeros abiertos. Había más plumas repartidas por la sala; era evidente que el autor del crimen había utilizado el cojín para silenciar los disparos. Igual que el asesino de Anna había usado una almohada de su cama.

Intenté grabar la escena en mi mente lo mejor que pude en cuestión de segundos. No quería que los agentes que abarrotaban el lugar se preguntaran por qué estaba embobada observando el cadáver, y tampoco me apetecía nada cruzarme con el inspector Hamadi, que debía de andar cerca.

En cuanto hube visto suficiente, me aparté del vano de la puerta y regresé con paso seguro a la sala de desayuno con Redvers siguiéndome los talones.

—Eso ha sido rápido.

—Solo quería echar un vistazo, y lo que menos me apetece es un *tête-à-tête* con el inspector Hamadi antes de tomarme el primer café del día.

Solo con pensar en la bebida caliente y llena de cafeína empecé a salivar.

Un joven camarero con cara de haber descansado muy bien nos saludó en la puerta y nos acompañó a una mesa.

—¿Dónde está Zaki? —le pregunté.

Estaba acostumbrada a ver su rostro sonriente antes de cada comida.

—Tiene el día libre, señora.

Asentí. Zaki había estado muy ocupado con la fiesta del día anterior, así que imaginé que habría trasnochado bastante.

En cuanto nos acomodamos en nuestros sitios y pedí una jarra entera de café negro, me volví hacia Redvers.

—He visto las plumas... Otra vez han utilizado un cojín para silenciar los disparos. ¿Crees que se trata del mismo asesino?

Él gruñó.

—Es demasiado pronto para decirlo. Aunque, de momento, es lo que parece, y estoy convencido de que la policía lo considerará una posibilidad. Da la sensación de que también han usado un arma del mismo calibre.

—¿Hay alguna forma de saberlo con certeza?

—No sin encontrar antes el arma. Por eso está todo el hotel lleno de agentes. Con un segundo asesinato, Hamadi no puede permitirse que esto se quede sin resolver. O será él quien acabe en la línea de fuego.

—No tendría nada en contra de eso —murmuré.

—Sí, bueno. A veces Hamadi es un poco... brusco.

Refunfuñé un poco. «Brusco» ni siquiera se le acercaba, en mi opinión.

—¿Tienen a algún otro sospechoso?

—Por lo que he podido averiguar, han empezado buscando entre los jugadores.

Lo sopesé unos instantes.

—Me pregunto si sospecharán de Charlie. Es un habitual de las mesas. Espero que no, la verdad.

—Es una posibilidad. Aunque también buscarían una relación entre Anna y él. —La expresión de Redvers era neutral.

Al oírle mencionar a Anna, en mi mente se encendió de pronto una idea que me había estado rondando sin que acabara de ser consciente de ella.

—¿Recuerdas la noche en que la mataron? ¿El joven al que vimos con ella? —Mis palabras se fueron acelerando a medida que las pronunciaba—. ¿Charlie no te recuerda a él?

Redvers reflexionó un momento.

—Sí que pensé que tenían la misma complexión. Y no encontraron a nadie que coincidiera con la descripción en ninguno de los demás hoteles. —Suspiró—. Aunque, para el caso, tampoco encontraron a los hombres responsables de la coartada de Samara esa noche.

Tres sospechosos desaparecidos con los que la policía no lograba dar. Desde luego, era posible que dos de ellos ni siquiera existieran. Sacudí la cabeza para aclarar las ideas y di un gran sorbo de café.

—Bueno, espero que no fuera Charlie. Deanna y él son muy felices. Eso la destrozaría.

Deseaba de verdad que el galán de Anna hubiera sido algún otro joven, y no un infiel Charlie Parks. Deanna le había dado una coartada a su marido para esa noche, de modo que, si estuviera mintiendo por él, eso estaría tensando su relación, y su relación parecía cualquier cosa menos tensa. Si yo sospechara que mi flamante esposo me estaba engañando, de ninguna manera sería capaz de seguir tan feliz a su lado como Deanna hacía con Charlie.

Se me ocurrió otra idea. Si Deanna había mentido para darle una coartada a Charlie, eso implicaba que tampoco ella tenía una.

Mientras me planteaba la posible implicación de los Parks, otro recuerdo desconcertante me vino a la cabeza.

—¿Hay alguna posibilidad de que estuvieras equivocado sobre el médico y el asunto de las drogas?

Redvers puso cara de asombro.

—¿Qué te hace pensar eso?

—Anoche oí cosas muy interesantes sobre él y querría contrastarlas con lo que me contaste.

Le expliqué lo que habían comentado del médico tanto el coronel como la tía Millie, y Redvers reflexionó sobre ello.

—Varios establecimientos me confirmaron que era asiduo.

—Pero no necesariamente que consumiera drogas, ¿no?

—Bueno, no. Pero supuse que delatar a sus mejores clientes sería malo para el negocio.

—Entonces ¿por qué habrían de confirmarte siquiera que acude allí?

—Bueno, algunos de los... dueños de los establecimientos... indicaron que lo conocían, pero no de dónde ni por qué. Supuse que no querían declarar que iba allí con intención de consumir droga por motivos evidentes. Parece que tendré que regresar a ciertos locales a hacer más preguntas.

Nos quedamos callados un momento. Confiaba en que me estuviera diciendo la verdad y no me hubiera ofrecido una información falsa; parecía sorprendido de verdad por lo que le había contado. De nuevo, mi instinto me dijo que podía fiarme de él. Se mostraba bastante hermético y en ocasiones eludía la verdad, pero no creía que me mintiera en cuestiones fundamentales.

Intenté dejar de pensar en cómo habría sido notar sus labios sobre los míos.

Me cuadré y se me ocurrió que era un buen momento para compartir con él lo que había averiguado al registrar la habitación de Amón. Di gracias a los hados por haber tenido la precaución de ponerme guantes durante mi incursión, pues ahora la policía sin duda repasaría la estancia con un peine de púas finas.

—Tal vez sea conveniente contarte lo que encontré en la habitación de Amón.

Redvers guardó silencio durante unos segundos más.

—¿Has registrado su habitación?

—Hace un par de días.

Estalló.

—¿Y no pensabas decírmelo? —Casi escupió las palabras mientras los ojos le destellaban de forma peligrosa.

—Me parece que ahora exageras.

Vi que abría los ojos como platos y tartamudeaba sin sentido. Aquel arrebato de ira hizo que se me tensara todo el cuerpo, dispuesto a salir huyendo como respuesta instintiva. Sin embargo, tras observarlo unos segundos, respiré hondo y me obligué a relajarme. Estaba molesto, pero no iba a hacerme daño.

Habían vuelto a llenarme la taza de café, y me di unos segundos para disfrutar de la inyección de cafeína reciente mientras los dedos de Redvers tamborileaban en los brazos de mimbre de la silla. Paseé la mirada por la terraza y gocé de la cálida luz del sol mientras lo ignoraba a conciencia. Era un pequeño cambio de roles, y tenía que reconocer que me gustaba llevar la voz cantante por una vez. Mi cansancio había quedado temporalmente desterrado.

Cuando dejó de dar golpecitos con los dedos, lo miré levantando las cejas, y él dirigió los ojos al cielo.

—Adelante.

—Perfecto. —Y procedí a describirle los documentos que había encontrado.

—Supongo que no te quedarías con esos papeles, ¿verdad? —Redvers me miró con expectación.

—No, los volví a dejar donde los había encontrado. Bueno, todos menos uno.

Arrugó la frente y entonces le expliqué lo de la partida de nacimiento en la que Millie aparecía como la madre de una criatura.

—Y en cuanto a los pagos, supongo que serían alguna clase de chantaje —añadí.

Él asintió.

—En la lista aparecían las iniciales de Millie.

—¿Te das cuenta... de que eso convierte a tu tía en sospechosa? —Le costó pronunciar las palabras, y vi que lamentaba tener que decirme eso—. Posee un móvil igual de convincente que cualquier otro que se plantee la policía.

Había reflexionado largo y tendido sobre ese punto. Antes, jamás se me habría ocurrido considerar sospechosa a mi tía, pero era evidente que desconocía muchas cosas sobre ella. ¿Era capaz de asesinar? Ya no estaba tan segura, la verdad. De hecho, todo ese nuevo planteamiento me incomodaba bastante, en especial porque había robado la prueba principal del móvil de Millie. Una prueba que en esos momentos se encontraba oculta en mi habitación, y en un escondrijo que tampoco era tan ingenioso.

—Me doy cuenta. —Me removí incómoda en la silla—. Pero querría ver qué más podemos descubrir antes de entregarle nada a la policía.

Me miró como si se planteara discutírmelo, pero decidió no hacerlo.

—¿Estarías dispuesta, al menos, a darme ese documento para que lo esconda yo? Dará muy mala imagen si lo encuentran en tu habitación.

Lo pensé unos instantes, pero negué con la cabeza. Ya se había fugado antes con pruebas para entregárselas a la policía... No pensaba poner el destino de Millie en sus manos, todavía.

Me miró unos segundos y luego suspiró.

—Comprendes que ese papel también te da a ti un móvil para este asesinato, ¿verdad?

Eso no se me había pasado por la cabeza, de hecho. Abrí los ojos con horror.

—Lo que me faltaba. Otro motivo para que Hamadi me acose.

Cerré los ojos. Era difícil imaginar quién podía tener un móvil para matar tanto a una joven jaranera como a un chantajista. Aparte de mí, por lo visto. O Charlie Parks, quizá, si era cierto que era mujeriego además de jugador.

Ninguna de las dos opciones me hacía gracia.

Redvers había pasado ya a otras disquisiciones.

—¿Dejaste huellas en la habitación de Samara? Sé que la policía de El Cairo no es la más eficiente, pero incluso aquí...

Lo interrumpí lanzándole una mirada asesina.

—Confía un poco más en mí, Redvers. Me puse guantes, por supuesto.

Relajó los hombros con alivio.

Empecé a pensar en los demás papeles que estaban escondidos junto a la partida de nacimiento.

—¿Qué crees que indicaba esa lista de objetos?

Entonces le llegó su turno de sentirse incómodo.

—Creo que existe una alta probabilidad de que sea contrabando, que alguien esté sacando antigüedades ilegalmente del país.

Mi reacción inicial fue de completa indignación. Esos objetos tan valiosos debían conservarse en museos, donde todo el mundo, desde turistas hasta estudiosos, pudieran aprender de su historia. La idea de que, en lugar de eso, se vendieran a turbios coleccionistas con abultados bolsillos solo me llenaba de rabia y repugnancia. La historia debía preservarse para quienes quisieran aprender del pasado, no poseerla.

En su día, yo misma me había sentido como una mera posesión de mi marido: un valioso trofeo que Grant se había comprado para utilizar como le viniera en gana. Sin duda, eso había influido en mis opiniones en cuanto a la propiedad.

Una vez superada la oleada de ira inicial, pensé en esa incomodidad de Redvers y en por qué la mención del contrabando de antigüedades podía haber hecho que se removiera en su asiento. Llegué a la única conclusión posible, dado lo que sabía de él. O, mejor dicho, lo que no sabía de él.

—¿Para eso estás aquí? —Enarqué una ceja—. ¿Buscas antigüedades robadas? —Sin darle ocasión a responder, seguí disparando mi ráfaga de preguntas—: ¿Para quién trabajas?

Al ver su expresión de indignación, se me ocurrió algo más:

— No trabajarás para alguno de esos coleccionistas, ¿verdad?

Si ese era el caso, habría acabado allí mismo con nuestra afable amistad. Mis sentimientos al respecto eran muy fuertes.

Me dirigió una mirada ligeramente divertida.

—No, a menos que consideres coleccionista a la Corona británica.

—¡Ajá! —me jacté—. Sabía que eras una especie de agente gubernamental. —Me interrumpí—. Espera. ¿Por qué quiere esos objetos el Gobierno británico?

—No es tanto que Gran Bretaña quiera poseerlos como que intenta evitar un incidente internacional. Egipto sigue siendo un país bajo protección británica, y hay demasiados de esos objetos que están apareciendo en manos de coleccionistas privados o en museos de otros países. Si Inglaterra no ha de tenerlos, prefieren que no los tenga nadie que no sea Egipto.

Reflexioné un momento.

—¿Y por qué me lo cuentas ahora?

—Solo era cuestión de tiempo antes de que lo descubrieras por ti misma. Tu capacidad para fisgonear parece no tener límites.

Pasé por alto aquel dardo.

—¿Y a qué viene tanto secretismo?

—A menudo es más seguro que ciertas facciones del Gobierno afirmen trabajar en... asuntos más cotidianos que la profesión que realmente ejercen.

—Hmmm. —Fruncí los labios mientras lo observaba.

Sabía que todavía no me había ofrecido toda su historia, pero resultaba gratificante haber acertado con mi primera valoración: no era la clase de hombre que se contentaba con despachar papeleo tras un escritorio.

Me miró durante un buen rato.

—Creo que debes enfrentarte a tu tía. Descubre lo que sabe.

Dejé la taza de café y suspiré.

—Eso es lo que me daba miedo.

31

HICE UN ESFUERZO por concentrarme en encontrar a Millie, pero no había ni rastro de ella. Sentí un minúsculo hormigueo de tranquilidad, porque la incómoda conversación que debía mantener con ella quedaría pospuesta. Al menos de momento. Más pronto que tarde, sin embargo, tendría que hacerle frente.

Tras una vuelta completa por todo el hotel, regresé a la sala del desayuno, donde, en cambio, encontré a Charlie y a Deanna.

—¡Siéntate con nosotros!

Charlie me indicó con la mano una silla vacía y yo me dejé caer en ella, agradecida de encontrar caras amigas.

—Jane, ¿has estado ya en el mercado de El Cairo? —preguntó Deanna.

—Aún no he tenido ocasión.

—Pues vente conmigo esta mañana. Quiero comprar unos cuantos *souvenirs* más para nuestros amigos de Estados Unidos.

—Deanna mataría por una ganga. —Charlie miró a su mujer con una expresión cariñosa—. Es capaz de regatear hasta llevarse lo que sea por prácticamente nada.

Ella le quitó importancia con un gesto de la mano, pero de todos modos sonrió. Yo me detuve a analizar la selección léxica de Charlie, pero preferí no darle más vueltas.

—Suena muy bien. Todavía no he pensado en lo que quiero llevarme a casa.

Me apetecía comprar algunas baratijas para mi padre y, puesto que tanto Millie como el inspector Hamadi parecían estar ocupados en algún otro lugar, me dije que no le haría daño a nadie si salía unas horas a la ciudad.

—Te encantará. Allí se encuentra de todo.

Deanna ahogó un bostezo y llamó a un camarero con una señal.

Le sonreí.

—¿Trasnochasteis anoche?

Sonrió más aún.

—Trasnochamos todas las noches.

—Será mejor que nos traigan otra cafetera. —Deanna levantó la jarrita de plata, ya vacía, y se la entregó al camarero que había acudido a su llamada—. Y otra taza, para nuestra amiga.

—¿No comes nada? —Me fijé en que Deanna no se había servido desayuno, mientras que Charlie estaba devorando un plato entero.

Ella torció el gesto.

—Ah, no. Nunca como nada antes del mediodía. Solo con pensarlo, se me revuelve el estómago. Una taza de café me lo asienta. —Sacó del bolso una fina cigarrera de plata y la agitó un poco—. ¿Te importa?

—En absoluto.

Nunca había adquirido el hábito, pero no me importaba que otros fumasen, siempre que hubiera suficiente ventilación.

Deanna encendió el cigarrillo y dio una calada.

—¿Y qué tal el resto de tu noche?

Me sonrió con malicia mientras Charlie ponía una expresión pícara.

Negué brevemente con la cabeza, y Deanna entornó los ojos para observarme unos segundos. Me removí con incomodidad; no me apetecía comentar con nadie lo que había ocurrido entre Redvers y yo después de la fiesta.

—Pues el tipo no está nada mal. Si yo no tuviera a mi Charlie, te aseguro que presentaría batalla.

Charlie sonrió con buen humor. Me di cuenta de que no estaba nada preocupado.

Deanna gesticuló con el cigarrillo en dirección a mí.

—Lo digo en broma, por supuesto. Ya sé que el señor Redvers no es de tu propiedad. —Otra vez esa sonrisa traviesa—. O eso dices tú, pero no has visto la forma en que te mira.

Abrí los ojos sorprendido mientras buscaba una forma de contestar a eso.

Charlie se apiadó de mí y cambió de tema.

—He oído que alguien se cargó a Samara anoche.

Fue todo lo que hizo falta para virar el rumbo de la conversación, y nos dedicamos a elucubrar largo y tendido sobre cómo Samara habría encontrado la muerte.

CUANDO TERMINARON DE desayunar, Charlie se alejó a paso tranquilo y Deanna y yo nos dirigimos al elegante descapotable que la pareja había alquilado durante su estancia. Me pareció tan extravagante que no pude evitar sorprenderme al verlo, pero conseguí disimular mi expresión de asombro mientras me acomodaba en el asiento del acompañante. La capota estaba bajada, y lamenté no haber cogido un pañuelo para la cabeza; tendría el pelo hecho un desastre cuando llegáramos al centro de la ciudad.

—Intentaré apiadarme de ti. —Deanna me miró de reojo—. Tal como tienen aquí las carreteras, de todas formas no se puede ir muy deprisa.

Deanna parecía comodísima conduciendo un coche tan veloz, pero mantuvo su palabra y fue a un ritmo más bien tranquilo. Parecía imposible hacerlo de otro modo, porque el trayecto transcurrió esquivando bicicletas, camellos, caballos y a algún que otro peatón, además de baches enormes y carros tirados por burros, cargados hasta los topes de productos cosechados. Después de un encontronazo en el que nos libramos por los pelos, me vi con la mano fuertemente aferrada a la puerta y me obligué a relajarla. Deanna estaba demostrando ser una conductora muy hábil.

Encontramos un hueco libre en una de las amplias avenidas, y ella aparcó el coche con destreza. Un niño se quedó mirando los brillantes acabados negros con actitud soñadora desde la acera, y Deanna le ofreció varios chelines por vigilarlo. Le entregó las monedas, que desaparecieron enseguida en su túnica marrón, y le enseñó algunas más.

—Te daré el resto cuando regresemos y el coche siga aquí, ¿de acuerdo?

Él asintió con ganas y se subió de un salto al capó, donde se cruzó de brazos y adoptó una expresión muy seria. Deanna y yo intercambiamos una sonrisa y nos pusimos en marcha.

Las amplias avenidas no tardaron en convertirse en estrechas calles abarrotadas de lugareños y turistas por igual. Deanna parecía saber muy bien adónde iba, y a mí me costaba seguirles el paso a sus largas piernas mientras avanzaba con facilidad a través de la multitud.

La aglomeración de personas iba en aumento a medida que nos acercábamos al mercado. Al vernos pasar, los vendedores nos tendían telas de intensos colores y jarros dorados mientras exclamaban frases ensayadas. «¡Aquí, bonita, buen precio!», era una frase popular. Un sinfín de olores llegaban flotando —cocinas y animales, perfumes y cuerpos sin lavar—, todos mezclados entre sí. Agradecía pasar junto a los puestos que vendían especias en grandes barriles, pues sus colores brillantes y sus agradables aromas tapaban todo lo demás. Pasamos también por una pequeña frutería cuya acera estaba ocupada por naranjas precariamente apiladas, barriles llenos de dátiles y cajas de plátanos que se apretaban junto a otras de frutas que no supe identificar. Justo al lado había una sombrerería, donde unos armazones metálicos y redondeados sacaban vapor mientras un hábil trabajador formaba círculos de fieltro sobre ellos. El rojo parecía ser la opción más popular para el fez, pero había también otros colores: rosas, azules y marrones. Destartalados aleros de madera ofrecían cierta sombra a los compradores que curioseaban por entre el género que se desbordaba desde el interior de tienditas oscuras y estrechas. La escena parecía extenderse a lo largo de kilómetros.

—¿Qué es lo que buscas, Deanna? —pregunté levantando la voz por encima de los gritos de los vendedores que publicitaban su mercancía.

El ruido era tan ensordecedor que resultaba difícil hacer caso omiso de las agresivas tácticas de venta.

Deanna, de algún modo, lograba abrirse paso como si nada, y reparé en que los vendedores no la atosigaban ni mucho menos tanto como a los demás turistas. Me pregunté si la reconocerían de otras incursiones.

—Unos cuantos brazaletes más y algunas cosas para mi número. Aquí tienen piezas preciosas, si sabes dónde buscar.

Le dirigió una mirada funesta a un hombre que gesticulaba con agresividad mostrando una *galabiya*, y él se retiró a la sombra de su tienda.

—Esto se te da muy bien. —Tendría que practicar mi propia mirada fulminante.

—Ya he estado aquí varias veces. —Se encogió de hombros con indiferencia—. Cada vez que a Charlie le va bien en las mesas, me entrega un porcentaje para que venga de compras. Forma parte de nuestro trato.

Habíamos echado a andar de nuevo e intenté no separarme de su lado. Los gritos se habían redoblado, pero los vendedores ya no me acosaban acercándome tantos objetos.

—¿Siempre ha sido bueno con las cartas? —No sabía de qué otro modo preguntarle por la fantástica suerte que parecía tener Charlie en la mesa de juego.

Deanna se detuvo, observó mi rostro un momento y asintió una vez, como si hubiera llegado a una conclusión sobre mí.

—Tiene un don para los juegos de manos. Por eso intentamos no hablar mucho sobre a qué nos dedicamos en Estados Unidos. Así, la gente no ata cabos.

Conque mi suposición de que Charlie se estaba trabajando las mesas con su toque mágico era correcta. Me sorprendió no estar ni de lejos tan escandalizada como había creído. Aunque sí pensé que estarían en peligro si los descubrían.

—¿Cómo hace para que no lo pillen?

—Se asegura de perder de vez en cuando. Nos echaron de varias ciudades antes de que descubriera un sistema que funciona. Así hemos podido permitirnos este viaje, sinceramente.

Se detuvo a mirar unas telas de lino, y la muchedumbre cambió de rumbo para fluir a nuestro alrededor, en lugar de junto a nosotras.

—¿Conocía mucho a Amón Samara? —pregunté.

Deanna reflexionó antes de responder.

—Yo no tengo muchas amigas, Jane. Es difícil confiar en la gente.

Asentí. A mí solía pasarme lo mismo.

—Pero confío en ti. —Bajó la voz, así que me incliné para oírla entre el alboroto callejero—. Amón se acercó a Charlie para hablarle de un plan algo descabellado. Quería que colaboraran para trabajarse las mesas. Charlie se rio de él. ¿Por qué iba a asociarse con alguien y repartir las ganancias si le iba de maravilla a él solo?

—¿Por qué se lo insinuaría Samara siquiera? Es una propuesta extraña.

—Parece que el señor Samara se había enfadado porque Charlie se estaba llevando el bote todas las noches. Si Samara tenía algún chanchullo en las mesas de juego, Charlie se lo estaba desmontando. —Negó con la cabeza en dirección a un vendedor que se nos había acercado, y seguimos camino—. Supongo que esa «oferta» de Samara fue más bien una amenaza, pero Charlie no quería que me preocupara.

—Ay, madre mía.

Enseguida comprendí lo que implicaba eso: Charlie tenía un móvil.

Deanna se tiró del lóbulo de la oreja.

—Exacto. Me preocupa que lo detengan si lo de la «oferta» de Amón llega a saberse. Ese horrible inspector ya lo ha interrogado varias veces.

Torcí el gesto, y ella se echó a reír.

—Veo que también eres admiradora suya.

—Digamos que no es mi mejor amigo —repuse.

Deanna esbozó una sonrisa que se desvaneció enseguida. Se volvió hacia mí con una expresión de gravedad.

—Charlie no ha matado a nadie. La verdad es que no tenía motivos para hacerlo. Como te he dicho, nos iba de maravilla. Samara estaba enfadado, pero ¿y qué? Mucha gente se ha enfadado antes con nosotros.

Alargué un brazo y le apreté la mano. Su rostro se relajó y seguimos andando.

Supuse que era un momento tan bueno como cualquier otro para preguntar si Charlie también conocía a Anna.

—¿Os interrogó la policía por la muerte de Anna Stainton?

—Hablaron con los dos, sí. Supongo que esa noche vieron a alguien que se parecía un poco a mi Charlie. —Se echó a reír—. Pero él se pasó la velada en las mesas mientras yo miraba, y luego nos fuimos a la cama. —Arqueó las cejas con picardía—. Recuerda que estamos de luna de miel.

Le devolví la sonrisa, contenta de que ambos tuvieran una coartada para esa noche, aunque fuera el uno con el otro. Como había dicho Deanna, yo no tenía muchas amigas, así que me gustaba pensar que tal vez había encontrado una.

Continuamos hasta que Deanna se decidió por unos pendientes grandes y elaborados, además de comprar una bolsa llena de pulseras y brazaletes de oro.

—Al público estadounidense le encanta Oriente —dijo—, así que intento ir lo más exótica que puedo.

—No estoy segura de que lo logres con esa melena rubia que tienes.

Ella rio y se pasó una mano por la larga trenza.

—Consigo que funcione.

Vimos varios puestos donde vendían vestimenta local, pero Deanna negó con la cabeza en todos ellos y finalmente dio su aprobación a uno minúsculo, encajado entre dos tiendas de especias que había en una estrecha calle secundaria. La calidad estaba algo por encima de los anteriores, y me pregunté cómo habría descubierto ese lugar. Era evidente que el vendedor la conocía, de modo que pudo regatear un buen precio para mí. Compré varias *galabiyas*, una en un azul medianoche y otra de un rojo cereza, y decidí que serían cómodas batas para estar por casa. También compré una versión masculina en un discreto tono habano para mi padre. No estaba segura de que fuera a ponérsela, pero apreciaría su autenticidad. Pensé en llevarle también un fez.

Paramos en varios puestos más, pero empezaba a encontrarme cansada. El ruido y la insistencia en que comprara me abrumaban los sentidos. Se lo dije a Deanna, y ella confesó que no le vendría nada mal beber algo y fumarse un cigarrillo, así que escapamos de las arterias principales siguiendo varias callejuelas antes de encontrar un pequeño café. Nos sentamos a una minúscula mesa de la acera y estuvimos charlando un rato mientras disfrutábamos de la sombra y de unas bebidas refrescantes.

El resto de la tarde pasó como una exhalación. Compré un fez rojo y una caja de madera ornamentada. Más allá de eso, me contenté con seguir a mi amiga y verla regatear los precios con los vendedores. Era toda una experta en el arte de la negociación, y los comerciantes parecían darse cuenta al instante de que no se enfrentaban a una clienta de las que gastaban a tontas y a locas.

No recordaba la última vez que había disfrutado tanto de la compañía de alguien más o menos de mi edad, y esperaba que Deanna hubiese hablado en serio al decir que no perderíamos el contacto. Sobre todo porque estaba bastante segura de que ni ella ni su marido eran unos asesinos a sangre fría.

32

A LA MAÑANA siguiente, empecé la búsqueda de mi escurri-
diza tía Millie justo después de desayunar. Di varias vueltas por todo el hotel, y a punto estuve de buscarla alrededor
de los dieciocho hoyos del campo de golf. Era muy probable que se encontrara allí, pero no me apetecía tener que
pelearme a la vez con el calor y con los pequeños proyecti-
les. Solo podía enfrentarme a los enemigos de uno en uno.

Por fin logré localizarla, justo antes del almuerzo. Estaba en una mesa del comedor, pero la acompañaban Lillian y una Marie enfurruñada. No pregunté, pero, si me
hubieran obligado a apostar, habría dicho que la cara de
vinagre de Marie se debía a la cantidad de caballeros que
habían bailado con Lillian durante la fiesta. Un rápido vistazo a Lillian me confirmó que era felizmente ajena a cualquier problema que pudiera haber ocasionado.

Consciente de lo que debía preguntarle a mi tía, ni siquiera me acerqué a la mesa. No me veía capaz de sentarme
con calma y soportar su charla intrascendente durante la
comida, así que pedí que me buscaran un lugar donde quedara fuera de su campo de visión. Probaría suerte en otro
momento, a la hora del té o en la cena.

Tenía que encontrar sola a Millie.

También estaba ojo avizor por si veía al inspector Hamadi. Hacía tiempo que no se interesaba por mí, y esperaba

que volviera a interrogarme, por mucho que estuviera ocupado con el último asesinato. Aunque tenía una cosa que remaba a mi favor con la policía: había robado un documento incriminatorio y, sin él, no sabrían que tenía un móvil para asesinar a Amón.

A menos que Redvers me lanzara a los leones. Me dio un vuelco el corazón al pensarlo. Si Hamadi venía a por mí en relación con el asesinato de Samara, sería razonable deducir que eso era lo que había hecho Redvers. Cerré los ojos y confié en gustarle lo suficiente para que no me pusiera la soga al cuello.

Fue a la hora del té cuando conseguí encontrar sola a mi tía. Las chicas habían regresado al campo de golf, y Millie estaba relajándose en la terraza cuando me acerqué a ella. El sol de la tarde había hecho subir la temperatura a un punto cercano a la ebullición.

—¿Le irá bien a Lillian salir con este calor?

Normalmente no habría usado el adjetivo «frágil» para referirme a Lillian, pero su indisposición le había pasado factura. Durante la fiesta había tenido mejor aspecto, pero era difícil decir si se debía al alcohol o era una señal de auténtica recuperación. Yo estaba más o menos sana, y el calor me tumbaba casi todos los días.

—Se encuentra mucho mejor, y ayer descansó durante casi todo el día —explicó Millie—. Lo más probable es que solo fuera algo que comió, y me parece que haría falta la intervención de todo el ejército británico para mantenerla más tiempo alejada del campo de golf. Además, Marie está con ella, y esta tarde solo iba a hacer un recorrido de nueve hoyos.

Algo había conectado en mi cerebro al encontrar la partida de nacimiento, y entonces lo solté de golpe:

—Millie, ¿Lillian es tu hija?

Mi tía dejó la taza con cuidado y me miró un instante antes de fijar la vista en un punto lejano. Estaba convencida de que, en realidad, no estaba observando nada en concreto.

—¿Por qué me lo preguntas? —Su voz era serena.

Suspiré.

—Encontré unos documentos en la habitación de Amón. Uno de ellos era una partida de nacimiento, y en ella figuras como madre de una niña. Viendo lo unida que estás a Lillian, he pensado que... —Dejé la frase sin terminar al ver el brillo de las lágrimas en sus ojos.

Millie parpadeó para contenerlas y se aclaró la garganta. Nunca la había visto llorar, y me resultó inquietante.

—Es una historia bastante larga, Jane, y me temo que voy a necesitar algo más fuerte que un té para contártela.

Asentí y esperé en silencio mientras ella llamaba a un camarero con la mano. En lugar del combinado habitual, pidió un whisky doble a palo seco. Yo me serví una taza de la tetera que había quedado abandonada. Como mera espectadora, ni de lejos necesitaba una bebida tan fuerte.

Aguardamos, cada una absorta en sus pensamientos, hasta que el camarero regresó con la copa de mi tía, que entonces se aclaró la garganta otra vez.

—Sabes que tu tío Nigel y yo fuimos felices. —Por fin me miró, y yo asentí—. Pero también se ausentaba a menudo a causa de su trabajo. Con el Tesoro Público, ya sabes. Un año hicimos un largo viaje a Inglaterra, y yo esperaba que eso nos permitiera pasar más tiempo juntos y reavivar nuestro matrimonio. En lugar de eso, me encontré sola en un país extranjero.

Millie dio un largo trago de whisky. A mí me habría tumbado, pero ella ni siquiera pestañeó.

—Nigel pasaba horas y horas en reuniones, y a mí me dejaba al cuidado de lord Hughes. Él también se sentía solo, porque su mujer estaba enferma y rara vez salía de su dormitorio. Una cosa llevó a la otra y, al cabo de poco tiempo, me quedé embarazada. Nunca he sido una mujer muy... menuda, así que logré ocultar el embarazo durante algunos meses. Cuando fue inevitable que me retirara de la escena, le supliqué a tu tío que me dejara pasar unos meses sola en el campo. Le dije que quería estar una temporada con la familia de tu madre. Sinceramente, estaba tan absorto en su trabajo que se alegró de librarse de mí. El hospital donde nació Lillian se encuentra cerca de donde creció tu madre, en el norte de Inglaterra. De hecho, ella me ayudó a concertar algunos detalles por telegrama. Nunca le dijo nada a tu padre, que yo sepa, ni a nadie más. De modo que me refugié en el campo, y allí tuve a Lillian. —Se le volvieron a llenar de lágrimas los ojos y dio otro trago generoso para serenarse.

Sentí mucha lástima por ella. Debió de encontrarse muy sola.

—Lillian fue una niñita preciosa, pero no podía quedármela.

No quería interrumpir a mi tía y arriesgarme a romper el hechizo que la hacía hablar con tal franqueza, pero entonces no pude contenerme.

—¿Por qué no? ¿No podrías haber fingido que era de Nigel?

—Tu tío y yo no podíamos tener hijos, Jane. —Torció el gesto—. Es evidente que el problema era suyo, y no mío, aunque todo el mundo dio por sentado que yo tenía la culpa. Durante años, nuestros círculos volcaron sobre mí toda la lástima y la responsabilidad, y yo no pude decir ni mu. Me resultaba imposible confesar que sabía que el defecto era de Nigel, y no mío.

Se terminó la copa mientras yo reflexionaba sobre la injusticia de la situación de mi tía. Conocía de primera mano lo desconsiderada y cruel que podía ser la sociedad sin proponérselo siquiera; que yo supiera, nadie era consciente de la particular brutalidad de Grant, pero las especulaciones y los cuchicheos sobre nuestros constantes cambios de sirvientas bastaban para que yo evitara regresar a ningún salón. Sencillamente no me parecía que mereciera ese esfuerzo por mi parte. Sin embargo, Millie había hecho frente a los chismorreos y había sufrido durante años por ello. En silencio.

Esperé, pero mi tía no decía nada. Solo miraba unas cuantas gotas que habían quedado en el vaso.

—¿Y qué ocurrió con Lillian? —pregunté al fin.

—La adoptó su padre. Lo arreglamos todo de forma privada. Su mujer estaba demasiado enferma para soportar un embarazo y, bueno, adoptar a un bebé consiguió hacerla salir por fin de su habitación. Con la llegada de Lillian, fueron capaces de salvar lo que quedaba de su matrimonio. Su padre y ella están muy unidos. Comparten su amor por el deporte y el aire libre.

Asentí mientras me embargaba una honda tristeza por Millie. Mi tía nunca pudo ver crecer y madurar a su hija. Para salvar su matrimonio, tuvo que sacrificar a su única hija.

Empezaba a comprender por qué bebía tanto y tan a menudo.

—El padre de Lillian me fue enviando noticias a lo largo de los años. Quemé las cartas, pero guardé las fotografías. Logré hacerlas pasar por imágenes de la hija de un viejo amigo. No es que Nigel me lo preguntara nunca, pero yo tenía la respuesta preparada, por si acaso.

—¿Y Lillian sabe que es adoptada?

—No. Cree que sus padres son sus progenitores biológicos. —Los labios de Millie se retorcieron con amargura, pero llamó a un camarero para pedir otro whisky. En cuanto llegó su copa, prosiguió—. Yo nunca seré más que una «tía» para ella. Supongo que debería estar agradecida de tener eso al menos.

—¿Y cómo ha acabado aquí contigo?

—Cuando supe que veníamos a Egipto, lo arreglé todo con lord Hughes para que Lillian coincidiera con nosotras. Su «madre» falleció el año pasado, así que nos pareció que ya no había peligro si nos conocíamos.

Pensé en lo difícil que debía de ser para Millie hablar de lady Hughes como la «madre» de Lillian y se me encogió el corazón. Sin embargo, con ello otra pieza del puzle encajaba en su lugar, y eso me hizo abrir de nuevo la boca para preguntarle:

—¿Por eso insististe en que nos alojáramos en el Mena House?

—Muy bien, Jane. Sabía que sería difícil convencer a Lillian, a menos que tuviera un campo de golf a su disposición. Se toma su entrenamiento muy en serio.

Estuvimos calladas un rato. La mirada de Millie paseaba por el mar de palmeras y eucaliptos que bordeaban la terraza, perdida en los recuerdos del pasado. Yo intentaba digerir todo lo que acababa de contarme, pero también tenía más preguntas que requerían respuesta. Esperé a que mi tía tuviera su whisky en la mano.

—¿Y desde cuándo te chantajeaba el señor Samara?

Levantó una ceja.

—Me chantajeaban, pero el señor Samara no tenía nada que ver en ello.

—¿Cómo? —Su contestación me sorprendió.

—Las cartas empezaron a llegar hará un año. En cada una de ellas me exigían que enviara dinero a una cuenta del extranjero, pero las líneas estaban escritas con caligrafía de mujer, Jane.

—¿No podría haber sido un hombre con una letra femenina? ¿Crees que eran de alguien conocido? —pregunté—. ¿Y cómo descubrieron que tienes una hija, para empezar?

Millie frunció los labios ante mi batería de preguntas.

—Estoy bastante segura de que era una mujer, Jane. También su forma de expresarse me hacía pensarlo, aunque no sabría decir con exactitud por qué. Recuerdo que me sorprendió que fuera una mujer. —Se detuvo—. Y, respondiendo a tu otra pregunta, lord Hughes pertenece a la aristocracia y es bastante adinerado. Sospecho que mi chantajista buscaba vaciarle la cartera a él, y entonces se topó con la adopción de Lillian. Su nombre no aparecía en la partida de nacimiento, así que la muy facinerosa investigó lo suficiente y decidió presionarme a mí. —Arrugó la frente—. Estoy convencida de que se encuentra aquí, en el hotel.

—¿Qué te hace pensar eso?

—La última nota llegó en un papel con el emblema del Mena House y exigía que le dejara el dinero dentro del recinto.

Por lo visto, habían sucedido muchas cosas mientras yo estaba ocupada con el asesinato de Anna.

—¿Y lo hiciste?

—No. Lillian está conmigo y ya no queda nadie a quien pueda perjudicar la verdad. Solo mi posición social en Estados Unidos estaría en entredicho, y debo decir que eso cada vez me importa menos.

Arqueé las cejas, asombrada. Era lo último que esperaba oír jamás de boca de la tía Millie, tan asentada en la sociedad.

—Nigel murió, y la esposa de lord Hughes tampoco vive ya. La única a quien puede alterar esto es a Lillian, y antes de llegar decidí que no pagaría más a alguien que se rebajaba a chantajear para sacar un rédito económico.

La cabeza me daba vueltas mientras intentaba formular las preguntas adecuadas para unir las piezas que faltaban.

—Pero, si el señor Samara no era el chantajista, ¿por qué le lanzaste esa mirada asesina? Te pregunté si lo conocías y no llegaste a responderme.

Millie me atravesó con una mirada punzante.

—Jane, ese hombre no me gustaba y punto. El señor Samara era uno de esos tipos tan turbios que se aprovechan de mujeres de mi edad y les chupan todo el dinero. Cada vez que veía a ese repugnante personaje, estaba adulando a alguna mujer entrada en años que se derretía por él. ¿Recuerdas a Ethel Brennan?

Asentí. Los rumores del escándalo habían corrido por todo Boston y Ethel había huido de la ciudad para irse a vivir con unos parientes en el norte del estado de Nueva York.

—¿Qué crees que le ocurrió? Un hombre como ese: joven, apuesto y que iba detrás de su dinero. Le vació la cuenta del banco, y ella abandonó la ciudad hundida en la ignominia.

Había que reconocerlo: tenía muy bien calado a Samara.

Pero eso no respondía la pregunta de quién era el chantajista. Mi tía parecía convencida de que Samara no era el responsable, pero yo había encontrado los documentos en su habitación. Sin embargo, también recordaba lo mal escondidos que estaban y lo fácil que había sido colarme allí dentro. Tal vez no fueran suyos, a fin de cuentas. ¿Podría haberle tendido alguien una trampa?

Las piezas no encajaban.

Necesitaba descubrir qué había encontrado la policía en la habitación de Amón tras su muerte. Aun así, todavía me quedaba un asunto por discutir con Millie.

—Me quedé con la partida de nacimiento de la habitación del señor Samara, pero también había una lista de pagos.

—¿Que te la quedaste? ¿Desde cuándo rondas por las habitaciones de desconocidos llevándote cosas?

Solté un suspiro. Se estaba distrayendo de lo fundamental.

—Me la quedé para que no te vieras implicada en su asesinato. Intentaba protegerte. —Resoplé otra vez. Solo había hecho la mitad del trabajo; también debería haberme llevado la lista de pagos—. Tus iniciales estaban en esa lista. La policía podría tener motivos para creer que tanto tú como yo queríamos ver muerto al señor Samara.

Millie cerró los ojos con fuerza, como si pudiera exprimir de ellos la información que acababa de darle. Nos quedamos sentadas en silencio varios minutos.

Se me ocurrirían más preguntas en cuanto tuviera ocasión de asimilarlo todo, pero decidí dejar las cosas en reposo por el momento. Era evidente que a mi tía le había costado mucho hacer esa confesión, y yo quería ofrecerle mi compasión, pero no estaba segura de cómo salvar la distancia que ponía siempre entre el mundo y ella.

—Millie, lo sien...

Me detuvo levantando una mano antes de que pudiera pronunciar nada más.

—Gracias, Jane. Te lo agradezco, pero, si no te importa, preferiría estar sola un rato.

Asentí, me levanté y le puse una mano en el hombro un instante antes de retirarme. Millie era una mujer a quien resultaba difícil acercarse aun en las mejores circunstancias, así que no tenía la menor idea de cómo ofrecerle mi apoyo en un momento así.

33

En cuanto mis pies cruzaron el umbral de la terraza al hotel, Redvers apareció a mi lado.

—Qué rapidez. ¿Estabas acechando tras la maceta de una palmera?

—¿Qué te ha contado tu tía?

No estaba segura de cuánto de la historia estaba dispuesta a ofrecerle en ese momento. Todavía tenía que asimilarlo yo misma, y así se lo dije.

—¿Puedo darte solo los puntos principales y ampliarlos más adelante? Es mucho que digerir.

Redvers asintió, así que le informé de los detalles básicos sobre la procedencia de Lillian.

—Pero Millie no cree que Samara fuera el chantajista. Está convencida de que es una mujer, y parecía bastante segura.

—Bueno, sin duda eso arroja una luz diferente sobre los hechos. —Se quedó pensativo.

—Así es. ¿Crees que podríamos haber subestimado a Anna? ¿O haber juzgado mal el motivo de su asesinato? No se me ocurren muchas otras mujeres del hotel que pudieran estar involucradas en una trama de chantaje.

Redvers abrió la boca, pero yo había tomado impulso y tenía montones de teorías nuevas.

—¿Es posible que Anna y Samara fueran a medias en lo del chantaje? Eso explicaría por qué tenía él los papeles, pero estaban escritos con la letra de ella. —Recordé que Amón había dicho que estaban enamorados. Tal vez eran socios en otro sentido, no solo en el romántico. Esa teoría me gustaba, y noté que la emoción burbujeaba por mis venas—. Lo que necesitamos es una muestra de la letra de ella.

Ya debían de haber vaciado la habitación de Anna, así que esa era otra petición que tendría que hacerle al coronel. Detestaba molestarlo una vez más; lo había visto muy afectado solo con mencionar el nombre de su hija. Me pregunté si no habría una forma más discreta de conseguir lo que necesitábamos. Una que no involucrara ni al coronel ni a la policía.

—Todavía no sabemos qué quería hacer Anna con los gemelos de Amón. O cuál podría ser la conexión con la mesa de juego, aunque dudo que Charlie esté metido en esto. —Mis ideas revoloteaban de aquí para allá más deprisa que las alas de un colibrí—. También debemos descubrir a quién chantajeaban por lo del contrabando. Me temo que ni siquiera me he planteado de quién podría tratarse. Esa persona contaría con un móvil. ¿Para ambos asesinatos, tal vez?

Redvers no decía nada, había centrado la atención en algún punto del techo mientras dejaba que yo perdiera fuelle. Apenas me detuve a reparar en él.

—Jamás habría creído a Anna capaz de una trama tan amplia. Supongo que la lección que debo aprender es la de no juzgar el libro por la cubierta... o a la *flapper* por su vestimenta. —Reparé en que no teníamos los documentos originales para compararlos; yo había vuelto a dejarlos en su sitio—. ¿Sabes qué ha encontrado la policía en la habitación de Samara?

—No les he preguntado qué han sacado del registro, no.

—¿Y no podrías averiguarlo? Debemos saber si tienen los documentos que encontré.

Sabía que era Redvers quien tendría que encargarse de esa parte. Era imposible que el inspector Hamadi me contara nada a mí, por mucho que estuviera más que dispuesta a entablar una conversación con el hombre.

—Casi se me olvida contártelo —señaló Redvers—. La policía ha encontrado el arma en uno de los vestidores de la piscina. Parece que la limpiaron bien y la colocaron bajo el cojín de un asiento. Resulta casi imposible determinar quién pudo dejarla ahí.

—En esa zona hay mucho ir y venir de personas a lo largo del día. —Suspiré—. Tienes razón. Sería complicado determinar quién pudo dejarla ahí y cuándo.

Redvers volvió a asentir y posó una mano suave en mi brazo.

—¿Estás bien? Estoy seguro de que todo esto te ha supuesto mucho a lo que hacer frente.

—Gracias, eres muy amable. Pero es Millie quien me preocupa.

Dudó un instante y luego retiró la mano, tras lo cual separamos nuestros caminos. Él se había propuesto localizar a Hamadi y esperaba que el hombre siguiera en el recinto del hotel para así evitarse otro viaje a la ciudad. Le deseé suerte y, por dentro, esperé no toparme yo misma con el inspector.

Pensé dónde podría encontrar un ejemplo de la caligrafía de Anna. Estaba bastante convencida de que ella era la chantajista original, pero necesitaba una forma de corroborarlo sin molestar al coronel. Si Anna era la chantajista, y Amón, su cómplice, eso ofrecía una gama de sospechosos completamente nueva que no nos incluía ni a Millie ni a mí. Y tal vez podríamos destapar al asesino mucho antes.

Decidí hablar con Zaki. Tal vez conservaran alguna petición para la cocina o una nota de juego, un registro del hotel... Cualquier cosa que Anna pudiera haber escrito a mano para el personal y que siguiera por allí. Lo busqué en el salón y el comedor, y por fin di con él en la cocina. Estaba de espaldas, así que aguardé al otro lado de la puerta sintiéndome torpe y con la esperanza de que alguien se fijara en que me encontraba allí. Por fin me vio un miembro del personal de cocina, que le murmuró algo en un tono gutural a Zaki. Este se volvió y, con una sonrisa, se reunió conmigo en el pasillo.

—Siento mucho molestar, Zaki.

—No hay problema, señora Wunderly. Ha venido a buscarme, así que debe de ser importante. ¿En qué puedo ayudarla?

—Bueno, me preguntaba si habría algún registro del hotel que contenga la letra de la señorita Stainton. Sé que parecerá una petición algo extraña, pero...

—Si es algo que usted necesita, entonces no es extraño, señorita. —Se detuvo a pensarlo—. Pero, por desgracia, no se me ocurre nada que pudiera haber escrito. ¿Le ha pedido sus pertenencias a la policía?

—Preferiría evitar hablar con ellos, si puedo. Y tampoco quiero importunar a su padre. —Me mordí el labio mientras él asentía con compasión—. ¿El hotel no tiene un libro de registro? ¿O quizá la joven enviara a la cocina una nota que haya quedado archivada?

Zaki asintió de nuevo.

—Es usted una buena mujer. No creo que tengamos nada de eso, pero preguntaré a algunos de mis colaboradores para ver si podemos encontrarle una respuesta.

Sonreí con gratitud.

—Muchísimas gracias, Zaki. Te lo agradezco de verdad.

Si el hombre volvía con las manos vacías, tendría que pedirle algún escrito al coronel. Una carta, o quizá una postal. Y, pensándolo bien, casi prefería entrar en su habitación sin permiso a volver a mencionarle a su hija. Tampoco me apetecía explicarle por qué necesitaba algo del puño y letra de Anna. Si de verdad era una chantajista, el coronel no tenía por qué saberlo. Debía tener derecho a conservar intactos los valiosos recuerdos de su niña.

Salí a la terraza despacio mientras repasaba mentalmente la información. Tomé asiento en la sombra, me quité la pamela marchita y me enjugué la frente con el dorso de la mano. Cuando se me acercó un camarero, distraída, pedí un zumo de hibisco frío y un poco de agua. Una jarra llena.

Cuando Redvers regresó de recabar información, yo aún tenía que tramar algún plan para conseguir una muestra de la caligrafía de Anna, pese a que había pasado varias horas buscando una alternativa. Colarme en otra habitación era excesivo, pero cada vez parecía la mejor opción.

—La policía no ha encontrado ningún documento sospechoso en la habitación de Samara —informó Redvers—. A menos que un pasaporte británico cuente como sospechoso. Con el nombre del duque de Herring justo al lado de la fotografía de Samara.

Solté una carcajada.

—¡Duque de Herring! —La sonrisa se me congeló al comprender lo que implicaba eso—. ¿Y también tenía pasaporte egipcio?

Redvers negó con la cabeza.

—Ese era el único.

—Mentía sobre su nombre además de sobre su ascendencia. Bueno, supongo que no es de extrañar. También explica por qué Anna escondió esos gemelos. Es probable que descubriera su verdadera identidad y tuviera pensado usarlos como chantaje. Lo cual significa que es poco probable que tuvieran una relación romántica.

Me di unos golpecitos en el labio mientras pensaba, pero me interrumpí al ver que Redvers observaba mi gesto.

—Cada vez parece más probable que Anna fuera nuestra chantajista.

Redvers asintió sin apartar los ojos de mis labios.

Me tapé la boca un instante, y por fin levantó la vista para mirarme a los ojos.

—Alguien debió de retirar esos documentos entre el momento en que yo los vi y cuando la policía registró la habitación de Samara.

—Parece razonable —coincidió conmigo.

Lo cual significaba que, aunque nosotros desconocíamos su paradero, la policía también. Sin el vínculo del chantaje, los agentes no tenían ningún motivo para relacionarnos a Millie y a mí con la muerte de Samara.

—De manera que, ahora mismo, mi tía y yo no somos sospechosas.

No era capaz de imaginar por qué habría colocado alguien esos documentos en la habitación de Amón para llevárselos después, pero al menos mi tía y yo estábamos fuera de peligro. Por el momento.

—En estos instantes, no. —Un centelleo iluminó los ojos de Redvers—. Aunque, conociéndote, seguro que consigues encontrar la manera de volver a estar en su lista.

Le hice una mueca.

—Bueno, al menos con eso lograría que Millie se sintiera algo mejor —señalé.

—¿Recuerdas lo que aparecía en ese inventario de excavación? ¿Serías capaz de decir qué pieza estaba marcada?

Intenté rememorar la lista que había visto.

—Estoy bastante segura de recordarlo. ¿Por qué?

—Me parece que mañana deberíamos hacer una visita al Museo de El Cairo. Hay alguien con quien podríamos hablar sobre la posible pieza desaparecida.

Quise soltar un gritito de entusiasmo, pero me contuve.

—Fantástico.

Redvers curvó los labios para esbozar una sonrisa, y así supe que no lo había engañado. El famoso museo ocupaba los primeros puestos de mi lista de lugares por visitar. Me moría de ganas de ver sus exposiciones, fuera cual fuese el motivo de nuestra visita. Me prometí que, una vez terminada la entrevista, me concedería tiempo para curiosear.

—¿Crees que esa estatuilla tiene algo que ver con los asesinatos? —pregunté unos instantes después.

Redvers negó con la cabeza.

—Es difícil decirlo, pero los documentos sobre esos objetos se encontraban entre el resto de papeles, y creo que deberíamos explorar todas las vías de investigación.

CUANDO TERMINAMOS NUESTRAS deliberaciones, el sol se acercaba al horizonte, de modo que Redvers y yo fuimos a cenar. Zaki estaba de vuelta en su puesto y nos sentó en una zona muy aislada del comedor, lo que me hizo preguntarme si creía que así fomentaba un pequeño idilio. De todos modos, me sentí agradecida cuando mi tía llegó dando tumbos a nuestra mesa y se acomodó en ella.

—Tomaré un whisky.

Las primeras palabras de Millie al camarero nos dejaron a Redvers y a mí mirándonos alarmados. Lo último que necesitaba mi tía era más alcohol. Estaba claro que, desde que la había dejado en la terraza, había seguido ahogando sus recuerdos en whisky. Sinceramente, me sorprendía que aún se tuviera en pie. En un momento en que desvió su atención a saber dónde, le indiqué por señas al camarero que no le hacía falta nada más, y él enseguida asintió antes de alejarse. Un joven listo. Sabía que Millie montaría una escena en cuanto se diera cuenta de que no le traían más bebida, pero mi intención era tratar de introducir algo de agua en su organismo mientras tanto.

Unos momentos después, el rostro de mi tía se retorció formando una sonrisita que ya le conocía, y me preparé para lo que fuera que vendría a continuación.

—Bueno, Jane, ahora ya conoces todos mis secretos. —Arrastraba un poco las palabras, pero no lo suficiente para ocultar el veneno que contenían—. Pero apuesto a que aquí tu amiguito no conoce los tuyos. Y tal vez debería.

Cerré los ojos y me concentré en desear que se callara, pero Millie había tomado carrerilla.

—La buena de Jane se casó con mi querido sobrino por su dinero. Jamás lo amó, y además se alegró de su muerte. ¿Verdad que sí, Jane? Apuesto a que llevas celebrándolo desde que recibiste ese telegrama.

Su amarga sonrisa era triunfal. Tenía los ojos vidriosos.

Yo me sentí arrollada a partes iguales por una vergüenza y una ira abrasadoras. El pulso me martilleaba en los oídos y empecé a verlo todo borroso, porque mis ojos se anegaron de lágrimas. Me puse de pie y logré retirar la silla sin tirarla al suelo. En una situación normal habría logrado sacudirme de encima sus palabras, pero, después de todo lo que había ocurrido esa última semana, tenía los nervios a flor de piel y no fui capaz de resistir su ataque. Salí huyendo del comedor lo más deprisa que pude sin echar a correr. Sus palabras contenían verdad y ficción a partes iguales, y unos recuerdos muy dolorosos empezaron a revolverme el estómago.

Subí varios tramos de escaleras y, en una pequeña sala común, encontré un balcón vacío con esas vistas que tan bien empezaba a conocer. Respiré el aire fresco con avaricia mientras intentaba serenarme. Con el corazón aún desbocado, lo último que quería era encerrarme en mi habitación. Necesitaba sentir un espacio abierto para lograr controlar mis emociones. Pasé un rato concentrándome en mi respiración y dejé vagar las ideas. Eso demostró ser peligroso, pues mis pensamientos no hacían más que regresar a mi complicado matrimonio; en lugar de eso, me limité a respirar. Inspirar y espirar.

—Imaginaba que te encontraría aquí. —Su voz grave recorrió con delicadeza la distancia que nos separaba.

Me volví a medias hacia él, de modo que durante unos instantes le dejé ver las pirámides iluminadas por la suave luz dorada de la luna.

—Sí, bueno. —Locuaz, como siempre.

Redvers se acercó para apoyarse en la barandilla. Parecía armado de paciencia para esperarme el tiempo que hiciera falta, callado y firme como los grandiosos monumentos que parecía estar contemplando. Los sonidos de la cena llegaban hasta nosotros desde el comedor, el roce de los cuchillos en la porcelana y el cristal, y apoyé los codos sobre el fresco mármol de la barandilla, encorvándome un poco.

—Millie está algo alterada hoy. —Cerré los ojos.

—Varios miembros del personal la han ayudado a subir a su habitación. —Redvers seguía contemplando el horizonte—. No quería retirarse todavía, pero la he convencido.

—Gracias. —Me sentí agradecida.

Mi tía era responsabilidad mía, pero lo último que me apetecía era soportar otra escena esa noche.

—¿Por qué sigues con ella? —La voz de Redvers era suave, y le agradecí que caminara de puntillas sobre la bomba que Millie acababa de lanzar.

—Es de la familia —me limité a contestar—. Y la familia es complicada.

Redvers profirió un gruñido de aquiescencia y entonces me pregunté si lo sabría por experiencia propia. Nunca me había hablado de su familia más que de pasada.

—Tiendo a disculparla por todo lo que ha tenido que sufrir, pero eso tampoco está bien. —Suspiré—. No siempre es tan horrible... Solo cuando bebe.

El sonido que profirió Redvers se pareció sospechosamente a un bufido.

—Sí, bueno, entiendo lo que quieres decir —reconocí con una leve sonrisa—. Pero Millie también puede ser agradable a veces. Me paga este viaje. —Guardé silencio mientras ponía en orden mis ideas—. Mi padre... Bueno, él y yo cuidamos de ella. Somos todo lo que le queda. —Solté una risilla—. Aunque supongo que eso ya no es del todo cierto, ahora que sabemos lo de Lillian.

Me quedé callada un rato, intentando decidir cuánto debía contarle a Redvers, cuánto de mi pasado estaba dispuesta a desvelarle.

—Grant era su sobrino por parte de su marido. —Seguí contemplando las vistas.

—No tienes que explicármelo si no quieres. —Redvers se volvió y noté cómo me miraba. Su voz era un rumor agradable.

Vacié de aire los pulmones y le dirigí una débil sonrisa antes de seguir contemplando la escena nocturna.

—No pasa nada. Yo era muy joven cuando conocí a Grant, no tenía ni veinte años y creí que lo amaba de verdad. Era encantador. Pero resultó que tenía a todo el mundo engañado: ni Millie ni su marido supieron jamás la verdad sobre su querido sobrino. —Oí cómo se agriaba mi voz al pronunciar la palabra «querido»—. Millie sigue sin tener ni idea.

El estómago se me revolvió de vergüenza, así que me tomé un instante antes de proseguir.

—Grant Stanley disfrutaba infligiendo dolor. A veces era brusco con los caballos, pero eso fue lo único que vi antes de que nos casáramos. Sin embargo, no tardé en aprender lo mucho que gozaba ante el dolor ajeno. Creo que era lo único que le daba placer. —Solté otra bocanada de aire y seguí hablando deprisa, antes de que cambiara de opinión—. Y, cuanto más sufría yo, más se divertía él.

La mandíbula de Redvers se tensó hasta el punto de poder cortar cristal, pero proseguí.

—Sé que no es la clase de detalle que suele comentarse en los educados círculos de sociedad, pero ahí está. Estuvimos casados menos de un año antes de que se marchara a la guerra.

Me estremecí; la risa cruel de Grant me resonaba en la cabeza. En ese instante, dirigí una mano a la parte baja de mi espalda y me pregunté si llegaría el día en que su voz quedara silenciada. Cerré los ojos con fuerza, como una niña que espera ahuyentar a los monstruos de la oscuridad.

—Mi tía tiene razón en una cosa. Me alegré de que no regresara. Por eso rechacé la herencia de su familia. Solo acepté la pensión del Departamento de Guerra, que asciende a lo justo para mantenerme. No me casé con él por su dinero.

—Jamás habría pensado algo así. —La voz de Redvers era tranquila—. Y siento mucho que acabaras casada con un monstruo.

Alargó el brazo y me hizo girar poco a poco hacia él.

Abrí los ojos y, vacilante, los alcé para cruzar con él una mirada. Esperaba encontrarme con repugnancia, o con lástima, pero en su expresión no había ni lo uno ni lo otro. Lo único que vi allí fue comprensión. Bajé los ojos para hablarle a su pecho.

—Estoy segura de que muchos hombres no estarían de acuerdo contigo. Incluso ahora que la guerra ha terminado y empieza una nueva era, las mujeres no son mucho más que propiedades de sus maridos.

—Cualquiera que crea eso, hombre o mujer, es un necio.

Las duras consonantes de su marcado acento británico se afilaron más aún a causa de la ira y se convirtieron en pequeñas dagas. Me consoló saber que no era yo el blanco de esas peligrosas cuchillas.

Sin decir otra palabra, Redvers sacó un pañuelo del bolsillo de su chaqueta y, con delicadeza, me secó las lágrimas de las mejillas; unas lágrimas que se habían derramado sin que yo me diera cuenta. Hecho eso, me apretó contra su amplio torso, y yo lo envolví con mis brazos y hundí el rostro en su sólida calidez, agradecida por su presencia, que se limitaba a estrecharme. Por primera vez en mucho tiempo, me sentí en paz.

34

A LA MAÑANA siguiente, Redvers y yo desayunamos temprano. Ninguno mencionó los acontecimientos de la noche anterior, ni lo que había ocurrido en la terraza, ni que yo me había retirado a la habitación pronto y sin cenar. En lugar de eso, nos acabamos el desayuno y tomamos el tranvía eléctrico con algunos clientes más del hotel. El trayecto de trece kilómetros hasta el centro de El Cairo transcurrió de forma apacible; el agradable balanceo del vagón resultó mucho menos angustioso que mi viaje en el descapotable de Deanna. El tranvía incluso nos dejó muy cerca de nuestro destino.

Recorrimos a pie las pocas manzanas que nos separaban del Museo Egipcio, situado en la arbolada plaza de Qasr el-Nil, a un tiro de piedra del río Nilo. Redvers había concertado cita con el actual conservador del antigüedades egipcias, Reginald Engelbach, Rex para los amigos.

—Supongo que no debería sorprenderme que el conservador sea británico y, aun así, me sorprende.

Redvers reparó en el tono ligeramente lastimero de mi voz y levantó una ceja. Era capaz de comunicar muchísimo con ese gesto.

—Lo sé. Con la ocupación, ¿qué esperabas? ¿No? —Volví a suspirar.

Llegamos al edificio, que resplandecía con un matiz rosa salmón en la luz matutina. Dos alas simétricas se

extendían a cada lado del gran pórtico de la entrada, aco-
modado bajo una gran cúpula, rosa también. Me pregunté
con qué clase de piedra estaría hecho el edificio para conseguir ese color tan llamativo.

Al pasar junto a una gran fuente de piedra, Redvers di-
visó a Engelbach esperándonos en lo alto de la amplia esca-
linata que subía hasta la puerta principal. El hombre se
acercó a toda prisa para recibirnos.

—Buenos días. —Primero le estrechó la mano a Redvers
con fuerza y entusiasmo, luego a mí—. Me alegro mucho de
que hayan podido venir.

Enarqué las cejas, divertida, puesto que en realidad era
Engelbach quien nos estaba haciendo un favor. Algún que
otro mechón rubio le cruzaba la frente, y sus veloces ojos
azules parecían observarlo todo. Llevaba un traje de *tweed*
bueno, aunque anticuado, pero daba la sensación de que su
mente estaba ocupada en asuntos más importantes que
mantenerse a la última moda.

Entramos en el museo y me detuve un momento para
contemplar el espacio. Grandes galerías se extendían tanto
ante nosotros como a ambos lados. Los techos se aboveda-
ban en lo alto, una serie de grandes arcos se alargaban por
toda la galería de la segunda planta, encima de nosotros, y
los balcones de mármol conferían una sensación de movimiento.

Engelbach nos condujo a su despacho y yo intenté no
perderme nada de lo que se veía por el camino. Pasamos a
toda prisa junto a papiros, estatuas de piedra y monedas
antiguas, todos ellos con pequeños cartelitos escritos a
mano tras el cristal. En una decena de ocasiones o más,
sentí el abrumador impulso de detenerme cuando algo
despertaba mi interés, pero me recordé que habría tiempo
de sobra para contemplarlo todo cuando acabásemos de

hablar con Engelbach. Tal vez incluso lograra convencer a Redvers para que me ofreciera una visita guiada.

Avanzamos por un pasillo sin ventanas y con una serie de puertas a ambos lados, que supuse que pertenecían a los adláteres del conservador. Al final del todo, nos detuvimos ante una robusta puerta de madera, y el hombre la abrió para hacernos pasar a un despacho minúsculo que estaba casi enterrado bajo pilas de papel. Parecía que no le daba uso al viejísimo archivador de madera de roble que había bajo la pequeñísima ventana; no me habría sorprendido saber que los cajones estaban completamente vacíos. La repisa superior del mueble, en cambio, así como toda la superficie disponible del escritorio de Engelbach, estaba repleta de pilas desordenadas, cada una de ellas a punto de derrumbarse y sepultarnos bajo sus implacables páginas.

—Bueno, ¿qué le trae a mi polvoriento rincón del mundo, señor Redvers? —preguntó Engelbach.

El hombre me cayó bien en cuanto vi que iba directo al grano.

—Estamos buscando información sobre un yacimiento local, uno que hay cerca del Mena House. De hecho, esperábamos que tuviera usted el inventario de objetos encontrados allí.

—¡Ah! Sí. Tengo una copia por algún lado.

No pude ocultar el escepticismo de mi expresión, y el hombre me sonrió.

—Sé que parece imposible, pero tengo cierto orden en este caos. —Se puso de pie y empezó a rebuscar en una pila, aparentemente al azar—. Aquí lo tenemos. ¿Es esto lo que buscan?

Engelbach le tendió el papel a Redvers, quien, sin mirarlo siquiera, me lo pasó a mí.

Estudié la lista un instante. Varias de las piezas que aparecían me resultaban familiares, pero quería estar segura antes de confirmárselo a Redvers.

—Estoy segura de que es este. —Le dirigí una mirada antes de volver a centrarme en el papel.

—¡A la primera!

Engelbach sonrió de oreja a oreja y yo me pregunté cómo podía mantener semejante nivel de alegría un hombre enterrado bajo una montaña de papeles en un despacho sin ventilación. Lo envidié.

Volví a estudiar la lista y encontré el objeto que estaba marcado en el documento de la habitación de Samara.

—Era este.

Me incliné hacia Redvers, señalándoselo, y él leyó la descripción con detenimiento antes de devolverle el papel a Engelbach, indicándole la pieza.

—Iba a decir que es curioso que se trate de esa pieza en concreto, pero, claro, conociéndolo a usted, Redvers, supongo que nada debería sorprenderme.

El aludido enarcó una ceja inquisitiva y Engelbach prosiguió.

—Alguien estuvo aquí la semana pasada justamente con esa pieza en la mano, preguntando lo que sabía sobre ella —explicó.

Sentí que la emoción me encendía la sangre. La idea de que tal vez tuviéramos ya otra pieza del puzle resultaba embriagadora; una sensación a la que podría acabar enganchándome con facilidad.

—¿Y quién fue esa persona? —preguntó Redvers.

—La señorita Anna Stainton —contestó Engelbach sin dudarlo—. Trajo la pieza consigo. —Me miró—. Todos los arqueólogos locales tienen que inscribirse en mi oficina y presentar informes periódicos sobre sus hallazgos.

Asentí, indicándole que continuara.

—Intenté que me la devolviera. Por desgracia, no lo conseguí. La joven afirmó que debía averiguar lo que pensaba hacer la persona que originariamente poseía la pieza. Prometió que regresaría entonces. A cambio de un precio, desde luego. —Suspiró con nostalgia—. Debería haber pedido a los guardias de seguridad que la detuvieran de camino a la salida, pero me pareció indecoroso. Jamás debí dejarla marchar con ella.

No veía a Engelbach ordenando que detuvieran a Anna para impedir su marcha, pero estaba convencida de que había hecho lo imposible por razonar con ella y que devolviera la estatuilla.

—De manera que... ¿se la había quitado a alguien más? —Me desplacé hasta el borde de la dura silla de madera en la que me había sentado.

—Eso es lo que me pareció, sin duda. Por lo visto, la descubrió en manos de alguien a quien conocía, y pretendía averiguar qué pensaba hacer con ella esa persona. —Engelbach negó con un movimiento de cabeza—. Así es como perdemos muchos objetos valiosos.

Le dirigí una mirada de compasión. Como conservador, debía resultarle difícil ver desaparecer tanta historia en manos de coleccionistas y museos internacionales. Solo unos años antes de la guerra, unos arqueólogos alemanes salieron del país con un busto de caliza de Nefertiti de un valor incalculable. A causa de esa pérdida, la Administración actual se mostraba reacia a permitir que ningún arqueólogo alemán regresara a Egipto.

—¿Por casualidad no mencionaría de quién se trataba? —Un matiz de esperanza iluminó la voz de Redvers.

—Me temo que no. Ojalá lo supiera. Solo era una estatuilla pequeña, pero aun así... Todas las piezas son valiosas y, si no podemos tenerlas en Egipto o en Inglaterra, por lo menos nos gustaría saber adónde se las llevan. Me temo que últimamente han desaparecido bastantes objetos, pero a mi ayudante y a mí nos es imposible estar siempre en todas partes. Ahí fuera hay veinte sinvergüenzas por cada uno de los que trabajamos para frenar el contrabando. Puede que incluso más.

Qué desalentador... Era como lanzar una piedra a las olas para que poco después la marea volviera a depositarla a tus pies.

—Sin embargo, como he dicho, parecía tratarse de una persona a la que conocía. Eso podría ayudar a restringir un tanto la búsqueda. —Engelbach calló un momento—. Me temo que la señorita Stainton no parecía valorar la pieza en sí. Solo el precio que podía alcanzar.

—Bueno, eso no es ninguna sorpresa —apuntó Redvers.

—Y, donde va una pieza, suelen seguirla muchas otras. —Engelbach torció el gesto—. Me temo que quien sea que tuviera esa estatuilla, poseerá también otras. Por favor, manténgame informado de lo que descubran, ¿quiere, Redvers?

Este asintió y el conservador se relajó contra el respaldo de su silla. Los dos hombres charlaron durante unos minutos y luego nos levantamos.

—¿Ha visto ya el museo, señora Wunderly? —preguntó Engelbach.

—Pues no, pero había pensado que el señor Redvers me hiciera una visita guiada antes de marcharnos.

Engelbach dio una palmada.

—¡Excelente! Yo mismo puedo ofrecerle una visita rápida, aunque seguramente querrá pasar un rato más paseando con calma. Este año hemos conseguido exponer la máscara funeraria y la tumba de Tutankamón. ¡Tiene que verlas!

Engelbach nos acompañó de vuelta a la zona de exposición, donde nos señaló con orgullo los objetos más importantes, muchos de los cuales él mismo había garantizado que encontraran un hogar en el museo nacional. Era pasmoso pensar en la inmensa riqueza que tenía ante mí y saber que lo que veíamos no era más que una fracción de lo que Howard Carter había encontrado en la tumba del joven rey. Me empapé bien de la exposición: numerosas estatuillas de oro, piedra y marfil; un trono de oro con garras de león; una considerable cantidad de piezas de joyería con una increíble e intrincada orfebrería en oro y piedras preciosas, y muchísimo más.

Avanzamos hacia la sala de exposición mejor vigilada. Engelbach tenía razón: la máscara funeraria de Tutankamón era asombrosa. El brillo del oro se alternaba con bandas negras para enmarcar los rasgos juveniles del faraón, cuyos grandes ojos estaban teatralmente delineados.

—Son casi once kilos de oro macizo —me susurró el hombre.

Moví la cabeza, sobrecogida.

Por fin dejamos a Tutankamón y pasamos a otras salas, donde Engelbach se explayó sobre el intenso escrutinio curricular que debían superar los arqueólogos para excavar en cualquiera de los antiguos yacimientos de Egipto. Por desgracia, explicó, incluso los hombres más honrados consideraban que sus países de origen —o sus bolsillos— merecían por lo menos unas cuantas piezas arqueológicas en pago por las molestias. Egipto se estaba desangrando en cuestión de antigüedades.

Engelbach nos dejó después de la primera hora, y transcurrieron muchas más antes de que yo empezara a sentir siquiera cierto hartazgo de los tesoros que se albergaban allí. Redvers parecía contento de deambular a mi lado mientras comentábamos la historia y los objetos expuestos. Tenía bastantes conocimientos, y yo habría estado encantada de pasar muchas horas más allí, en su compañía. Sin embargo, un vistazo al reloj me hizo saber que ya pasaba del mediodía, y comprendí que debíamos regresar al hotel. Aunque solo fuera por el hambre canina que me entró de repente.

Salimos de nuevo a la calidez del exterior y decidimos que aún teníamos tiempo para dar un paseo a lo largo del Nilo mientras repasábamos lo que nos había contado Engelbach.

—De modo que la señorita Stainton tenía la estatuilla y quería conocer su valor —dije—. ¿Crees que iba a chantajear a alguien con ella, o solo pretendía venderla para sacar dinero?

—Después de lo que hemos descubierto sobre la joven, cualquiera de las dos opciones parece probable. Es posible que planeara usarla para extorsionar económicamente a alguien. O tal vez pensara que sería una forma de introducirse en el negocio del contrabando. —Suspiró—. Es evidente que mueve mucho dinero, aunque sea sucio.

—Pero seguimos sin saber a quién estaba chantajeando —le recordé.

—Eso no es del todo cierto. —Redvers resopló un poco y se detuvo antes de volverse hacia mí—. Hay una pieza del puzle que todavía no he compartido contigo —dijo—. Estoy aquí para vigilar al coronel Stainton. El Gobierno británico sospecha desde hace un tiempo que es él quien saca antigüedades de Egipto mediante contrabando. Se le ha relacionado vagamente con una serie de piezas encontradas por toda Europa.

Una miríada de emociones se debatieron en mi interior. Enfado, sin duda, aunque solo un poco; ya sabía que esa historia de que Redvers fuera banquero no era más que una tapadera. También debería haber conjeturado desde el principio que su objetivo era el coronel Stainton, pero mis sospechas sobre sus extrañas interacciones habían quedado relegadas al fondo de mi cerebro por otra serie de detalles. Como varios asesinatos. Sin contar con que había empezado a sentir cierta debilidad por el jovial coronel.

La emoción por la que me decanté al final fue un ligero fastidio.

—Lo cierto es que has tardado un poquito en confesarlo. —Me crucé de brazos.

—Tenía órdenes de no desvelárselo a nadie. Además, eras sospechosa.

Puse los ojos en blanco. No creía que hubiera sospechado de mí de verdad.

—Y puede que tu tía siga siéndolo —añadió.

Solté una risa amarga. Aún no había perdonado del todo a mi tía por lo de la noche anterior, y temía encontrármela otra vez. A saber si recordaría su terrible conducta... Con la cantidad de whisky que había ingerido, era posible que no guardara recuerdo de nada de lo que había dicho.

—Millie puede ser muchas cosas, pero no creo que haya matado a nadie a sangre fría. —Aunque me había visto obligada a considerar esa posibilidad.

La revelación de Redvers me había dejado con más preguntas aún.

—¿Sabe el coronel que estás aquí para espiarlo?

—Creo que sospecha algo. Ha estado haciendo filigranas para evitarme desde que llegué.

—Supongo que no ha oído eso de «Mantén a tus enemigos cerca»...

La imagen del coronel Stainton discutiendo con un peón de excavación en las pirámides centelleó de repente ante mí. ¿Había sucedido hacía tan solo unos días? Parecían semanas. Sin embargo, ahora le encontraba mucho más sentido a esa conversación.

Sopesé el papel de los demás protagonistas.

—¿Por qué habría de llevar Anna la estatuilla al museo si su propio padre pretendía sacarla de contrabando? ¿No lo habría sabido ya todo de ella? Parece algo difícil de ocultarle a alguien con quien estás viajando.

—En el caso de Anna Stainton, no sé yo. Tal vez solo acababa de descubrir los negocios de su padre. No es que la mayoría de las muchachas se interesen demasiado por los tejemanejes de sus progenitores.

—Supongo que no.

—Pero sí le interesaba saber cuánto dinero podía reportarle una de esas piezas. —Redvers parecía tan asqueado como yo por ese asunto.

—Entonces, si el coronel es nuestro contrabandista, ¿quién es el asesino? ¿Y dónde están esos objetos que el coronel debía sacar de forma ilegal? —pregunté.

—Me temo que todavía no he averiguado esos extremos.

—Bueno —dije con displicencia—. Cuando lo hagas, házmelo saber, por favor.

Echamos a andar de nuevo y, mientras disfrutaba de la ligera brisa que llegaba desde el río, pensé en el coronel y reparé en que, en el fondo, esperaba que Redvers se hubiera equivocado con él. ¿No había dicho que solo tenía una vaga relación con esas piezas? Tal vez hubiera otra explicación.

—¿Por qué habría de arriesgarse el coronel a sacar del país antigüedades de contrabando, para empezar? No puede ser por dinero.

—Me temo que es justo por eso. El coronel Stainton perdió la mayor parte de su fortuna durante la guerra. Por lo visto, hizo malas inversiones en unas compañías extranjeras... algo turbias. Así que ha estado utilizando sus conocimientos sobre esos objetos para intentar recuperar sus pérdidas. Ha hecho tratos con personajes bastante siniestros.

A la porra mis esperanzas. Sentí que me sumía en la decepción, lo cual sabía que era más bien ridículo, puesto que apenas acababa de conocer al hombre. Sin embargo, nuestra pasión compartida por los tesoros históricos del país me dejó de pronto un amargo sabor de boca.

Y la decepción conmigo misma, por haberme equivocado tanto al juzgarlo, resultaba aún más desgarradora.

—Siento que hayas tenido que saberlo. Es otra de las razones por las que he esperado para decírtelo. Sé que le has tomado cariño. —Redvers me lanzó una mirada de reojo.

Sonreí un poco y le toqué el brazo para agradecérselo, pero no podía excusar a nadie que estuviera robando tesoros arqueológicos. Además, pese a mis reparos respecto al coronel, debíamos seguir en la brecha si queríamos limpiar mi nombre —y el de Millie— de una vez por todas.

—Supongo que eso confirma que Anna es nuestra chantajista, así que ya puedo dejar de buscar muestras de su letra. —Me alegraba poder ahorrarme una incursión en la habitación del coronel, sobre todo con lo que acababa de descubrir sobre él. Esperaba no volver a cruzármelo—. Bueno, y ¿cuál será nuestro próximo paso?

—Te propondría que aguardemos a ver qué más se nos presenta, pero supongo que eso es algo que no serás capaz de hacer.

—Todo parece indicar que no —reconocí.

Tal vez Redvers se contentara con sentarse a esperar, pero yo estaba inquieta y ansiosa por conocer el final. Fuera cual fuese.

35

Como nos habíamos saltado la comida, paramos a tomar un refrigerio tardío en un pequeño café antes de regresar al tranvía. Las diferentes posibilidades seguían bullendo en mi cabeza, pero el resto de mi cuerpo estaba cansado. En cuanto llegamos al hotel, me fui directa a mi habitación.

Después de haber pasado un largo día de pie, un baño relajante me parecía el paraíso. Estuve casi una hora entera deleitándome en el agua fresca perfumada con sales de baño de jazmín. Al salir, me tumbé solo un momento en la cama a disfrutar de la cálida brisa que entraba por la ventana.

Desperté una hora después, me fijé en que el sol casi había desaparecido del cielo y comprendí que llegaría tarde a los cócteles previos a la cena.

Me vestí corriendo y deprisa para la velada; tras minutos intentándolo, dejé de pretender arrebujar mi pelo en un recogido y, en lugar de eso, me puse una ancha cinta plateada. Esperaba que contuviera un poco aquel desastre. O, al menos, que lo disimulara un tanto. Quedarme dormida con el pelo mojado no había sido un gran movimiento táctico.

Me apresuré por los pasillos mientras el sol poniente proyectaba largas sombras a lo largo del camino. Cuando por fin llegué al salón, paseé la mirada en busca de una cara familiar entre los grupitos de clientes que disfrutaban de sus copas. Localicé a mi tía sentada a una pequeña mesa redonda con Lillian y Marie, pero, cuando nuestras miradas se cruzaron, Millie enseguida encontró algo fascinante que inspeccionar en su mesa. Sacudí ligeramente la cabeza y me dirigí a la barra. Todavía no estaba lista para adentrarme en esas aguas.

Redvers y el médico estaban muy enfrascados en su conversación, y me sumé a ellos en cuanto conseguí una copa. El doctor Williams me saludó con cortesía, y casi habría podido jurar que Redvers me dirigió un raudo guiño. Le contesté parpadeando.

—Siento interrumpirlos, caballeros. —En realidad no lo sentía, pero mi llegada había provocado un parón brusco en la conversación.

El médico me ofreció una educada sonrisa y se excusó.

—Bueno... —Volví la cabeza para ver como se alejaba—. Lo siento, de verdad. ¿He interrumpido algo importante?

—No, solo hablábamos de carreras de caballos.

—Carreras de caballos, ¿en serio? —No acababa de creerlo.

—En serio. Puede que el buen doctor no consuma drogas, pero se deja un dinero apostando a los ponis. Creo que mañana podremos verlo de primera mano. —Cambió de tema antes de que le preguntara a qué se refería—. ¿Has hablado con tu tía?

—Me temo que no. Creo que finge no conocerme.

Redvers sonrió de oreja a oreja.

—No será capaz de alargarlo mucho tiempo.

Me sorprendió darme cuenta de que, en realidad, mi tía no me preocupaba en esos momentos, y no estaba terriblemente interesada en si decidía disculparse o no. Era evidente que recordaba lo sucedido, pero Millie era Millie, y poco se podía hacer para cambiarla. Las cosas acabarían volviendo a la normalidad... O, al menos, a toda la normalidad que podía tenerse con mi empecinada tía. Además, después de lo que había descubierto sobre su hija perdida, no me veía capaz de recriminarle su arrebato.

—Bueno, ¿qué quieres decir con que lo descubriremos de primera mano? ¿Qué descubriremos?

La mirada de Redvers se volvió traviesa.

—Creo que a ambos nos vendrá bien una distracción, y mañana se nos presenta la ocasión perfecta. Piensa en ponerte otra vez manga larga y una pamela. Saldremos nada más comer.

Estaba del todo perpleja, pero no conseguí sonsacarle más información.

La tarde del día siguiente me encontró aguardando en el vestíbulo con incomodidad. Iba vestida con manga larga, pantalones informales y mi pamela más grande, y me sentía insegura respecto a lo que me depararían las próximas horas.

De pronto fui víctima de un ataque por sorpresa, porque Deanna me abrazó desde atrás.

—¿Estás lista, Jane? —Su voz burbujeaba de emoción.

También Charlie me sonrió entonces con las manos metidas en los bolsillos de los pantalones de lino blanco.

—Supongo que sí. Aunque no sé exactamente para qué.

Pese a todo, se me escapó una risa. El buen humor de Deanna era contagioso.

Redvers escogió ese momento para unirse a nosotros, y Deanna me asió de la mano para sacarme a la entrada principal del hotel. Subimos a su descapotable de alquiler, y Redvers y yo nos acomodamos en el asiento de atrás.

Charlie dio un poco de vuelta al salir del aparcamiento, pero enseguida se encaminó con calma en dirección a las pirámides. Redvers y yo nos aguantábamos el sombrero con una mano.

—Es más fácil conducir a esta hora —comentó Redvers.

—Bueno, sigo sin saber adónde vamos.

Me contestó con una sonrisa de medio lado, y yo le di un codazo en el brazo.

Había un tropel de gente que seguía la misma dirección que nosotros. Turistas y empleados de hoteles por igual, muchos de ellos a caballo o montados en camellos. Me pegunté si quedaría alguien en el Mena House. Apenas pasaron unos minutos antes de que llegáramos a un aparcamiento cerca de la gran pirámide y, desde allí, fuimos a pie hasta una gran tribuna que habían montado.

—¿Nos sentamos? —propuso Charlie.

—Creo que será más emocionante estar de pie junto a la pista —repuso Deanna, que nos llevó algo más allá de las gradas y encontró sitio para nuestra pequeña comitiva en un punto desde el que teníamos una buena vista.

Vi entonces que la muchedumbre formaba dos muros a lo largo de lo que parecía ser una pista de arena en el centro.

—Bueno, ¿me contáis qué es todo esto?

—Es una yincana.

Parpadeé varias veces mirando a Redvers.

—Detesto decírtelo, pero no tengo ni idea de lo que es.

Deanna rio.

—Yo tampoco lo sabía. Por lo visto, es un término anglo-hindi para algo que, básicamente, son carreras de caballos. —Dio unos saltitos sobre los talones.

—También carreras de camellos, y no olvides las de burros. En esas pueden participar tanto hombres como mujeres. —Redvers se giró hacia mí con una sonrisa retadora en

268

los labios—. ¿Te gustaría apuntarte? Puede que estemos a tiempo.

Me eché a reír negando con la cabeza. La emoción del público que me rodeaba era palpable, y enseguida sentí que mi propio pulso se aceleraba. Redvers tenía razón: era la distracción perfecta para mis problemas. Bajó una mano y apretó un instante la mía, con lo que envió una inyección de una emoción muy diferente por todo mi cuerpo.

Mientras intentaba hacer caso omiso de mi reacción, paseé la mirada por el público. Teníamos al médico enfrente, al otro lado de la pista, y Zaki y varios trabajadores de la cocina estaban a poca distancia de nosotros. Localicé a la tía Millie sentada cerca de la primera fila de gradas, con Lillian y Marie. Nuestras miradas se cruzaron, y en esta ocasión no la aparté. En lugar de eso, inclinó un poco la cabeza y levantó una ceja. Yo me detuve para ofrecerle una cabezada y una tenue sonrisa en respuesta. Sus facciones se relajaron y sus labios se curvaron también antes de volverse de nuevo hacia las muchachas, que charlaban junto a ella.

Redvers vio la escena y enarcó una ceja.

—¿Has hablado con tu tía?

—No.

—¿Y eso...?

—Eso ha sido su disculpa.

Puso cara de incredulidad, y yo me limité a cabecear con una sonrisa.

—Es más de lo que cualquiera conseguiría sacarle a la tía Millie.

Las cosas pronto volverían a ser normales entre nosotras. Noté que la tensión de mis hombros se relajaba al pensarlo.

Una banda militar empezó a tocar e interrumpió así cualquier posible conversación. Deanna daba palmas de entusiasmo, y Charlie, con una sonrisa, la contemplaba a ella en lugar de a los músicos.

Las primeras carreras fueron a caballo, y los jinetes eran casi exclusivamente lugareños. Me preocupó que los hombres azuzaran tanto a los animales con ese calor, pero Redvers me aseguró que los caballos árabes estaban criados para resistir ese clima. El público aplaudía y jaleaba; todo el mundo tenía un favorito, al parecer.

En la parte de atrás del público, a ambos lados, vi varios grupos de hombres reunidos en círculo y le di un codazo a Redvers antes de señalar hacia allí con la cabeza. Zaki estaba en uno de ellos, cerca del centro.

Redvers entendió mi pregunta tácita.

—Ahí es donde el buen doctor perderá hoy su dinero. Y parece que también nuestro amigo Zaki.

Círculos de apuestas. La conversación de la noche anterior cobró sentido de pronto.

Las carreras de caballos me gustaron, pero en absoluto esperaba el auténtico gozo que me supusieron las de camellos. Los desgarbados animales parecían casi gráciles a esa enorme velocidad, y no tenía ni idea de que pudieran ser tan rápidos. Esa era la carrera en la que participaban más turistas, y no parecía tan seria como las anteriores. Me reí a carcajadas cuando un camello se quedó plantado con tozudez en la línea de salida hasta mucho después de que el resto hubiera echado a galopar, con el desventurado turista balanceándose en la silla para intentar convencer al animal de que arrancara. No hubo suerte. El camello decidió que era un momento ideal para tumbarse, y el hombre estuvo a punto de caerse cuando el animal se acomodó en el suelo.

Gritos y risas acompañaron a los competidores hasta la línea de meta. No me sorprendió ver que era un lugareño quien ganaba la carrera; en general, los turistas parecían incapaces de hacer que los camellos mantuvieran la marcha, por mucha experiencia que tuvieran montando.

Cuando los jinetes de los burros ocuparon posiciones, me sorprendió ver tanto a Marie como al médico a lomos de sus respectivas monturas de orejas largas. Marie puso una expresión adusta al mirar al médico, que le contestó con una enorme sonrisa.

Al oír el disparo de salida, la joven se inclinó hacia delante y su burro echó a correr. Me quedé boquiabierta el ver que mantenía una posición ligeramente en cabeza, con el médico siguiéndola de cerca. En todo caso, los burros eran aún más difíciles de dominar que los camellos, pero Marie tenía muy bien controlado al suyo. Uní las manos hacia el final, cuando pareció que iban a adelantarla, pero Marie sacó ventaja con un último empujón y terminó la primera. Me sorprendí sonriendo de oreja a oreja, feliz por ella. Vi la expresión victoriosa de su rostro y pensé que le sentaba muy bien. Igual que los pantalones deportivos estilo bombacho que llevaba; era evidente que había llegado a Egipto bien equipada. Seguí observándola mientras Lillian se reunía con ella en la línea de meta y le daba un fuerte abrazo. Marie irradiaba un orgullo feroz, incluso cuando Lillian le dio un educado apretón de manos al médico con una sonrisa y un gesto de la cabeza, lamentando su derrota.

Redvers miró a Marie con apreciación.

—No tenía ni idea de que fuera una jinete tan consumada.

—También yo estoy sorprendida. —No se me había ocurrido que Marie pudiera cultivar aficiones propias, pero, por lo visto, me equivocaba.

Esa chica tenía facetas ocultas.

Eran más de las cinco cuando regresamos al hotel, rebozados de arena pero de muy buen humor. Después de lavarnos, nos reagrupamos en el vestíbulo y desde allí fuimos a cenar juntos. Charlie y Deanna nos obsequiaron con anécdotas del escenario, y mis frecuentes miradas a Redvers me confirmaron que se estaba divirtiendo. La calidez inundó mi fuero interno.

Sin embargo, tras un día tan largo bajo el sol abrasador, me retiré después de la primera copa en el salón. Pese a las protestas tanto de Deanna como de Charlie, e incluso del propio Redvers, estaba exhausta. Por lo visto, jamás acabaría de acostumbrarme al calor de Egipto, y habiendo disfrutado de un día rebosante de sonidos y colores, necesitaba un poco de tranquilidad para relajarme.

Acababa de retirar la colcha para meterme en la cama cuando oí un acalorado intercambio de palabras que procedía del pasillo. No identifiqué las voces de los protagonistas, pero di media vuelta y me hice con mi bata de seda de camino a la puerta. Un repentino golpe sordo justo delante de mi habitación hizo que acelerara el paso.

Abrí y me encontré a la tía Millie en el suelo, inconsciente, con Redvers de pie junto a ella y un bate de críquet a sus pies.

36

ME AGACHÉ JUNTO a Millie y de inmediato acerqué la cara a la suya para comprobar si todavía respiraba. Y sí, respiraba.

—Tía Millie... Millie, ¿me oyes?

Profirió un leve gemido, pero no recobró la conciencia.

—¿Qué le has hecho? —le grité a Redvers, que pareció desconcertado al recibir la acusación.

Se inclinó para comprobarle el pulso, pero lo aparté, y entonces se irguió y retrocedió un paso con gesto adusto. Varias puertas cercanas se abrieron, otro cliente salió al pasillo en bata. Tras solo un vistazo a la escena que tenía delante, el caballero de mediana edad echó a correr hacia el mostrador de recepción.

—¡Avise al médico! —pedí.

—Yo nunca le haría daño a tu tía —dijo Redvers con calma.

Su voz tenía un filo peligroso, cosa que no ayudaba a defender su inocencia.

Me negué a responder nada. Todas las mentiras que me había contado y todas esas ocasiones en las que no había podido explicarme qué tenía entre manos acudieron a mi memoria en cuanto lo vi junto al cuerpo derrumbado de mi tía. Había confiado por completo en ese hombre, y quizá ahora debía pagar el precio de esa boba confianza... con la vida de Millie. La rabia creciente mantuvo a raya las lágrimas. Empujé el bate de críquet tras mi tía y me coloqué entre Redvers y él. Lo toqué lo menos posible, por miedo a dejar mis huellas dactilares. O borrar las del atacante.

Redvers no se acercó más, pero yo no le quitaba los ojos de encima. Intenté no mover mucho a mi tía, pero seguí controlándole el pulso en la muñeca. Era apenas un hilo, pero nítido. Pasaron unos minutos que parecieron años antes de que el médico llegara a toda prisa, cayera de rodillas y se pusiera a evaluar de inmediato el estado de Millie. Me retiré al otro lado del pasillo para dejarle sitio. El desconocido que había ido en su busca regresó entonces respirando con pesadez y se quedó junto a mí.

—Llevémosla a su habitación. —El doctor Williams indicó por señas a Redvers que lo ayudara.

—¡No! —dije alzando la voz.

Agarré el brazo del hombre que estaba a mi lado y le di un pequeño empujón hacia el médico y mi tía. Él obedeció, y Redvers giró sobre los talones y se marchó. Sentí que se me encogían las tripas. Si Redvers le hubiera hecho daño, ¿se habría quedado para asegurarse de que la atendían? Negué con un movimiento de cabeza. Ya lo averiguaría la policía.

Sin embargo, el bate de críquet no podía quedarse en el pasillo. Me cubrí la mano con la manga de la bata y lo recogí con cautela para llevarlo a la habitación de Millie, donde lo dejé con cuidado sobre el escritorio.

Los hombres acomodaron a mi tía en la habitación mientras yo caminaba de un lado a otro del dormitorio sin poder evitarlo y con el corazón alterado aún. El doctor Williams se me acercó un momento después.

—¿Sabe qué ha ocurrido?

—No. He oído a dos personas discutiendo frente a mi habitación. Debían de ser Millie y el señor Redvers... Luego he oído un golpe sordo, que ha debido de ser cuando él le ha golpeado, o quizá cuando ella ha caído al suelo. Al abrir la puerta, él estaba de pie junto a mi tía, ahí tirada...

Las palabras habían salido de mi boca demasiado deprisa, pero confiaba en que el médico lograra encontrarles sentido. Mi cerebro seguía intentando desentrañar la escena, y mi miedo por Millie luchaba con el aplastante dolor que me causaba la aparente traición de Redvers.

—¿Se pondrá bien? —Contuve la respiración mientras esperaba la respuesta.

—Habrá que verlo. Ha sufrido una fuerte contusión en la cabeza, pero haremos todo lo posible por ella.

Me dirigió una mirada compasiva y, de nuevo, me sentí culpable por haber sospechado de él con anterioridad. Era un buen profesional.

—Más vale que se acueste usted —siguió diciendo—. Aquí no puede hacer nada. Yo me ocuparé de ella esta noche. Vuelva por la mañana.

Quise protestar, pero me dio unas palmaditas en el hombro mientras negaba rotundamente con la cabeza. El desconocido al que había enrolado en busca de ayuda ya se había marchado.

Paseé la mirada por la habitación y agité las manos a los lados del cuerpo sin saber qué hacer con ellas.

—¿Y si despierta y no estoy aquí?

—Señora Wunderly, detesto exponerlo de esta manera, pero no es probable que despierte esta noche.

Al oírlo, no pude contener los lagrimones.

—Hará más por ella si ahora se va a descansar.

—¿Le enseñará el arma a la policía? —Señalé el bate de críquet, que yacía inocentemente en el escritorio.

Me aseguró que lo haría. Sin tocarlo.

Por fin cedí y salí de la habitación. Comprendía que solo molestaría al médico, y mi angustia no ayudaba en nada. El doctor Williams debía concentrarse en Millie, no en mí.

Al regresar a mi habitación, recordé que Redvers me había dado un bate de críquet para cazar escorpiones y reparé en que hacía días que no lo veía. Después de varias noches de registros exhaustivos, había relajado mis patrullas nocturnas, así que rebusqué en la habitación mientras me tiraba de la oreja con nerviosismo. El bate no estaba por ningún lado. Por lo visto, alguien lo había sacado de mi habitación para atacar a mi tía con él. Esa idea me horrorizó.

No había forma de que conciliara el sueño, así que me puse unos holgados pantalones de lino y una blusa a juego. Pensaba salir en busca de respuestas.

ME DESLICÉ POR los pasillos, en buena parte desiertos. Por lo visto, el salón se había vaciado temprano; ni siquiera quedaban por allí los más trasnochadores. Me detuve en el mostrador de recepción, donde un preocupado empleado me aseguró que habían llamado a la policía. Le di las gracias y luego pensé cuál debía ser mi siguiente movimiento.

Decidí dirigirme a los aposentos de Redvers. Me llevaba ventaja, pero, con algo de suerte, podría alcanzarlo. Si estaba pensando huir, lo detendría.

Avancé con sigilo por el pasillo donde se encontraba su habitación, pero todo estaba en silencio. Me acerqué a su puerta y puse la oreja contra la madera con la esperanza de oír algo, ya fueran ronquidos o los ruidos de alguien haciendo la maleta, pero todo estaba en calma. Fruncí los labios y me alejé en dirección a las zonas comunes.

Mientras me acercaba al comedor, de nuevo oí unos susurros acalorados. No logré distinguir lo que decían, pero sí que se trataba de dos hombres, y ambas voces me resultaron familiares. Bajé la mirada a mis zapatos de tacón y comprendí que no lograría acercarme mucho más sin que me detectaran, así que me agaché y empecé a quitármelos, pero entonces las voces se volvieron cada vez más tenues. Haciendo el menor ruido posible, me acerqué a la puerta y asomé la cabeza.

Demasiado tarde. Los propietarios de las voces ya no estaban allí.

37

—MALDITA SEA —susurré.

Esperé unos instantes antes de entrar en la sala a oscuras. Habían apagado las luces eléctricas y por las altas ventanas solo entraba el tenue resplandor que la luna plateada arrojaba desde el cielo. No era suficiente para ver bien. Maldije a una serie de personas y lugares al golpearme primero la espinilla derecha con una silla y luego la izquierda... Apenas distinguía ante mí los contornos del mobiliario. Extendí las manos y empecé a moverme algo más despacio, con lo que conseguí ahorrarme varios trompazos más.

Por la mañana iba a estar llena de moratones.

Llegué a la cristalera que se abría a la terraza y, acercándome con cautela, miré a través del cristal. Entrecerré los ojos y logré distinguir dos figuras que avanzaban por la hierba. Reconocí de inmediato el paso seguro y raudo del más alto.

Redvers.

La otra figura llevaba una túnica ancha y también me resultaba familiar, pero no logré identificar quién era.

Sentí un momento de pánico al poner la mano en el tirador, pero todavía no habían echado la llave para cerrar hasta la mañana siguiente. Salí a la terraza, donde sí podía ver los obstáculos que tenía en mi camino; la luz de la luna era delicada, pero al aire libre brillaba más. Conseguí seguirlos más deprisa y me mantuve junto a la oscura hilera de árboles para evitar que me vieran.

Seguir a aquellos dos personajes en plena noche —y desarmada— no había sido mi idea más brillante, pero, cada vez que me detenía, recordaba a mi tía y la ira me empujaba a seguir.

No tardé en comprender que los hombres se dirigían a los establos. El edificio estaba desierto a esas horas de la noche, puesto que los mozos de cuadra se habían retirado al pueblo de Mena. Desde lejos vi que la figura de la túnica abría las puertas y le indicaba por señas a Redvers que pasara antes que él. Entonces volvió el rostro y, al recibir la luz de la luna un instante, vi que era Zaki.

No tenía tiempo para preguntarme por qué estaban los dos hombres juntos en el establo de los caballos. En lugar de eso, esperé a que Zaki siguiera a Redvers al interior del edificio y luego me acerqué con sigilo y me detuve tras la puerta entreabierta, agradecida de que no la hubieran cerrado al entrar.

Se me ocurrió pensar que en todo ese rato que los hombres habían paseado por el recinto no había oído ni un solo susurro. Sin embargo, en cuanto entraron en el edificio de estuco blanco, enseguida retomaron la discusión que me había llamado la atención poco antes.

—¿Por qué haces esto? —preguntó Redvers.

Eso me desconcertó un segundo. ¿Qué estaba haciendo Zaki?

—No puedo dejar que te vayas. Has visto lo que ha ocurrido esta noche. —La voz de Zaki tenía un tinte de desesperación.

Los sonidos de cascos inquietos y ollares resoplantes salían también al aire nocturno; la aparición de dos desconocidos había agitado a los animales. Intenté espiar por una grieta de la puerta, pero no se veía nada. Tenía que descubrir lo que estaba sucediendo.

Me acuclillé para no estar al nivel de sus miradas y me arriesgué a asomarme un poco por el borde. Zaki estaba de espaldas a mí y sostenía un pequeño revólver negro.

Un revólver con el que apuntaba a Redvers.

Por lo visto, había interpretado de manera incorrecta los acontecimientos anteriores.

—No entiendo por qué has atacado a la señora Stanley. —La voz de Redvers se oía incluso algo más débil, así que me arriesgué a mirar de nuevo.

Estaba retrocediendo poco a poco por el pasillo central, con lo que cada vez alejaba más a Zaki de mí.

Supuse que lo hacía sin querer; todavía no me había visto. Me quité los zapatos y, rezando con fervor por que Zaki no se girara, crucé la puerta sin hacer ruido. No podía permitirme un paso en falso.

A pesar del temblor que sacudía todo mi cuerpo, avancé despacio mientras la grava se me clavaba en las plantas de los pies y me hacía torcer la boca en extrañas muecas. A mi derecha había una zona donde se guardaban los arreos y que compartía tabique de madera con la primera cuadra. Me apreté contra la ruda superficie. Me aseguré de que no pudiesen ver ninguna parte de mi cuerpo y puse en práctica mis ejercicios de respiración controlada haciendo el menor ruido posible. Notaba el pulso latiéndome en los oídos.

—Esa vieja es demasiado lista —dijo Zaki—, y demasiado entrometida. Me vio entrar en el vestidor cuando escondí el arma del doctor Williams. También me vio muchas veces con Samara. Siempre estaba vigilándome... Solo era cuestión de tiempo que atara cabos.

No me había dado cuenta de que Millie hubiera visto nada, pero ella y yo tampoco habíamos estado muy comunicativas estos últimos días. Que Zaki hubiera escondido el arma solo podía significar una cosa.

—Crees que iba a llegar a la conclusión de que mataste a Samara —dijo Redvers despacio.

Estaba encajando las piezas al mismo tiempo que yo.

—Samara y yo teníamos un buen trato. Cuando yo llevaba las copas a la sala de juego, le indicaba por señas qué cartas tenían los demás, y él me pagaba con un porcentaje de las ganancias.

—¿Y nadie se dio cuenta de que hacíais trampas?

—Nadie se fija en el personal. —Años de ira acumulada prendieron fuego a cada una de las palabras de Zaki—. Para vosotros somos sirvientes, campesinos. Nos decís «Hola, buenos días», pero en realidad no nos veis. Os sirvo bebidas y vosotros solo veis las copas. No me veis a mí, a Zaki, al hombre.

Sentí una punzada de vergüenza al comprender sus palabras. Por mucho que Zaki me cayera bien, ¿cuánta atención le había prestado de verdad? ¿Alguna vez lo había visto como una persona?

Daba la sensación de que Samara y él habían desarrollado un buen sistema. Debían de haber sacado bastante dinero así..., hasta la llegada de Charlie Parks.

Me estaba distrayendo con la historia, pero en esos instantes lo que necesitaba era un plan para evitar que Zaki disparara a Redvers. Me asomé por el tabique y mi mirada recayó en el cerrojo de la cuadra contigua. Casi podía alcanzarlo. Le di una pequeña patada a la madera, y el caballo del otro lado se sobresaltó. Por suerte, el ruido quedó perdido entre los sonidos de los caballos inquietos que nos rodeaban.

—Samara se volvió codicioso al darse cuenta de lo bueno que era el estadounidense con sus trucos de cartas.

Dijo que ya no me necesitaba. —La voz de Zaki temblaba de rabia—. Pensé que, si colocaba los documentos de los chantajes en su habitación, tu amiga los entregaría a la policía. Pero no.

Eso explicaba la desaparición de Zaki después de haberlo visto en el comedor. También explicaba por qué estuvo dispuesto a darme tan alegremente el número de habitación de Amón y por qué la puerta estaba abierta. Sin embargo, no había tenido en cuenta que esos papeles incriminaban a mi tía, ni que yo robaría uno de ellos; no iba a avisar a la policía después de algo así. Zaki no debía de haber leído los documentos con mucha atención.

Se acababa el tiempo para actuar. Saqué la cabeza una última vez. Redvers lanzó una breve mirada de soslayo en mi dirección, y esta vez supe que me había visto. Contuve la respiración mientras esperaba a ver si Zaki también se había dado cuenta, pero no se giró.

Redvers intentó mantener el contacto visual con él y se movió hacia uno y otro lado para que Zaki estuviera atento solo a él. Yo me dispuse a manipular el pestillo y desplacé el metal despacio para abrirlo. No podía permitirme que hiciera ningún ruido. El caballo de dentro golpeó la pared y movió las pezuñas con nerviosismo.

—Así que lo mataste. —Redvers estaba intentando sacarle toda la historia a Zaki y acaparar su atención.

—Me amenazó. Dijo que, si me volvía en su contra, no solo perdería el dinero que ganaba con él, sino también mi trabajo.

El arma empezó a temblarle en la mano.

El pestillo cedió y yo abrí la puerta hacia mí para agacharme tras ella. El caballo salió disparado de la cuadra y Zaki se volvió con sorpresa mientras un disparo resonaba y hacía saltar esquirlas de madera en el tabique que quedaba por encima de mí. Mientras Zaki se volvía hacia el enorme caballo negro que retrocedía sobre los cuartos traseros, Redvers saltó hacia delante y agarró el arma para arrebatársela de la mano. Sin perder un segundo, le propinó un buen golpe en la cabeza con el metal negro del arma y Zaki cayó al suelo. El caballo había tenido la habilidad de ver la puerta abierta tras nosotros y, en cuanto los cascos volvieron a pisar el suelo con seguridad, echó a correr en busca de la libertad. Por su propia seguridad, deseaba que no fuera muy lejos.

Redvers, que estaba inclinado hacia adelante con las manos en las rodillas y el revólver todavía en la mano derecha, levantó la mirada hacia mí.

—Gracias por esto.

Salí de detrás de la puerta y me sacudí el polvo de la parte delantera de los pantalones con toda la indiferencia de la que fui capaz.

—No hay de qué —repuse como si tal cosa. Luego, mi rostro se puso serio—. Redvers, siento haber pensado que...

Me interrumpió.

—No tienes que decir nada. Lo entiendo. —Me dirigió una sonrisa torcida—. Además, acabas de salvarme la vida. Yo diría que estamos en paz.

Cruzamos una larga mirada, y esperé que fuera capaz de perdonarme por haber pensado que estaba detrás del ataque a Millie.

Con las manos en las caderas, bajé la mirada hacia el cuerpo inmóvil de Zaki.

—¿Lo has matado?

—Se recuperará.

Redvers se acercó a mí y, con el pie, le dio un empujoncito a la pierna de Zaki.

El hombre ni se inmutó.

Al estudiarlo más de cerca, vi que su pecho se movía un poco.

—¿Crees que también mató a Anna? —pregunté.

—Seguro que el inspector Hamadi estará encantado de averiguarlo.

38

Regresé a toda prisa al hotel y llamé a la policía mientras Redvers vigilaba a nuestro prisionero. También le comuniqué al empleado de recepción que alguien debía recuperar un caballo que se había escapado; no quería que se perdiera en el desierto.

Cuando llegó la policía, Zaki empezaba a despertar. El inspector estuvo entusiasmado de echarle el guante a un sospechoso, pero no se cortó un pelo al compartir su opinión sobre mi participación. Sinceramente, parecía decepcionado al ver que yo quedaba libre de toda sospecha. Todavía lanzó varias amenazas en mi dirección, pero luego me transmitió su preocupación por mi tía y sus esperanzas en cuanto a su recuperación. Era evidente que le gustaba tenerme desconcertada.

Redvers parecía querer quedarse con la policía y acompañar al inspector a comisaría, así que les dediqué un torpe gesto con la mano y un «buenas noches» antes de regresar sola a la tranquilidad del hotel. No me parecía bien dejar las cosas así con Redvers, pero tampoco pensaba empezar a disculparme delante del inspector Hamadi.

Fui a ver a Millie, que seguía igual, antes de meterme en la cama del todo vestida y, agotada, conciliar un sueño sin ensoñaciones.

Desperté por la mañana con un leve peso en el pecho. La detención de Zaki había limpiado oficialmente mi nombre en relación con los asesinatos, pero seguía rondándome la inquietud por Millie. También estaba intranquila en cuanto a mi amistad con Redvers. Me puse ropa limpia a toda prisa y no me di cuenta de que llevaba la falda al revés hasta que casi había salido de la habitación.

Cuando llamé a la puerta de mi tía, abrió el doctor Williams. Tenía los ojos enrojecidos, pero su rostro parecía esperanzador.

—¿Está...? —Fue todo lo que logré pronunciar.

—Está bien. —El médico me ofreció una sonrisa para animarme—. Volvió en sí un momento, pero ahora está dormida.Tenía un dolor de cabeza terrible, así que le he dado analgésicos. Puede quedarse usted un rato si quiere, pero intente no despertarla. Le hace falta descansar. Yo me voy a la cama, pero regresaré esta tarde para ver cómo se encuentra.

Asentí y entré para ver a mi tía. Su rostro redondo parecía pálido en la almohada, pero tenía la respiración firme y regular. Decidí sentarme un rato con ella.

No habían pasado ni diez minutos cuando Lillian llamó a la puerta.

—Me he enterado de lo que ocurrió anoche. —Estaba pálida y preocupada—. Como no ha bajado a desayunar, he empezado a preguntar por ahí. Ay, Jane. ¿Se recuperará?

Lillian se había colocado junto a la cama de Millie y no hacía más que mover los brazos, intentando decidir si debía cogerle la mano o no.

Me acerqué a ella y le estreché una mano temblorosa con la mía.

—Se recuperará. Está hecha de una pasta muy dura. El médico ha dicho que ahora tenemos que dejarla descansar, pero que esta mañana ha recuperado la conciencia un momento.

Una gran bocanada de alivio salió de los pulmones de Lillian, que sonrió con debilidad.

—¿Podría estar un rato a solas con ella? —pidió.

Me sorprendió, pero asentí.

—Es que... ahora que acabo de encontrarla —añadió.

Me planteé si no sabría más de lo que creíamos. Pero, en lugar de hacer preguntas incómodas, salí de la habitación sin hacer ruido. Me quedé un momento en el pasillo, aliviada por la recuperación de mi tía, y decidí que me pasaría otra vez por la tarde.

No tenía una idea clara de qué hacer con mi mañana. Un momento después, pensé en recargar cafeína y me dirigí a la sala del desayuno.

En la puerta del comedor, me detuve esperando el alegre saludo de Zaki antes de recordar que lo habían detenido. Me sentí rara al añorar su rostro sonriente, sobre todo porque él había sido la causa de tanto sufrimiento. Su puesto todavía estaba vacante, y entré en la sala.

Redvers estaba en una mesa junto a las ventanas leyendo el periódico. Dudé; me sentía incómoda por haberlo acusado de intento de asesinato horas antes. Sin embargo, levantó la mirada y me sonrió con calidez, así que me acerqué a él.

—Buenos días —dije con dulzura.

—Buenos días. ¿Café?

Vi que ya había pedido una cafetera solo para mí. Le sonreí con gratitud e inhalé los aromáticos vapores mientras él me servía una taza.

Entonces su sonrisa se desvaneció.

—¿Qué tal está Millie?

—Bastante bien. El médico dice que se recuperará.

—Qué buena noticia.

Parecía sinceramente aliviado, lo que me hizo sentir una nueva punzada de culpabilidad por haber sospechado de él.

—Lillian está ahora con ella. Me ha pedido que las deje a solas un momento.

Enarcó una ceja.

—Estoy de acuerdo. Tal vez sepa más de lo que pensábamos —señalé.

—Es muy posible. Espero que puedas hablar pronto con tu tía.

Puse cara de extrañeza.

—Va a estar de un humor de perros cuando despierte. No puedo ni imaginarme el dolor de cabeza que tendrá.

Redvers hizo una mueca y luego cruzamos una sonrisa.

—He hablado con el inspector Hamadi esta mañana —explicó.

—Qué rapidez...

—No podía dormir.

Busqué en su rostro señales de haber pasado la noche en vela y no encontré ninguna; estuve a punto de poner los ojos en blanco. Notaba lo hinchada que tenía yo toda la cara, y era como si alguien me hubiera frotado arenilla bajo los párpados.

—Al parecer, Zaki le ha confesado muchas cosas al inspector. Samara y él habían desarrollado todo un sistema para comunicarse sobre las cartas.

Asentí. Eso ya lo había oído la noche anterior.

—Y Zaki había acabado por depender de ese dinero. Les resultaba muy lucrativo —añadió.

—Entonces ¿quién mató a Samara?

—Zaki no sabía que Charlie no tenía intención alguna de trabajar con Samara. Y, una vez eliminado Samara, pensaba que él mismo podría asociarse con el estadounidense.

—Tiene sentido.

Oculté un bostezo. Me interesaba, pero estaba cansadísima.

Redvers me echó una mirada y le indiqué por gestos que siguiera.

—Zaki también temía perder su trabajo si Samara hablaba. Estaba muy orgulloso de su puesto, así que se puso nervioso cuando la policía interrogó al hombre. Temía que se descubriera todo. De modo que esa noche quedó con Samara en la sala de juego, cuando todo el mundo se había marchado ya, y lo mató.

—Pero si solo hacía unos días que Samara había llegado. ¿Cómo pudieron montar tan deprisa una trama tan elaborada?

Redvers me sirvió otro café.

—Amón era un cliente habitual. Tenía un circuito de hoteles de lujo, y este era uno de ellos. Cuando parecía que la dirección u otros jugadores empezaban a sospechar, se trasladaba al siguiente, pero regresaba al cabo de un mes más o menos. Entre las cartas y las damas de cierta edad, estaba hecho un truhan.

Sacudí la cabeza y pensé en Zaki. A pesar de todo lo que había hecho, sentí lástima por su familia, sobre todo por Nenet.

—Conocí a su prometida. Una chica encantadora. Qué pena me da.

Redvers arrugó las cejas.

—Zaki no estaba prometido, que yo sepa. Se lo preguntaré al inspector, pero estoy bastante seguro.

—¿Por qué habría de mentirme sobre eso? —Me sentí sinceramente perpleja. ¿Qué podría haberle llevado a contarme esa historia?

Redvers se encogió de hombros.

—A saber.

Me detuve un momento.

—¿Has descubierto algo más?

—Bueno, Zaki tenía los documentos de los chantajes. Eran de Anna.

—O sea que fue Anna desde el principio. —Al menos había acertado en mis deducciones al respecto.

—Ella era el cerebro de la operación. Por lo visto, le gustaba bastante gastar dinero y, cuando su padre no pudo seguir sufragando sus prohibitivos gustos, empezó a buscar ingresos en otro sitio. —Redvers esbozó una sonrisa—. Zaki ha reconocido haberle robado el material de los chantajes; esperaba que ella le pagara por recuperarlo. Luego lo escondió en la habitación de Samara para que tú lo encontraras.

Tenía sentido. A Anna le gustaban las cosas bonitas, y esas cosas eran bastante caras.

—Supongo que para Zaki fue fácil. Tenía acceso a todas las llaves.

—Exacto. Y nadie sospechaba de él, porque era muy servicial y al mismo tiempo conseguía pasar inadvertido.

Suspiré y, de pronto, recordé el arma que habían usado para atacar a la tía Millie.

—¿También cogió el bate de críquet de mi habitación?

Redvers asintió.

—Parece que lo sacó hace un par de días. Estaba buscando algo para incriminarte y encontró el bate en tu dormitorio. Pensó que podría servirle.

Me entristeció que hubiera intentado endilgarme la culpa a mí. El hombre me caía bien de verdad, me había parecido muy serio. Pero también me incomodó saber que alguien había registrado mi habitación y yo no me había dado cuenta.

—¿Crees que fue él quien puso el escorpión? —Al recordar el pequeño insecto negro, me recorrió un violento escalofrío.

—Es lo más probable. Seguramente intentaba asustarte. Debería mencionárselo a Hamadi y pedirle que le pregunte también por eso.

—Tuve suerte de que no volviera a intentarlo y me pusiera uno en la habitación. Dejé de buscar al cabo de unas noches.

—Creo que con el primero solo pretendía advertirte. Ponerte un escorpión en la cama habría significado una picadura segura. Y, sola en tu habitación, no habrías podido pedir ayuda.

Me tomé unos instantes para asimilar mi fortuna.

—Anoche... —Me interrumpí. Me daba reparo sacar a colación el incidente de la noche anterior, pero necesitaba respuestas—. ¿Cómo llegaste tan deprisa?

—Estaba preocupado por ti, así que pedí que trasladaran mis cosas a una habitación que quedó libre frente a la tuya.

—¿Cuándo fue eso?

—Hace dos días.

La preocupación de Redvers me conmovió, pero había jugado en su contra. Al aparecer tan rápido en el lugar de los hechos, supuse que era el culpable del ataque.

Entonces me pregunté de quién sería la puerta en la que había estado escuchando a escondidas cuando lo buscaba a él.

—Iba a recoger un mensaje al mostrador de recepción cuando oí a tu tía discutiendo con Zaki. No llegué a tiempo de impedir que la agrediera, y consiguió escapar por el pasillo adyacente justo cuando yo salía por mi puerta.

Yo me encontraba al otro lado de mi habitación cuando oí las voces, y además me detuve a ponerme la bata, así que tampoco vi la huida de Zaki y, en cambio, me topé con la escena posterior.

—Lo siento mucho. —No estaba segura de poder disculparme lo suficiente.

Alargué el brazo y le agarré la mano que tenía sobre la mesa.

Él negó con la cabeza y cubrió nuestras manos unidas con la que tenía libre.

—No tienes que disculparte por nada. Parecía algo muy distinto, y debería haber sido más sincero contigo desde el principio. También debería haberte dicho que me habían cambiado de habitación.

Compartimos una cálida sonrisa.

El coronel Stainton escogió ese momento para acercarse a nuestra mesa, así que separamos las manos.

—Buenos días, señorita Wunderly.

Se lo veía animado, como solía ser él. Saludó a Redvers con un frío movimiento de cabeza, pero parecía que ni siquiera su presencia era capaz de aguarle el día.

—¿Cómo se encuentra, coronel Stainton?

Volví a poner las manos en el regazo, aunque todavía sentía un cosquilleo en ellas. Redvers era como un relámpago para mis terminaciones nerviosas.

—He oído que todo ha quedado resuelto con la detención de ese camarero. Es una noticia estupenda. Significa que mi pobre Anna quedará libre y podré llevármela a casa.

—¿Cuándo se va? —me interesé.

—Mañana a primera hora. —Dio unos golpecitos con su bastón en el suelo—. Debo decir que aquí, cuando las cosas por fin se ponen en marcha, se ponen en marcha de verdad.

—Bueno, sin duda será un alivio para usted.

—Sí, gracias, querida. —Se aclaró la garganta—. Debo irme ya. Solo quería despedirme de usted por si no vuelvo a verla. Tengo mucho que hacer antes de mañana. Hay que encargarse de muchos detalles.

Redvers y yo nos pusimos de pie. Le ofrecí la mano al coronel y nos despedimos con un apretón mientras le deseaba todo lo mejor.

El hombre se volvió entonces para estrecharle la mano a Redvers con frialdad.

—Adiós, coronel. Que tenga un buen viaje. —Su voz fue educada, pero le faltó calidez.

—Gracias, señor Redvers.

El coronel volvió a asentir en mi dirección y se alejó deprisa.

Lo seguí con la mirada.

—Dice que todo ha quedado resuelto y dejan que se lleve el cadáver de Anna. Hamadi debe de estar convencido de que Zaki también la mató a ella, entonces.

—Eso parece. Aunque lo último que sé es que Zaki insiste en que no tuvo nada que ver en ello. Afirma que estaba en su casa, acostado, cuando tuvo lugar el asesinato. Pero se utilizó un arma del mismo calibre, y Zaki tenía fácil acceso a ella.

—Las llaves —apunté.

—Las llaves —coincidió conmigo Redvers—. Pudo entrar en la habitación del médico sin que nadie lo supiera y robar la pistola.

—Tengo la sensación de estar pasando algo por alto. ¿Por qué no habría de confesar también el asesinato de Anna? Ya ha reconocido que mató a Samara e intentó acabar también con la vida de mi tía.

Redvers lo negó con un movimiento de cabeza; no tenía respuesta para eso.

—¿Y lo del contrabando? ¿Significa eso que el contrabando no tenía ninguna relación con nada?

Algo parecía no encajar, solo que no lograba identificar exactamente el qué.

—Bueno, sabemos quién era el contrabandista, aunque no cómo lo hacía. —Señaló al coronel con la cabeza—. Y, por lo que parece, ahora tengo un plazo muy justo para encontrar la respuesta.

—Antes de que se marche, mañana.

Redvers asintió.

39

DESPUÉS DE DESAYUNAR, Redvers siguió su camino y yo regresé junto a mi tía. Estaba consciente, pero muy adormilada. Solo me ofreció una débil sonrisa antes de cerrar los ojos otra vez. Todavía le dolía mucho la cabeza y se pasaba casi todas las horas del día durmiendo, pero me consoló verla consciente, aunque fuera un momento. El médico seguía su progreso de cerca, y Lillian, que apenas se separaba de ella, se aseguraba de que comiera y bebiera un poco durante los ratos que estaba despierta. Me ofrecí a relevarla de su guardia, pero ella hizo un gesto de negación con la cabeza, sin decir nada.

Con Millie bien atendida, no tenía nada que hacer y me sentía algo inquieta. Redvers había salido a buscar pruebas para cerrar su caso contra el coronel Stainton. Él solo. Intenté sentarme a leer junto a la piscina, pero mi cabeza no dejaba de darle vueltas a hechos y rostros, así que no tardé en rendirme. Estuve deambulando por los pasillos sin rumbo hasta la hora de la comida, que disfruté a solas y sin apenas tocar nada de los deliciosos platos, que no me seducían en absoluto. Solo conseguí comer un par de bocados.

Después decidí dar un paseo por el recinto. Hacía calor, pero, gracias al ejercicio, la sangre circularía y tal vez me ayudaría a pensar con claridad... O me agotaría lo suficiente para poder descansar de verdad. No había llegado muy lejos cuando se me ocurrió pensar que todavía no sabía dónde se encontraba el pueblo de Mena. Quizá una charla con la agradable Nenet pudiera responder a alguna de mis preguntas sobre las mentiras de Zaki, y así mi mente tendría unas cuantas preocupaciones menos. Regresé al vestíbulo.

Pregunté en el mostrador de recepción cómo llegar a la aldea de los trabajadores, y con ello me gané una mirada extraña. El joven me aseguró que el camino más rápido era cruzando el campo de golf, pero eso, aun bajo el sol abrasador de la tarde, también me pondría a tiro de las veloces bolas. Nunca dejaba de asombrarme la devoción que tenía la gente por el deporte. Decidí tomar el camino más largo, que bordeaba los límites de la propiedad, pero, puesto que eso suponía toda una excursión, pensé en darles un respiro a mis pies e ir a caballo.

Me acerqué a los establos paseando mientras repasaba una vez más los acontecimientos de la noche anterior. No era capaz de encontrar un motivo por el que Zaki hubiera querido matar a Anna que encajara con todo lo que sabíamos. Deseaba cerrar el caso tanto como el inspector —incluso más—, pero no estaba convencida de tener todas las respuestas.

En cuanto vi el edificio, recordé el episodio vivido pocas horas antes. La construcción de estuco blanco parecía completamente diferente a la luz del día, alegre y ajetreado, con clientes y mozos de cuadra entrando y saliendo de allí. No había ni rastro de amenaza, así que exhalé para librarme de una ansiedad de la que ni siquiera había sido consciente.

Cuando pedí un caballo, un joven tranquilo calculó mi envergadura y desapareció en las profundidades del establo. Regresó con una yegua pequeña de color avellana y aspecto dócil que se llamaba *Bibi*. Mientras la ensillaba, acaricié su morro aterciopelado y ella resolló en mis manos buscando algo de comer.

Bibi y yo salimos a paso lento. No quería agotar a mi montura con el calor que hacía, aunque sin duda ella estaba más acostumbrada al clima que yo. Enseguida volví a sentirme cómoda en la silla, pues recordé mis clases de hípica de tiempo atrás como si las hubiera vivido ayer.

Al acercarme al pueblo, vi los bajos edificios de ladrillos de adobe desperdigados en un patrón aleatorio. Por allí correteaban unas ocas que de vez en cuando rompían el silencio de la tarde con sus bocinas, mientras que el ganado se refugiaba del sol bajo los tejadillos. Me dije que debería haber preguntado dónde vivía Nenet, y esperé encontrarla en casa. Se me ocurrió entonces que tal vez estuviera en la ciudad ocupándose de su tienda; algo que la mayoría de los dueños de los establecimientos estaría haciendo a esas horas.

Algunos rostros me observaban desde las puertas entreabiertas a medida que mi caballo cruzaba la plaza principal. Descubrí un pozo cerca del centro de la aldea y allí desmonté, tomé las riendas con la mano y conduje a *Bibi* hacia el agua. Mientras accionaba la bomba, varios niños se atrevieron a acercarse, y uno me sujetó el cubo comunitario mientras yo bombeaba. Le di a *Bibi* agua fresca para beber y luego me volví hacia las curiosas caritas que me miraban fijamente.

—¿Habláis mi idioma? —No esperaba respuesta alguna.

Los chavales se miraron, y por fin un niño pequeño con unos mechones de pelo moreno medio tapándole la cara dio un paso al frente.

—Un poco.

Me observó con sus ojos oscuros y serios.

No tenía ni idea de si esos niños irían al colegio, y recordé lo que había dicho Zaki sobre los ricos turistas que ni siquiera se fijaban en los lugareños y se limitaban a tratarlos como meros sirvientes. Sentí que la vergüenza me cerraba la garganta, así que me prometí aprender algo más sobre las gentes de los países que visitara.

—¿Cómo te llamas? —pregunté.

—Kadir.

—Kadir, ¿conoces a Nenet?

Asintió con solemnidad.

—¿Dónde vive Nenet?

Los niños consultaron entre sí hablando en árabe y yo esperé el resultado de las deliberaciones de boca de su portavoz.

—Te lo enseñamos —dijo Kadir.

Una niña me quitó las riendas de *Bibi* y se puso a caminar a mi lado mientras la pequeña procesión de niños me acompañaba a la casa de Nenet. Serpenteamos por una serie de callejones polvorientos antes de detenernos ante una casita de ladrillos de adobe muy bien cuidada. No parecía que hubiera nadie.

Los niños me miraron con expectación, y comprendí que habría sido inteligente llevar algún tipo de obsequio. Miré lo que tenía en los bolsillos y saqué algunas monedas egipcias. No estaba segura de cuál era la mejor forma de repartir los fondos, así que le dije a Kadir que las compartieran. Él asintió indicándome que me había entendido y, aunque se quedó la moneda de mayor valor, sí pareció distribuir el resto del dinero de una forma bastante justa entre sus compañeros. Cruzamos un gesto de cabeza y contuve una risa al ver su carita solemne. Un momento después, todos se marcharon correteando porque la distracción de la tarde ya había terminado.

Llamé a Nenet por su nombre desde el oscuro umbral, pero no obtuve respuesta. No me sentía cómoda entrando en la casa si no había nadie dentro..., lo cual me sorprendió, sinceramente, teniendo en cuenta la cantidad de habitaciones de hotel en las que me había colado ya. En lugar de eso, me dirigí con la yegua a la parte de atrás en busca de un poco de sombra donde ambas pudiéramos descansar. Había allí un alero grande que tal vez se usara como porche, y dejé a *Bibi* en la sombra.

Até las riendas a uno de los postes con la esperanza de que no se le ocurriera tirar de ellas y derrumbar toda la construcción. Estuve peleándome un rato con las hebillas, pero conseguí quitarle la silla y las coloridas mantas que llevaba debajo, empapadas de sudor tras nuestro recorrido. Usé una para secarle el lomo. Antes de alejarme, le acaricié un poco el belfo y ella enseguida cerró los ojos y se puso a sacudir la cola a intervalos regulares para espantar las moscas. Uno de los niños había cargado con un cubo de agua que había dejado a su alcance.

Empezaba a pensar que mi plan de presentarme sin avisar había sido una tontería. No tenía forma de saber cuánto tiempo habría de esperar hasta que Nenet volviera a casa, si es que de verdad vivía allí. Los niños podían haberme dejado sencillamente en la casa vacía más cercana, aunque la entrada estaba bien barrida y el patio parecía cuidado. Pero tenía la esperanza de encontrarme en el lugar correcto.

Miré alrededor en busca de un lugar a la sombra donde sentarme. *Bibi* ocupaba casi todo el espacio bajo el alero, y no creía que acomodarme cerca de sus grandes cascos fuera la mejor opción. Era una yegua mansa, pero, si algo la espantaba, podía aplastarme. No valía la pena correr ese riego solo por evitar el calor.

Un gran árbol pareció hacerme señales desde un rincón del patio, así que me dejé caer junto al tronco. Me recoloqué la pamela y recogí las extremidades para que no les diera el sol. Debí de quedarme dormida, porque, cuando abrí los ojos, oí que alguien se movía por la parte delantera de la casa. Me puse de pie, tensa, y me sacudí el polvo. Me acerqué a comprobar que la tranquila yegua siguiera bien y luego rodeé el edificio.

—Hola, Nenet.

El sonido de mi voz la sobresaltó e hizo que se girara.

—¡Señora Wunderly! —Se llevó una mano al corazón—. Qué sorpresa me ha dado. ¿Qué hace aquí?

—Solo quería hablar un rato contigo. Me temo que tengo preguntas sobre Zaki.

Ella asintió con cierta tristeza y me indicó que entrara en la casa.

Era sencilla, pero estaba limpia. La pieza principal de la decoración era un precioso tapiz al que continuamente se me iban los ojos. Tenía tejidos unos complicados dibujos y la luz que entraba por la ventana hacía destellar sus hilos dorados, entrelazados con atrevidos rojos y naranjas. Era sensacional. Me pregunté si sería una reliquia familiar o algo que había hecho ella misma. También había una silla de madera frente a un banco desgastado con unos cojines que habían retapizado hacía poco. Pese a lo escaso del mobiliario, la sala resultaba acogedora y cálida.

—Ya me he enterado de lo de Zaki. Todos nos hemos enterado. Es muy triste. —Nenet me indicó que me sentara.

—Es triste, sí —reconocí—. Me caía muy bien.

Ella asintió.

—Me dijo que ibais a casaros.

La joven hizo un gesto de fastidio.

—Le tenía mucho cariño a Zaki, pero no iba a ser su esposa. Estuve casada con un hombre que se llamaba Aswan y que murió durante la guerra. Así fue como acabé siendo la dueña de la tienda.

Asentí con la cabeza. Compartía su experiencia de haber perdido a un marido en la contienda.

—Zaki estaba empeñado en casarse conmigo y me lo pedía a menudo, pero yo no tenía ninguna intención de volver a contraer matrimonio. Y, si algún día lo hago, será por amor. —Se encogió de hombros—. Su incesante cortejo era muy molesto. No aceptaba un no por respuesta. Aun así, me cuesta creer que matara a un hombre.

—Sí. —Suspiré—. Pero ha confesado el asesinato del señor Samara.

—¿Y el de la joven? ¿También la mató él?

Negué con la cabeza.

—Dice que no, aunque no tiene coartada.

Nenet asintió de nuevo.

—Veo al padre de la chica... ¿Es militar? Viene al pueblo muy a menudo.

Me quedé de piedra.

—¿Y sabes por qué viene aquí tan a menudo?

—No, pero se reúne con un hombre que vive unas casas más allá. —Su rostro se ensombreció—. Se llama Radwa.

—Parece que no lo tienes en muy alta estima.

Ella negó con la cabeza.

—Aquí, en Mena, todos trabajamos muy duro, pero él no sabe lo que es eso. Radwa no ha hecho más que meterse en problemas desde joven.

Parecía alguien capaz de participar en una trama de contrabando. No podía creer la suerte que había tenido. Por supuesto, el pueblo de Mena era lo bastante pequeño para que todo el mundo conociera a todos los demás, así como sus negocios. Me emocionó saberme tan cerca de las respuestas que buscaba Redvers.

En realidad no me hacía mucha gracia ver al coronel entre rejas, pero, si se dedicaba a robar objetos que luego vendía a coleccionistas ricos, no tendría ningún reparo en entregarlo a las autoridades. Por muy bien que me cayera, estaba convencida de que había que poner fin al contrabando de antigüedades.

—¿Puedes enseñarme dónde vive? —pedí.

—Claro —dijo Nenet, y salimos otra vez.

Me señaló una casa a cierta distancia de la suya.

—Es esa, la de la basura en el patio. —Arrugó la nariz—. Siempre le pedimos a Radwa que limpie, pero él no lo hace.

La construcción estaba muy deteriorada. En las esquinas se veían los cimientos medio derruidos, y el tejado estaba para el arrastre; estaba convencida de que el interior se inundaba cada vez que llovía. Había ladrillos sueltos y otros materiales de construcción desperdigados por el patio lateral.

Volvimos a entrar en la casa de Nenet y charlamos unos minutos más. Me dijo que me quedara a cenar, pero rechacé la invitación. No quería que esa amable mujer se tomara más molestias solo porque yo había sido una entrometida y me había presentado en su casa. Sin embargo, sí acepté su ofrecimiento de ir a buscar un poco de grano para *Bibi* justo después de explicarle que tenía a la yegua amarrada en su patio trasero. Cuando le pregunté si podía dejarla un rato más allí, contestó que no era ningún problema. Incluso propuso llevarla ella de vuelta al hotel por mí, pero le aseguré que regresaría a buscarla.

Solo debía esperar a que cayera la noche para ir a curiosear un poco por la casa de Radwa.

Cuando Nenet comprendió que mi intención era quedarme en el pueblo, pero no tenía nada que hacer durante un buen rato, insistió en que cenara con ella. Al final me rendí, pero a condición de que me dejara ayudar en la cocina. Juntas preparamos un delicioso plato de pollo a la parrilla, verdura estofada, lentejas y panes planos. Las especias eran deliciosas, y me propuse comprar algunas en el mercado para llevármelas a Estados Unidos. Nenet tenía una conversación muy agradable, y el tiempo pasó volando. Como siguiendo un acuerdo tácito, ambas evitamos hablar de nuestros matrimonios, y le agradecí que tampoco sacara el tema de las cicatrices que había visto.

Cuando oscureció, le di las buenas noches y ella me deseó buena suerte. Vi que le preocupaba mi plan, pero no me preguntó qué pensaba hacer. Dejé a *Bibi* amarrada donde estaba, y Nenet prometió cuidar bien de ella hasta mi regreso.

Una luz débil brillaba en la ventana delantera de Radwa, así que rodeé la casa de Nenet y me acerqué por los patios traseros de sus vecinos. Fue una suerte que nadie tuviera perro; los únicos animales con los que me topé fueron unas cuantas gallinas contrariadas que cloquearon a disgusto cuando las molesté en sus gallineros.

Al acercarme a la casa de Radwa, aminoré el paso e intenté no salir de las oscuras sombras angulares. El patio de atrás estaba igual de abarrotado y descuidado que el resto de la propiedad, y tuve que posar cada pie con atención para evitar tropezar y hacer ruido. Localicé las ventanas traseras y me acerqué con sigilo hasta quedar por debajo de ellas, una zona que, por suerte, estaba libre de los escombros y las cajas que ocupaban el resto del patio. Me coloqué bajo una ventana y agucé el oído un buen rato.

La casa estaba en silencio.

Asomé un momento la cabeza y, como en un principio no vi a nadie, volví a mirar de nuevo para examinar el interior. Ante mí tenía una sala que sin duda se usaba como almacén. Vi también la cocina y, más allá, la sala delantera; la distribución era prácticamente igual que la de la casa de Nenet. La habitación junto a la que me encontraba contenía altas pilas de cajas de madera, pero no logré ver lo que tenían dentro, ni si estaban marcadas de alguna manera especial. La luz era demasiado escasa, y deseé haber llevado una linterna.

Un ruido en el patio, detrás de mí, hizo que me agachara más y permaneciera inmóvil y con el corazón desbocado. Al ver pasar de largo a una gallina marrón, escarbando y picoteando a placer, solté un suspiro de alivio. Mi pulso empezó a normalizarse y ocupé de nuevo mi posición en la ventana, esforzándome por ver algo.

El golpe cayó desde atrás y lo volvió todo negro de repente.

40

VOLVÍ EN MÍ lentamente y abrí los ojos en una oscuridad total. Durante esos primeros momentos me preocupó haberme quedado ciega, pero, al comprobar mis extremidades, comprendí que me habían maniatado y que estaba en un lugar estrecho y oscuro. Mi cuerpo se dejó llevar por el pánico al instante y empecé a debatirme contra las cuerdas que me retenían las manos a la espalda. Tenía las rodillas muy cerca del pecho y también me habían inmovilizado los tobillos. Estaba encogida en posición fetal y notaba una madera burda contra mi cuerpo: una caja de transporte. Me habían metido en una caja de transporte. Cada vez que me movía contra sus paredes, se me clavaban astillas vivas en la piel.

Se me saltaron las lágrimas mientras, sin éxito, intentaba gritar contra la mordaza de trapos que habían usado para taparme la boca. Seguí luchando unos minutos más, al mismo tiempo que surcaba las olas de pánico que me arrasaban por dentro. Recé por que mi cuerpo se cansara pronto a causa de la adrenalina que recorría mi organismo. Al cabo de un rato logré cerrar los ojos con fuerza y concentrarme solo en hacer inhalaciones largas y lentas por la nariz. Así conseguí ralentizar un poco mi respiración, aunque mis pensamientos seguían girando en círculos terroríficos y todavía notaba un objeto enorme que me aplastaba el pecho.

Si quería sobrevivir, debía recuperar el control.

Me pareció una eternidad, pero seguramente no fue más de media hora lo que tardó en bajar el nivel de adrenalina, y entonces empecé a dominarme. Seguía asustada, pero ya era capaz de ordenar las ideas y repetirme frases tranquilizadoras como si fueran un mantra.

Pasos.

A medida que se acercaban, oí también una discusión que tenía lugar entre dos hombres, y el tema parecía ser yo.

—¿Qué vamos a hacer con ella ahora que la has dejado inconsciente? —siseó una grave voz masculina.

Al menos no se habían dado cuenta todavía de que había vuelto en mí. Seguí respirando con inhalaciones lentas y largas mientras sopesaba de quién podía ser esa voz. A juzgar por el fuerte acento y teniendo en cuenta dónde me habían encontrado husmeando, supuse que sería Radwa.

Un suspiro.

—Tendremos que deshacernos de ella. Era una chica encantadora, pero me temo que sabe demasiado.

Esa voz la reconocí al instante.

¡El coronel Stainton!

Sentí una punzada cerca del corazón. Era evidente que todavía esperaba que Redvers estuviera equivocado con respecto al hombre. Además, una cosa era el contrabando y otra muy diferente una agresión y un asesinato; sufrí una conmoción cuando comprendí que sería capaz de matarme a sangre fría.

Al menos parecía lamentar tener que ocuparse de mi desaparición.

—No quiero participar en otro asesinato —dijo Radwa.

Mi corazón se paró un instante. ¿Cómo que otro asesinato?

—No tuviste nada que ver con el primero —repuso el coronel con desdén—. De ese me ocupé yo mismo.

—Su propia hija... —escupió Radwa en respuesta.

Contuve la respiración un momento, mientras mi cerebro intentaba procesar esa información, y luego regresé a mis inhalaciones largas y lentas. Cuando el coronel había dicho que sabía demasiado, yo había supuesto que se refería a la operación de contrabando. ¿Estaba Radwa acusando al coronel, en cambio, de haber matado a su propia hija? Tal vez lo aclarara. No estaba convencida de que Zaki fuera responsable de la muerte de Anna, pero alguien tenía que haber sido.

—Esa pelandusca se volvió demasiado codiciosa. Igual que su madre. Si hubiera seguido mucho tiempo así, nos habría arruinado a todos. —La voz del coronel era fría y cortante—. Y tú tampoco me vengas con ocurrencias.

De no ser por la mordaza, me habría quedado boquiabierta. El hecho de que el coronel hubiera matado a su propia hija no presagiaba nada bueno para mi destino; si había sido capaz de eliminar a su propia sangre, no tendría ningún reparo en matarme a mí. Toda la simpatía y el cariño que me había despertado ese hombre se esfumaron de repente. Jamás había sospechado que fuera capaz de algo así. Teniendo en cuenta su magnífica actuación como padre doliente, puede que al final los escenarios se hubieran perdido a un gran actor.

El pánico regresó redoblado, avivado en esta ocasión por mi posible muerte inminente. Me eché a llorar, y las lágrimas me empaparon tanto el pelo como la blusa. Mi respiración era cada vez más superficial, sentía que la presión en el pecho crecía y, luego, de pronto, nada.

AL DESPERTAR, SOLO tardé un fracción de segundo en comprender que los hombres habían cargado mi caja en alguna clase de vehículo. Oía el fuerte rugido de un motor y notaba los traqueteos y los bandazos provocados por una carretera llena de baches. Tuve la suerte de controlar mejor el pánico en esta ocasión; o mi cuerpo ya estaba exhausto a causa de la adrenalina o yo empezaba a acostumbrarme a mi encierro. Di varios golpes empujando con las piernas mientras rezaba por que el ruido del motor bastara para tapar cualquier sonido que produjera. Había llegado el momento de comprobar lo bien fabricada que estaba esa caja.

Seguí dando patadas con toda mi fuerza, que no era mucha. Estaba bastante encogida allí dentro, y tumbada de lado, pero me pareció notar que la madera se movía un poco cuando golpeaba con violencia contra los tablones que tenía delante. Entre golpe y golpe me detenía para asegurarme de que mis captores no me hubieran oído, pero el vehículo seguía traqueteando. Ya tenía los pantalones llenos de sangre, justo donde mis rodillas chocaban con la madera, pero continué arremetiendo con ímpetu contra las bastas tablas.

Cuando volví a parar, oí que algo raspaba por encima de mí y me quedé helada mientras rezaba una oración silenciosa por seguir de suerte y que nadie hubiera advertido mis intentos de huida.

La suerte no estaba de mi lado.

Por encima del rugido del motor oí los crujidos que hizo la tapa de la caja al abrirse. El vehículo no había reducido la marcha siquiera, pero no tenía tiempo de preguntarme quién podía esperarme fuera de mi prisión de madera. En lugar de eso, intenté colocarme de tal forma que pudiera propinarle una buena patada a quien estuviera allí, aunque no conseguí girar del todo las piernas para colocarme bocarriba.

La tapa se abrió de repente y me preparé para lo que viniera a continuación.

Era Redvers.

Mis ojos se llenaron de lágrimas de alivio, y unas cuantas llegaron a derramarse incluso. Redvers me ayudó a ponerme en cuclillas y enseguida me quitó la mordaza, lo que me permitió tomar grandes bocanadas de aire. Los músculos se me habían agarrotado de estar ahí dentro, y Redvers tuvo que sostenerme un momento para que no me cayera hacia atrás. Cuando vio que podía tenerme sola, empezó a ocuparse de las cuerdas que me ataban pies y manos. A medida que él iba liberando mis extremidades, yo las flexionaba con cuidado para que la sangre volviera a circular por mi cuerpo hormigueante. No solo se me habían quedado dormidas, también estaban doloridas. Redvers tuvo que ayudarme a salir de mi celda. Las rodillas me sangraban y me dolía todo el cuerpo, pero, en cuanto me vi fuera del cajón, lo rodeé con ambos brazos y lo estreché con una fuerza tal que me sorprendió casi tanto a mí como a él. Nunca me había alegrado tanto de ver a otra persona.

—No debemos hacer ruido —me susurró al oído mientras traqueteábamos el uno junto al otro.

Estuve a punto de decir que el único que había hablado era él, pero el alivio que sentía era tal que no me apetecía discutir.

Ahora que estaba libre, vi que íbamos en la parte de atrás de una pequeña camioneta. Parecía un Modelo T, con su modesta cabina en la parte delantera, donde supuse que irían sentados el coronel Stainton y Radwa. Redvers y yo estábamos en un compartimento de carga de tamaño medio, con resistentes tablones de madera a los lados. Las numerosas cajas que había apiladas tras nosotros nos ocultaban de la vista de los hombres; la mía era la última que habían cargado, y eso había permitido que Redvers accediera a ella con facilidad.

—¿Cómo me has encontrado? —susurré, inclinándome hacia su oreja.

—Te he oído dando golpetazos ahí dentro. Llevaba todo el día siguiendo al coronel y, cuando han cargado la camioneta y han arrancado, he conseguido correr tras ella y encaramarme sin que me vieran.

—¿Y qué pensabas hacer cuando se detuvieran?

—Supongo que lo descubriremos juntos.

Nos agazapamos con incomodidad junto a mi antigua celda. Redvers me miró y sacó un pañuelo de un bolsillo de su túnica oscura. Llevaba una *galabiya* en lugar de su habitual traje y, cuando me tendió el pañuelo, enarqué una ceja a modo de interrogación. Al ver que señalaba mis rodillas ensangrentadas, lo acepté e hice lo que pude por limpiar el desastre. La tela de mis finos pantalones de lino tenía unos desgarrones que dejaban al descubierto unas feas heridas. El pañuelo quedó casi empapado por completo antes de que decidiera que aquello era una batalla perdida. Tendría que ocuparme de los cortes y las numerosas astillas clavadas más adelante. Tiré el pañuelo al suelo de la camioneta.

—¡Oye! —La voz de Redvers fue un susurro grave e indignado.

—¿De verdad pretendías recuperarlo?

Miró un momento al cielo antes de negar con la cabeza. No me pareció que estuviera respondiendo a mi pregunta.

—¿Sabes qué hay en las demás cajas?

—Diría que antigüedades.

Se desplazó al lado contrario de mi cajón, alejándose del extremo trasero de la camioneta, y me indicó por señas que lo ayudara a poner la tapa otra vez.

Hicimos lo posible por recolocarla y asegurarla, moviéndonos despacio para no hacer mucho ruido. Me sorprendió que los dos hombres no hubieran oído a Redvers reventarla, pero en eso habíamos tenido suerte. Al terminar, regresó a mi lado.

Me tomé un momento para observar el entorno mientras dábamos sacudidas en la superficie de carga. Íbamos en dirección a El Cairo y, puesto que era noche cerrada, se veía a muy poca gente. Cuando llegamos a las afueras de la ciudad, el vehículo redujo la velocidad, pero siguió dando bandazos, pese a que el firme era algo mejor. Redvers se desplazó hasta el borde del compartimento trasero, trepó por la portezuela y me indicó que siguiera su ejemplo. Yo abrí mucho los ojos, pero obedecí. Ya estaba llena de cortes y rozaduras ensangrentadas, así que comprendí que saldría aún más magullada. Fuera cual fuese el plan de Redvers, sabía que iba a ser doloroso.

—En el próximo giro, salta —me indicó—. Dobla las rodillas e intenta rodar al caer.

Le dirigí una mirada que le transmitió lo mucho que me entusiasmaba su plan, pero de todas formas me preparé para seguirlo. Cuando la camioneta escoró al doblar la siguiente esquina y las cajas se desplazaron un poco hacia la izquierda, Redvers se soltó del vehículo, cayó al suelo y rodó por la carretera. Yo dirigí una breve mirada a los cielos antes de hacer lo propio y lanzarme desde la camioneta en marcha.

Mi caída no resultó ni de lejos tan grácil como la suya, y noté que los pantalones se me rasgaban en varios lugares más. Me quedé un momento inmóvil en el asfalto mientras evaluaba mi cuerpo: no me había roto nada, pero tenía un sinfín de moratones y rasguños nuevos. Cuando aquello terminara, no podría moverme durante días. La camioneta siguió su camino. La oscuridad de la calle había ocultado nuestra huida.

—¿Estás bien? —Redvers me ayudó a ponerme de pie y me repasó con la mirada.

Todas las partes de mi cuerpo gritaban de dolor.

—Sobreviviré. —Comprobé mis piernas y examiné los pantalones. Más rasgones, pero nada que rayara en la indecencia—. ¿Adónde van?

—Supongo que a los muelles.

Echamos a andar en la misma dirección que había seguido el vehículo, aunque me costaba seguir el paso de Redvers, porque mi cuerpo maltratado me ralentizaba. Él se volvió para mirarme con una expresión atenta, redujo el ritmo y me agarró del brazo al ver que tropezaba.

—¿Qué plan tienes para cuando lleguemos allí? —pregunté—. ¿Llamar al inspector? Por una vez, me gustaría hablar con él... He oído al coronel confesar el asesinato de Anna.

Redvers se detuvo de repente. Yo volví a tropezar y tuve que sujetarme a su brazo, pero seguí hablando.

—Debemos contarle a Hamadi todo lo que he oído. Aunque tal vez sea mejor que se lo cuentes tú. Ese hombre no es mi mayor admirador.

—¿El coronel Stainton mató a su propia hija?

—He oído como lo reconocía delante de Radwa.

—¿Y... ha dicho por qué? —preguntó Redvers. Se había quedado tan perplejo como yo. Nos encontrábamos en una acera desierta y sus palabras producían un leve eco al rebotar en los muros de ladrillos de adobe que teníamos alrededor—. ¿Quién es Radwa?

—Creo que Radwa es el hombre al que vimos discutir con él en las pirámides. Estaba en su casa cuando me han capturado. Ahí es donde almacenan los artículos de contrabando.

No tengo muy claro por qué mató a Anna, pero ha comentado que se había vuelto muy codiciosa.

Redvers suspiró mientras echaba un vistazo a nuestro alrededor.

—Tenemos que encontrar un teléfono.

Enarqué una ceja.

—Pensaba que íbamos tras un simple contrabandista, pero, si mató a su propia hija, es mucho más peligroso de lo que creía —dijo.

—No parece que haya nada abierto —señalé mientras yo también recorría con la vista los edificios. Nos habíamos apeado en una zona cercana a los muelles en la que casi todo eran negocios, y los negocios cerraban por la noche. Allá adonde miráramos, solo había ventanas oscuras—. ¿A qué distancia está la comisaría? ¿No podríamos ir hasta allí y regresar con la policía?

Redvers sopesó esa posibilidad.

—Serán unos treinta minutos a pie desde aquí. —Echó un vistazo a mis pantalones rotos—. ¿Estás en condiciones de caminar tanto?

Mi respuesta quedó interrumpida por la camioneta cargada de cajas, que giraba la esquina en dirección a nosotros.

Habíamos perdido demasiado tiempo debatiendo sobre el siguiente paso, y esos valiosos minutos les habían dado al coronel y a Radwa la ocasión de descubrir que la primera caja de la camioneta, esa en la que me habían introducido maniatada, estaba vacía.

Ya no había tiempo de llamar por teléfono a la policía.

41

EL SONIDO DE un disparo rebotó en el edificio que teníamos más cerca, y Redvers y yo nos agachamos al tiempo que volvíamos la cabeza hacia el ruido. El coronel había asomado todo el cuerpo por la ventanilla de la camioneta y apuntaba el arma hacia nosotros con decisión. El vehículo se detuvo con un chirrido y él abrió la puerta con torpeza mientras nosotros corríamos hacia un oscuro callejón que se internaba entre los bajos edificios. A punto estuve de darme de bruces con un carro de madera que había aparcado justo a la vuelta de la esquina. Redvers me agarró del brazo y yo frené e intenté no perder el equilibrio.

—Pero ¿de dónde saca tantas armas todo el mundo? —siseé.

Redvers no hizo caso.

—Escóndete ahí debajo. Los distraeré.

No había tiempo para discutir, así que me deslicé debajo del carro. Él salió a todo correr, siguió a lo largo del oscuro callejón y fue esquivando obstáculos conforme avanzaba. Yo intenté hacerme un ovillo minúsculo ahí debajo, detrás de la robusta rueda de madera, y contuve la respiración al ver dos pares de pies masculinos que iban a la carrera. Frenaron cuando el primero tropezó con algo metálico, y un gran estrépito y un grito resonaron entre los estrechos muros.

Enseguida continuaron. Radwa y el coronel seguían a Redvers a poca distancia, pero no tanto como para darse cuenta de que nos habíamos separado.

Agradecí el galante esfuerzo que estaba haciendo mi compañero para intentar alejar a esos hombres de mí. Sin embargo, si creía que iba a quedarme esperando quietecita mientras esos dos maleantes acababan con él y luego regresaban a buscarme, estaba muy equivocado.

Cuando oí los pasos a una distancia razonable, me contorsioné para salir de debajo del carro, momento en el que noté todas y cada una de las magulladuras y los golpes del día. Aun así, no tenía tiempo para lamerme las heridas.

Me dije que había dos opciones: ir tras los hombres o intentar encontrar un teléfono para llamar a la policía.

Buscar un teléfono me llevaría demasiado tiempo, así que seguí la misma dirección que ellos mientras buscaba algo que pudiera servirme como arma. El callejón parecía ser un vertedero lleno de basura y objetos rotos. El suelo estaba cubierto de cristales y cajas descartadas con restos de verduras y, al pisar algo húmedo y bastante blando, cerré los ojos en lugar de mirar qué era. Tendría que añadir mis zapatos a la lista de causas perdidas.

Empecé a desesperarme. No encontraba nada que pudiera usar como arma, y eso que, cuanto más me internaba en el callejón, más basura tenía que retirar con los pies. Había pensado que encontraría un trozo de tubería o una pieza de metal que poder blandir, pero no hubo suerte. Regresé sobre mis pasos con la esperanza de que Redvers corriera más deprisa que el coronel Stainton y su compinche.

Llegué a la esquina donde estaba el carro, todavía buscando algo con lo que improvisar un arma. Asomé la cabeza con cautela hacia la calle principal; los había visto a los dos corriendo tras Redvers, pero me ponía nerviosa no saber muy bien dónde se encontraban.

La calle estaba desierta, pero habían dejado la camioneta en un ángulo que bloqueaba casi toda la calzada.

Cuando corrí hacia allí, sentí un alivio enorme al oír el rumor del motor. Con las prisas, Radwa se había olvidado de apagarlo. Aunque en Estados Unidos había recibido rudimentarias clases de conducción, no tenía ningún deseo de verme obligada a poner en marcha la camioneta yo sola y acabar arrancándome el brazo con la manivela. Me subí al asiento del conductor y apreté el embrague para poner la marcha atrás. Pisé el pedal del acelerador poco a poco, intentando calibrar la sensibilidad, y la camioneta salió disparada hacia atrás.

Vaya, pues sí que era sensible el acelerador...

Volví a pisar el embrague hasta el fondo para poner primera y reduje el gas, rezando por que el motor no se calara. Entonces hice girar la camioneta en una curva bastante amplia y las cajas se escoraron peligrosamente hacia el lado contrario de la superficie de carga. Me estremecí y esperé que las antigüedades sobrevivieran a lo que iba a suceder a continuación.

No tenía ni idea de hacia dónde habían ido los hombres, tampoco de si el callejón por el que habían desaparecido tenía salida. Por el bien de Redvers, esperé que no nos hubiéramos metido nosotros solos en una trampa. Di un giro brusco hacia la izquierda, las cajas volvieron a deslizarse y, durante varios segundos, me preocupó que el desplazamiento del peso pudiera desequilibrar el vehículo. No estaba segura de lo robusto que era, pero las cuatro ruedas siguieron pegadas al suelo, así que aceleré por la calzada hacia donde intuía que se encontraba la salida del callejón.

Como no veía a ninguno de los hombres por ninguna parte, reduje la marcha y puse la camioneta en punto muerto unos instantes para intentar oír algo por encima del considerable rugido del motor. No tenía la opción de apagarlo y aguzar el oído; jamás habría conseguido ponerlo en marcha otra vez. Creí percibir unas voces a mi derecha, así que giré hacia allí, pero volví a encontrarme con el saludo de una calle vacía. La frustración hizo que arrugara la frente. Empezaba a temer que el robo de la camioneta había sido un mal plan cuando oí lo que, sin lugar a dudas, era un grito. Metí la primera y me aferré al enorme volante con ambas manos mientras conducía hacia el sonido.

Cuando el estruendoso motor dobló la siguiente esquina, estuve a punto de atropellar a Redvers. Menos mal que tenía muy buenos reflejos y logró agacharse y apartarse de los neumáticos de la camioneta en el último instante. El coronel no fue tan afortunado. Los frenos del vehículo no eran igual de sensibles que el acelerador, y no logré detenerlo antes de que el hombre rebotara contra el extremo derecho de la parrilla de la camioneta.

Noté un desagradable golpetazo.

Radwa iba justo detrás de él y, aunque pisé el freno a fondo, la camioneta lo tiró al suelo. Desapareció bajo la parte delantera del vehículo y yo hice una mueca al notar otro golpe con la rueda derecha. La camioneta por fin se detuvo y apagué el motor.

El repentino silencio casi resultó ensordecedor tras el rumor y los gritos de momentos antes. En la calle no se oía nada más que los chasquidos del motor... y los gemidos del coronel, que estaba tirado en el suelo. Redvers lo desarmó antes de que yo pudiera bajar de la camioneta siquiera.

—¿Radwa también lleva pistola? —pregunté a gritos.

Me acuclillé junto a la rueda delantera izquierda e intenté mirar bajo la camioneta. Si Radwa tenía algún arma, esperaba poder ocultarme tras el gran neumático antes de que lograra disparar.

—No, solo he visto la del coronel. —La pistola en cuestión apuntaba ya al hombre con firmeza—. Aunque eso no significa que no pueda ir armado, claro.

Asentí, pese a que Redvers no podía verme. Como no se oía ningún sonido procedente de debajo de la camioneta, pensé que Radwa estaría ganando tiempo o que habría quedado inconsciente tras el impacto. Eso último parecía más probable. Me puse de pie y me sacudí el polvo, aunque sabía que no había nada que hacer. Todo mi conjunto se iría directo al cubo de la basura.

Me acerqué al coronel con las piernas temblorosas y bajé la mirada hacia él con las manos en las caderas. Tumbado en la grava, el hombre se balanceaba, gimiendo mientras intentaba alcanzarse la parte baja de la pierna. El primer golpetazo que había notado, por supuesto, había sido la camioneta al pasar por encima de su pierna. O tal vez su pie. Era difícil de concretar, pero sentí el impulso de darle una patada para descubrir dónde le dolía exactamente.

Me contuve.

—Supongo que ahora sí necesitará ese bastón de verdad. —Noté que me temblaba un poco la voz.

No estaba ni mucho menos tan calmada por dentro como esperaba que pareciera desde fuera.

Redvers me dirigió una gran sonrisa.

—Seguro que sí.

42

Necesitábamos un teléfono.

Pese a no hablar árabe, me ofrecí voluntaria para ir a buscar uno, ya que estaba demasiado temblorosa para apuntar a los cautivos con un arma. Sería capaz de disparar por accidente, a ellos o a otra persona. Aunque no habría lamentado mucho lo que le ocurriera a ninguno de esos criminales.

Caminé a lo largo de dos manzanas, hasta una calle donde los edificios eran más altos. Unos balcones pequeños con barandillas de hierro forjado decoraban los muros por encima de mi cabeza, y la colada tendida en muchas ventanas indicaba que, por encima de los locales comerciales, había familias que vivían en las plantas superiores. Llamé a varias puertas dando golpes hasta que conseguí despertar a alguien. El hombre que por fin me abrió estaba despeinado y bastante exasperado, pero con una serie de gestos de las manos le indiqué que necesitaba un teléfono. Vi que se estaba planteando cerrarme la puerta en las narices, pero al final me acompañó a regañadientes una manzana más allá, donde él mismo se puso a dar golpes en una puerta de madera medio desconchada. Nos abrió otro tendero somnoliento, y yo sonreí con cortesía mientras los dos no hacían más que gesticular con enfado. El segundo tendero acabó haciéndose a un lado y me dejó usar su teléfono. Logré que la operadora entendiera que quería hablar con la policía repitiendo varias veces el nombre del inspector Hamadi; el inglés de la mujer era tan malo como mi árabe, pero Hamadi era un hombre conocido y pude comunicarme con la comisaría.

La policía llegó unos minutos después y, a partir de ahí, todo sucedió muy deprisa. Hamadi se negó a reconocer que yo podía haber sido útil en modo alguno y me ignoró por completo, mientras que elogiaba la rapidez de reflejos de Redvers al capturar a los dos hombres. Puse los ojos en blanco a espaldas del inspector —varias veces— y Redvers aceptó los cumplidos con indiferencia tras entregarle el arma del coronel.

Se alegró de dejar la custodia del criminal en manos de un entusiasta grupo de agentes. Más policías sacaron a Radwa de debajo de la camioneta. Estaba algo magullado, pero tampoco había salido muy mal parado, teniendo en cuenta que acababa de atropellarlo. Radwa, en efecto, había quedado inconsciente tras golpearse la cabeza contra la calzada de tierra compactada. Era evidente que tenía la pierna rota, y probablemente también varias costillas.

Cuando la adrenalina que había circulado por mi organismo se agotó, todo el cuerpo empezó a temblarme y busqué un lugar donde sentarme por allí cerca. Redvers abandonó su posición junto a Hamadi y se unió a mí.

—Siento no tener una americana que ofrecerte hoy —dijo, y señaló su larga túnica.

—No pasa nada. —Me maravillaba que mi voz sonara tan serena después de esa noche tan angustiosa—. La verdad es que no tengo frío. Creo que estoy conmocionada.

Intenté sonreír, pero fue más bien una mueca.

Redvers se sentó a mi lado, apoyó la espalda contra la pared de estuco y estiró sus largas piernas.

—Bueno, parece que la policía lo tiene todo controlado —señaló—. Veré si consigo que alguien nos lleve a casa.

—¿No vamos en la camioneta? —pregunté—. Le he cogido bastante cariño.

Sonrió.

—La necesitarán como prueba. Esperemos que todas las piezas de esas cajas puedan regresar a Engelbach y consiga averiguar de dónde proceden. Estará encantado. —Me miró—. Por cierto, no estoy seguro de dejar que conduzcas otra vez en una buena temporada.

—Lo dirás en broma. Te he salvado la vida con esa camioneta.

—Más bien casi me la quitas. —Entonces se puso serio—. Tengo que darte las gracias por venir a mi rescate, una vez más.

—No sé cómo te las arreglabas antes sin mí. —Esta vez conseguí sonreír de verdad, y recibí una sonrisa suya en respuesta—. Yo también tengo que darte las gracias, por alejar al coronel y a Radwa de mí al principio. Formamos un buen equipo.

Redvers estuvo de acuerdo y me estrechó la mano.

Cuando levantamos nuestros cuerpos entumecidos del suelo, el inspector Hamadi había decidido que, en lugar de dejarnos regresar al hotel, lo acompañaríamos a comisaría para prestar declaración. Ni siquiera las protestas de Redvers lograron hacerle cambiar de opinión. La mayoría de los agentes habían llegado con pequeñas motocicletas, así que nos metieron en uno de los pocos coches patrulla y recorrimos los kilómetros que nos separaban de la comisaría principal dando bandazos. Redvers tenía razón: me habría costado recorrer esa distancia a pie, teniendo en cuenta el estado en que me encontraba.

Al llegar a la comisaría, el cielo empezaba a iluminarse y Redvers me dio un codazo para despertarme cuando el coche se detuvo; ya no era capaz de mantener los ojos abiertos. Miré alrededor y comprendí que estábamos más cerca del centro y del museo. La tenue luz del amanecer se reflejaba en el rosa claro de la fachada de la comisaría. Su aspecto de abandono me sorprendió bastante. Jamás habría pensado que el exigente inspector Hamadi tolerara algo así.

Nos hicieron cruzar el vestíbulo y nos condujeron a la zona principal de oficinas. Unos escritorios de madera llenos de marcas se apretaban en un espacio bastante escaso, al fondo del cual había dos despachos. Supuse que uno de ellos sería el del inspector. Oí que hacían entrar también al coronel; sus gritos de dolor se alternaban con indignadas bravatas. Nadie tenía la menor consideración con su pierna herida, y descubrí que no sentía ni pizca de lástima por él. Los agentes se lo llevaron a una sala de interrogatorios en una parte diferente del edificio y decidí no preguntar dónde quedaba eso. No quería darle ideas a Hamadi sobre dónde debían sentarme a mí.

Nos tomó declaración un agente con un bigote rizado que, por suerte, era muy hábil con la máquina de escribir y tecleaba a buen ritmo mientras nosotros ofrecíamos nuestros relatos. Redvers, siempre tan caballeroso, me dejó declarar a mí primero. Hamadi se sentó junto al agente con cara de pocos amigos y me interrumpió numerosas veces con preguntas bruscas. De no ser por el inspector, habríamos terminado en menos de una hora. Mientras Redvers prestaba declaración, yo me senté derrengada en una silla y apoyé la cabeza en la pared. Al cabo de unos instantes, estaba dormida.

Cuando nos dejaron marchar, el sol ya había salido del todo y yo casi deliraba a causa del agotamiento.

El trayecto hasta el hotel transcurrió como en una bruma; solo recordaba vagamente a Redvers ayudándome a llegar a mi habitación. Me metí en la cama y unas manos fuertes me taparon con la sábana. Cuando desperté, el sol ya se estaba poniendo y, a juzgar por el reloj, iba a llegar tarde a cenar. Aun así, y pese a los rugidos de mi estómago, no me apresuré. Necesitaba darme un baño y pasar a ver cómo se encontraba mi tía antes de bajar al comedor.

Llené la bañera con agua tibia y me metí dentro. Los cortes y los rasguños protestaron, sobre todo al ir limpiándolos uno a uno con cuidado. Dejé mis músculos magullados en remojo hasta que el agua fría y el estómago vacío me obligaron a salir de la bañera. Busqué la ropa más holgada que tenía y me vestí antes de cruzar el pasillo para llamar a la puerta de Millie. Intenté prepararme para lo peor, por si había ocurrido algo mientras yo no estaba. El doctor Williams abrió la puerta y me repasó de arriba abajo con la mirada.

—Ha tenido usted días mejores, señorita.

Asentí.

—La noche ha sido larga, doctor Williams. ¿Cómo está mi tía?

El médico sonrió mucho. Fue una sonrisa sincera, la primera que le había visto desde que lo conocía.

—Es una vieja mula resistente. Hoy ha estado todo el día levantada y dando vueltas, pero la he obligado a acostarse otra vez. Dentro de unos días estará como nueva.

Sonreí. Era un alivio saber que seguía mejorando.

—La señorita Lillian y la otra muchacha han bajado a cenar un poco, pero pronto volverán. Ahora su tía está descansando.

El médico me apartó del umbral, salió conmigo al pasillo y cerró la puerta tras él.

Cuando Millie estuviera recuperada, tendría una conversación muy seria con ella para convencerla de que se lo confesara todo a Lillian, si es que la joven no lo sabía ya. La vida era muy corta, y las dos merecían tener la oportunidad de pasar más tiempo juntas, sin mentiras ni secretos. Por el momento, sin embargo, dejaría que recobrara fuerzas.

El doctor Williams volvió a mirarme.

—¿Quiere que la examine? —Señaló con la cabeza los cortes visibles en mis brazos y mis muñecas.

Hice un gesto negativo. No pensaba que fuesen tan graves como para requerir atención médica.

—De todos modos le enviaré un poco de bálsamo. Póngaselo en esas abrasiones.

Me toqué con cautela las rozaduras que la cuerda me había dejado en las muñecas y le di las gracias. Pensé en enseñarle el destrozo de las rodillas, pero decidí no hacerlo. Tenían mejor aspecto después de haberlas lavado, y no se podía hacer mucho más que mantenerlas limpias y secas. Le consultaría si empezaban a infectarse.

Conseguí arrastrarme hasta el comedor, bastante animada al saber que Millie mejoraba deprisa, pero con el cuerpo llorando de dolor. Me planteé retirarme a mi habitación a darme otro baño después de cenar. O tal vez cediera y fuese a pedirle un analgésico al médico.

Un rostro nuevo me saludó en la entrada del comedor: un joven sonriente, con el pecho hinchado de orgullo por su nuevo puesto. Le sonreí, pero su alegre porte me entristeció, pues recordé lo que había sido de Zaki. Cuando me preguntó si esperaba a alguien, negué con la cabeza y le dije que estaba buscando a unos amigos.

Mientras paseaba la mirada por la sala, vi a Redvers en una mesa con Charlie y Deanna, y enseguida me animé.

Cojeé hasta llegar a ellos y tomé asiento, aunque ya casi habían acabado de cenar. El camarero apareció al instante y pedí un guiso de lentejas. Necesitaba comer algo, pero no soportaba la idea de nada más sustancioso que eso. Todavía tenía nervios en el estómago a causa de tanta excitación.

—Ya nos hemos enterado de lo que ocurrió anoche, Jane —dijo Deanna—. No me sorprende en absoluto que fueras tú quien salvara la situación. Las mujeres siempre al rescate, ¿verdad?

Tanto Charlie como Redvers pusieron los ojos en blanco al oír eso.

—Gracias, Deanna. —Le sonreí y luego miré a Redvers—. ¿Qué me he perdido? ¿Te ha dicho algo Hamadi sobre lo que ha pasado después de que nos fuéramos de la comisaría?

—Desde luego. Se lo estaba contando a ellos. El coronel por fin ha confesado que mató a Anna, aunque su declaración se ha producido bajo... coacción.

Torcí el gesto. Solo podía imaginar cómo habrían conseguido el inspector y sus hombres la confesión del asesino. Sentí una pequeña punzada de compasión por él, a pesar de sus crímenes y de que hubiera intentado matarme.

Redvers prosiguió:

—Afirma que fue en legítima defensa, que ella lo estaba amenazando.

Puse los ojos en blanco. Charlie soltó una carcajada y Deanna enarcó una ceja con incredulidad. Se hacía difícil pensar que lograra presentar eso en su defensa.

—Según parece, Anna pretendía chantajear a su padre por el contrabando de antigüedades, o matarlo y dirigir ella misma la operación —explicó Redvers.

—Una chica encantadora. —Deanna se encendió un cigarrillo.

—El inspector sigue preguntándose por qué atropellaste a los hombres, Jane. —En los ojos de Redvers apareció un destello inconfundible.

—Ya me lo dijo anoche... Varias veces, si mal no recuerdo. —Me encogí de hombros—. Sinceramente, no era mi intención. Los frenos iban un poco duros y no esperaba encontraros a los tres nada más doblar la esquina. ¿Ha conseguido localizar los documentos que Anna usaba para sus chantajes?

—No, la policía sigue buscándolos. Pero sí me ha dado esto.

Redvers buscó en el bolsillo interior de la americana y sacó un pequeño broche, que me entregó.

—¡Mi escarabajo! —Me lo prendí en la blusa—. Cómo me alegro de volver a verlo. Millie me lo regaló el año pasado, por mi cumpleaños —les expliqué a Deanna y a Charlie.

—Hablando de tu tía, ¿cómo se encuentra? —preguntó este.

—Mucho mejor. Hoy incluso se ha levantado y ha estado caminando. Aunque supongo que nos quedaremos aquí un poco más de lo planeado. Solo para asegurarnos de que se recupera del todo.

Charlie y Deanna cruzaron una mirada.

—Qué lástima, porque nosotros tenemos que irnos pronto —dijo ella.

—El ambiente empieza a estar demasiado caliente ahora que se ha corrido la voz sobre las trampas en las mesas de juego. Así que nos marcharemos antes de que nos lo pida la dirección. —Una sonrisa irónica curvó los labios de Charlie.

Deanna puso una mano sobre la mía.

—Cuando vuelvas a Estados Unidos, avísanos. Te dije que debíamos mantener el contacto, y lo decía en serio.

Sonreí y asentí con la cabeza. Por supuesto que tenía intención de mantener el contacto con esos dos. Unos minutos después, la pareja se excusó para subir y empezar a hacer las maletas, así que nos despedimos de ellos. Tenían pensado partir a primera hora de la mañana.

Cuando nos dejaron solos, me volví hacia Redvers.

—Todavía hay algunas cosas que me intrigan.

—¿Y cuáles son?

—¿Cómo pudieron usar la misma arma los dos hombres?

—Bueno, esa parte es interesante. Zaki robó la pistola de la habitación del médico antes de que mataran a Anna. Todo el mundo dio por hecho que fue la que usaron para asesinarla, porque había desaparecido, pero esa arma la tenía Zaki en su casa. El coronel usó su propia pistola y la guardó. Tenían exactamente el mismo modelo; eran pistolas de servicio, si lo recuerdas. Seguro que descubrirán que es la que nosotros le quitamos anoche.

—Y a nadie se le ocurrió comprobarlo porque ninguno de nosotros sospechaba del coronel. Fue muy osado al conservarla. —Solté un suspiro—. Ese día parecía destrozado. De verdad que habría sido un magnífico actor.

Redvers resopló.

—Supongo que eso también explica por qué quería que fuera yo quien entrara y encontrara el cadáver.

—Habría resultado más sospechoso que lo encontrara él mismo.

—En ese momento me pregunté por qué querría despertarla tan temprano. Era imposible que Anna Stainton fuese una persona madrugadora, pero él sabía muy bien que ya estaba muerta.

Redvers asintió con tristeza.

Terminé mis lentejas y dejé la servilleta a un lado.

—Me temo que me vuelvo directa a la cama. Tengo la sensación de que podría dormir una semana entera.

—Bueno, sin duda te lo has ganado.

Lo tomé del brazo y juntos cruzamos el vestíbulo. El empleado de recepción se cuadró nada más ver a Redvers.

—Un telegrama para usted, señor Dibble —le comunicó, agitando un sobre.

Me quedé de piedra.

—¿Dibble? ¿*Dibble*, como llaman en Inglaterra a los policías de medio pelo?

Por primera vez vi que un rubor ascendía por el cuello del abochornado Redvers. Se aclaró la garganta y me llevó a una distancia segura, lejos de oídos curiosos.

—No debes decírselo a nadie. Bajo pena de muerte, Jane Wunderly. —Su voz transmitía ferocidad, pero sus ojos suplicaban.

No pude contener un ataque de risitas bobas.

—¿De verdad te llamas Redvers Dibble? Ahora entiendo que seas tan discreto al respecto.

Sucumbí a otro ataque mientras él me fulminaba con la mirada. Negó con la cabeza y abrió el telegrama para leerlo sin quitarme ojo. Luego lo dobló y se lo guardó en el bolsillo interior mientras yo conseguía controlar la risa.

Le dediqué una mirada convenientemente sombría.

—¿Y bien? ¿Buenas noticias, Dibs? —pregunté.

Dio un paso amenazador hacia mí y se inclinó hasta que estuvimos casi nariz contra nariz. El empleado del mostrador nos miraba con nerviosismo y Redvers, de reojo, se dio cuenta, así que se irguió, me agarró del brazo y me condujo hacia un pasillo. Tenía que reconocer que seguía divertida... y que Redvers Dibble no me asustaba en absoluto.

—Voy a lamentar haberte conocido, ¿verdad?

Debía de ser una pregunta retórica, pero de todas formas contesté.

—Es muy probable.

Le dediqué una gran sonrisa y él lanzó un suspiro mirando al techo.

—¿Y bien? ¿Hay noticias? —volví a preguntar.

Se detuvo y me miró con calma.

—Parece que debo partir antes de lo esperado. —Tuvo la gentileza de poner cara de decepción.

A mí se me encogió el estómago, pero intenté hacerme la valiente y fingir indiferencia. Había esperado que se quedara algún día más, sobre todo porque parecía que yo iba a alargar mi estancia hasta que Millie estuviera lo bastante fuerte para enfrentarse al largo viaje que nos esperaba. Habría sido agradable pasar el tiempo con él mientras, sin que nuestras vidas corrieran peligro.

—¿Adónde vas?

En lugar de contestar, sonrió, y el corazón me dio un pequeño vuelco.

—Volveremos a vernos, Jane Wunderly. No te preocupes.

Me lo quedé mirando un momento antes de dar un paso hacia adelante. Deslicé una mano por su nuca a la vez que me ponía de puntillas y bajé su rostro hacia mí. Cuando sus suaves labios se encontraron con los míos, una corriente eléctrica cruzó entre los dos.

Y lo besé. A conciencia.

Al separarnos, fui yo quien sonrió. Di media vuelta y salí a la terraza mientras lo dejaba plantado en el pasillo con una expresión de asombro en la cara. Pensé que habría que celebrarlo con una copa fría. Quizá un *gin-tonic*.

¿Volver a vernos? No me preocupaba en absoluto.

Agradecimientos

Tengo muchísima gente a quien dar las gracias, y puede que incluso parezca que les estoy agradecida a todas las personas a quienes he conocido, así que abróchense los cinturones.

Quiero dar las gracias a mi increíble agente, Ann Collette. Qué afortunada soy de tenerte.

Gracias a mi maravilloso editor, John Scognamiglio, con quien ha sido un verdadero placer trabajar. Mi enorme agradecimiento al resto del equipo de Kensington, que me han hecho el trabajo mucho más fácil y han conseguido que este libro cobre vida.

Gracias a Zoe King. Sin ella, jamás habría enviado este libro, para empezar. Le estoy muy agradecida por su maestría en la edición de textos, su apoyo y su ánimo. Te quiero, Z.

Gracias a Tasha Alexander y a Andrew Grant por su apoyo, su ánimo y sus consejos. Y también por ofrecerme un refugio donde conseguí adelantar mucho trabajo. Os quiero con locura.

Gracias a mis viejísimas y queridísimas amigas: Kate Conrad, Jenny Lohr, Erin MacMillan, Beth McIntyre, Katie Meyer y Megan Mueller. Os quiero y os valoro más de lo que puedo expresar con palabras.

Chris Hammond. Tú también eres bastante viejo. Un viejo amigo, quiero decir.

Gracias a mis lectores beta, algunos de los cuales vieron versiones muy iniciales de este texto, y que el cielo les pague por haberme animado a continuar: Tasha Alexander, Susie Calkins, Dana Cameron, Kate Conrad, Jordan Foster, Carrie Hennessy, Tim Hennessy, Katrina Niidas Holm, Jess Lourey, Megan Mueller, Mandi Neumann y Clare O'Donohue.

Me siento increíblemente afortunada por haber sido aceptada en el mundo de la novela de misterio; aquí he encontrado a mi tribu, de verdad. Son algunas de las personas más amables, más generosas y con más talento que conozco. Muchos de ellos me han ofrecido su apoyo, consejos y palabras de aliento, y en algunos casos incluso me han hecho publicidad, así que un agradecimiento especial para: Tasha Alexander, Gretchen Beetner, Lou Berney, Terri Bischoff, Susanna Calkins, Hilary Davidson, Matthew FitzSimmons, Andrew Grant, Alex Grecian, Chris Holm, Katrina Niidas Holm, Rob Hart, Linda Joffe Hull, Dana Kaye, Elizabeth Little, Jess Lourey, Jamie Mason, Nadine Nettmann, Mike McCrary, Catriona McPherson, Lauren O'Brien, Lori Rader-Day, Johnny Shaw, Jay Shepherd, Victoria Thompson, Ashley Weaver, James Ziskin. Si me he dejado a alguien, seguramente es que me debe una cerveza. O yo le debo una.

Mi especial gratitud a Brad Parks por no leer nada que haya escrito yo.

Gracias a Jon y a Ruth Jordan, y a Richard Katz por presentarme en el mundo de la novela de misterio para empezar. Y a la familia de Crimespree: Dan y Kate Malmon, Tim y Carrie Hennessy, Bryan VanMeter y Kyle Jo Schmidt. Un agradecimiento extra para el equipo de Milwaukee: Daniel Goldin, Rochelle Melander, Nick y Margret Petrie. Las presentaciones son mejores si vosotros estáis ahí.

Gracias a Walid Ghonem, el guía más afectuoso y con más conocimientos que cualquiera podría desear. Tuvo la gentileza de responder a todas mis preguntas y nos hizo pasar unos días maravillosos en Egipto.

Todo mi amor, además de mi agradecimiento, a mi madre, Dorothy Neubauer, a mi hermana, Rachel Neubauer, y a mis tías Sandy, Sara y Sue. Mi amor y mi gratitud también a los demás miembros del extenso clan Neubauer, que me han apoyado durante esta aventura: Justin y Christine Kierzek, Jeff y Annie Kierzek, e Ignacio Catral. Que no decaiga lo raro, chicos.

Un abrazo enorme a mis hijastros: Angel, Mandi, Alex y Andie.

Gracias, siempre, a Beth McIntyre. Nada de esto es posible sin ti.

Y gracias a mi marido, Gunther. Su amor y su apoyo inquebrantables me mantienen cuerda.

Recibí la noticia de que este libro iba a publicarse exactamente un mes después de que mi padre, el jefe de policía Scott Neubauer, falleciera de manera inesperada. Para mí fue un momento agridulce: mi padre era mi mayor animador y mi seguidor más incondicional. Habría movido cielo y tierra si se lo hubiera pedido, y espero que sepa que al final lo hemos conseguido.

¿Cuáles son las claves de un perfecto *cozy crime*?

EL *COZY CRIME* es un género literario que se desarrolla normalmente en localidades pintorescas, con personajes simpáticos y mantiene una tensión dramática hasta el final con un especial tono de humor. Se distingue de la novela negra (*noir*) en que el crimen es amable. El investigador es una persona común, un detective *amateur* que tratará de resolver el enigma con su astucia y con ayuda de algún amigo que hará por el camino. Este género se caracteriza por transportarnos a pintorescas y exóticas comunidades, donde los crímenes ocurren sin perturbar la aparente tranquilidad del lugar. Este tipo de género también presenta historias llenas de intrigas, pero con un toque ligero y humorístico, más centradas en el desarrollo de la trama y los personajes y que, en general, generan una sensación apacible. Las novelas *cozy crime* evitan tratar temas oscuros e incómodos, centrándose así en el ingenio y deducción de la historia.

Por ello, el *cozy crime* plantea también un reto: ¿podrá el lector resolver el crimen antes que el detective? Como en una auténtica partida de Cluedo, estas novelas dejan las pistas necesarias para captar la atención del lector y convertirlo en un verdadero investigador. Son libros que tienen la garantía de un final reconfortante, por lo que su componente de entretenimiento se sumará a la sensación *feel good* de leerlo. Esta tendencia está dirigida a un público muy amplio ya que atrae a lectores de todas las edades y géneros.

Pese a que el término de *cozy crime* fue acuñado a finales del siglo xx, las bases de este género tienen su origen en la época dorada de la ficción policíaca, con autoras como Agatha Christie, Josephine Tey o Dorothy L. Sayers. Quizás la primera abanderada de esta clase de personaje es Miss Marple creada por la reina del género, Agatha Christie, que resolvía misterios allá donde no llegaba Scotland Yard.

Muerte en El Cairo reúne todos los elementos de un exquisito *cozy crime*, ya que entrelaza escenarios exóticos, asesinatos, romance y humor. La historia se enriquece con una ambientación en un hotel de lujo durante los años 20, donde coinciden viajeros de todo el mundo. Cuenta con una protagonista encantadora con un talento especial para meterse en líos y un variopinto elenco de personajes al más puro estilo Agatha Christie.

Guía de lectura

Contexto histórico

EL MENA HOUSE, actualmente Marriott Mena House, abrió al público como hotel en 1886 bajo el nombre de *The Mena House*, todavía en los inicios de la egiptomanía.

Fue el primer hotel de Egipto en tener piscina y pionero en permanecer abierto durante todo el año. Además, ha sido escenario de algunas de las más importantes conferencias y cumbres de paz del siglo XX.

En él se han alojado destacadas personalidades del siglo pasado, como varios príncipes de Gales y duques de Windsor, Winston Churchill, Roosevelt, Nixon, Jimmy Carter, Anwar el-Sadat, el sha Rezah Pahlavi o el Aga Khan IV; celebridades de la talla de Arthur Conan Doyle, Frank Sinatra y Agatha Christie; actores y actrices célebres, desde Jane Fonda a Roger Moore, pasando por Charlton Heston, Chaplin y Omar Sharif.

Por tanto, más que de un hotel, cuando hablamos del Mena House, hablamos de toda una leyenda, y del escenario principal de *Muerte en el Cairo*, un lugar adonde acuden viajeros del mundo entero para divertirse, tomar copas, participar en lujosas fiestas o dedicarse a las apuestas y los juegos del azar.

Huéspedes del hotel Mena House.

La egiptomanía y el expolio

La fascinación por el antiguo Egipto por parte de los europeos y norteamericanos tuvo se origen en las incursiones de Napoleón en ese país, en las cuales lo acompañaban numerosos científicos y expertos, lo que provocó un enorme interés por la historia y los monumentos egipcios. Esta corriente tuvo un gran auge a finales del siglo XIX, época en la que se logró descifrar los jeroglíficos y se empezaron a descubrir los grandes yacimientos de la civilización faraónica.

En paralelo a las excavaciones, se inició el expolio de objetos de arte, que se convierte en uno de los temas de fondo de esta novela.

En palabras de la autora

«ALGUIEN ME ACONSEJÓ una vez que escribiera lo que quisiera leer. Así que lo hice. Me encanta leer misterios históricos y quería escribir uno que fuera divertido y estuviera ambientado en el Egipto de los años veinte. Crecí viendo películas en blanco y negro junto a mi padre, muchas de Cary Grant y Humphrey Bogart, y otras basadas en novelas de Agatha Christie, así que mi idea era que *Muerte en El Cairo* se pareciera a esas viejas películas.»

Preguntas para el debate

1.- Jane Wunderly, la protagonista de *Muerte en el Cairo*, forma parte de la oleada de turistas adinerados que acuden al lujoso Mena House para disfrutar de sus comodidades y de su ubicación inmejorable. ¿Cómo sería para ti un día ideal en el hotel si fueras uno de sus huéspedes?

2.- La tía Millie busca un pretendiente para su sobrina, pero lo último que desea la joven viuda es volver a casarse. ¿Cómo describirías su breve matrimonio?

3.- A pesar de las reticencias de Jane, Redvers parece el candidato ideal para ganarse su corazón: es un apuesto y gentil caballero británico, es soltero y se dedica a la banca. ¿Qué lo hace tan enigmático?

4.-La novela cuenta con un elenco de personajes secundarios que no responden a estereotipos y que reflejan una diversa procedencia social y cultural, ¿cuál es tu personaje favorito y por qué?

5.- A pesar del carácter extrovertido de la tía Millie, durante la estancia en El Cairo su sobrina se da cuenta de lo poco que sabe de ella. «Millie era una mujer de quien habría apostado que ya nada podría sorprenderme. Y habría perdido la apuesta.» ¿Te sorprendió tanto como a Jane el gran secreto de su tía?

6.- La autora se declara admiradora de Agatha Christie, y *Muerte en El Cairo* no deja de ser un homenaje a la gran dama británica del suspense. ¿En qué te ha recordado esta novela a clásicos como *Asesinato en el Orient Express* o *Muerte en el Nilo*?

7.-Los turistas no solo acudían al hotel Mena House por su atractiva oferta de servicios, también huían de la Ley Seca que imperaba en Estados Unidos. ¿Recuerdas alguna escena o comentario en la que esta circunstancia quede reflejada?

8.- Jane y Redvers forman una encantadora pareja de investigadores. ¿A qué actores te imaginarías interpretándolos?

9.- «Prefiero una discusión con una mujer inteligente a dos minutos en compañía de una que solo tiene sonrisas tontas». ¿Qué personaje pronuncia esta frase?

10.-*Muerte en el Cairo* ofrece un misterio *cozy* y unos personajes carismáticos que la alejan de las novelas *Shoot'em up* que estuvieron muy de moda en la década de los treinta, con detectives duros y damiselas en apuros. ¿Cuál de los dos géneros te atrae más como lector y por qué?

Aquí puedes comenzar a leer el
nuevo libro de ERICA RUTH NEUBAUER

PELIGRO EN EL ATLÁNTICO

1

Los quejidos metálicos del gigantesco transatlántico que se separaba del muelle de Southampton quedaban casi ahogados por las ensordecedoras exclamaciones que procedían tanto del barco como de la orilla. A nuestro alrededor, un sinfín de manos agitaban festivos pañuelos blancos —minúsculas banderas de rendición que se entregaban a la travesía—, y largas serpentinas de una infinidad de colores adornaban las barandillas y el cielo por encima de nosotros. Veía la robusta silueta de mi tía Millie en tierra, de pie junto a su esbelto prometido, lord Hughes, y su hija Lillian. Millie apenas había ofrecido un mecánico gesto de adiós antes de impacientarse ante el prolongado ritual, pero Hughes y Lillian seguían despidiéndose alegremente con la mano mientras nos alejábamos.

Redvers y yo nos encontrábamos entre el disciplinado gentío de la cubierta de primera clase, desde donde lanzamos unos cuantos adioses a mi prima y a su padre antes de bajar los brazos. Me puse a observar entonces a los adinerados viajeros que nos rodeaban, haciendo lo posible por que mi interés pareciera casual.

—Me pregunto qué pinta tendrá un espía —mascullé.

Apoyado en la barandilla de teca y con un pie en el travesaño inferior, Redvers se limitó a lanzarme una mirada divertida. Estaba muy apuesto con ese abrigo de lana color carbón y su gorra de *tweed*; algo informal, tal vez, pero reparé en que muchos de los pasajeros masculinos llevaban un atuendo similar. En lugar de quedarme embobada contemplando sus hombros anchos, me subí un poco el cuello del abrigo para protegerme del relente marino y miré desde la barandilla hacia la aglomeración que teníamos justo por debajo, en las cubiertas de segunda y tercera clase. Me habían informado de que ya no las llamaban «bodegas»: una mejora de la terminología, aunque sin duda no de las dependencias. Tenía la suerte de estar en primera clase durante la travesía gracias a la generosidad del Gobierno británico; si no hubiera sido por eso, me habría encontrado entre el caos humano de ahí abajo. Así que tenía toda la intención de cumplir con mis obligaciones, lo cual implicaba estar ojo avizor para desenmascarar a un agente alemán.

Me volví de nuevo hacia el selecto grupo de viajeros que nos rodeaban, y estaba contemplando a mis compañeros de pasaje cuando me llamó la atención una mujer alta que nadaba dentro de un lujoso abrigo de pieles de zorro plateado. Me estremecí un poco; pese a la elegancia de la prenda, siempre sentía lástima por los pobres animales. Estaba en la barandilla, a solo unas personas de distancia, así que reparé en que sus facciones eran quizá demasiado angulosas para considerarla una belleza clásica, pero iba maquillada con destreza y tenía unos ojos verdes y luminosos que contrastaban con su melena pelirroja. Iba agarrada del brazo de un hombre con barba, más o menos de la misma altura y, por la forma en que se aferraban el uno al otro y se murmuraban al oído, supuse que aún estaban en los albores de una relación. Él iba muy peripuesto, aunque los pantalones que llevaba le estaban un pelín cortos y los zapatos pedían un cepillado a gritos. Entonces volvió la cabeza ligeramente hacia mí y pude observarlo con mayor detalle; no solían gustarme los hombres con vello facial, pero llevaba una barba muy recortada que le sentaba bien a sus rasgos fuertes y oscuros. Cuando la exhibición pública de cariño entre ambos se volvió demasiado íntima, me giré hacia Redvers.

—¿Bajamos a nuestras dependencias, señora Wunderly?

Me ofreció un brazo y yo apenas dudé un instante antes de aceptarlo.

El barco se había alejado lo bastante del muelle para que la gente empezara a abandonar poco a poco las barandillas y a ocuparse cada cual de sus asuntos, de modo que era hora de averiguar cómo nos repartiríamos el camarote durante la inminente travesía. Recorrimos la larga cubierta de paseo antes de cruzar una puerta y entrar en otro mundo. En cuanto se estaba dentro del barco, era fácil olvidar que viajaba uno en lo que venía a ser una ciudad flotante; el interior parecía una gran casa señorial con maravillosos revestimientos de roble en las paredes y una suntuosa moqueta bajo los pies. Nos dirigimos a la majestuosa escalera de primera clase de la parte frontal del barco —una de las dos que había—, y enseguida levanté la mirada para admirar la cúpula de cristal que se abría en lo alto y permitía que la luz iluminara toda la zona. Las balaustradas de madera noble que delimitaban el espacio estaban realzadas por filigranas de bronce y hierro, y percibí con la mano el tacto suave del contundente pasamanos de roble mientras descendíamos un nivel, hasta la cubierta B. Había tres ascensores disponibles para bajar a los pasajeros a las diferentes cubiertas inferiores, pero dudaba que fuera a utilizarlos. Prefería seguir maravillándome con la preciosa decoración, como el elegante reloj enmarcado por un panel de hermosas tallas que había en la pared de enfrente.

No tuvimos que andar mucho para llegar a nuestro camarote, donde Redvers sacó la llave para abrir. Por la puerta que conectaba las dos estancias de la *suite*, vi que ya habían dejado allí nuestros baúles, que nos esperaban en el dormitorio anexo.

Me detuve en el umbral para dejar que mis sentidos asimilaran el lujo de la habitación. Un pequeño escritorio ocupaba un rincón junto a lo que solo podía suponer que era una chimenea falsa, encima de cuya repisa de madera labrada colgaba un intrincado espejo ovalado. Contemplé el espejo con cierta reserva; esperaba que estuviera bien fijado a la pared, porque en caso de temporal podía causar graves daños a cualquier ocupante del salón. A cada lado de la chimenea se abrían dos ventanas con cortinas de seda gris que dejaban entrar más luz de la que habría creído posible a bordo de un barco. En el otro extremo había una mesa modesta con varias sillas bien colocadas, y el resto del espacio lo ocupaban dos sillones de tapicería mullida. Las paredes estaban revestidas de roble y tenían unas molduras decorativas que enmarcaban los diferentes recuadros. En general, era un alojamiento pequeño, pero cada centímetro estaba tan bien aprovechado que resultaba mucho más amplio de lo que había imaginado.

Entonces se me fueron los ojos hacia el dormitorio, y nuestro acuerdo de pernoctación empezó a cobrar realidad ahora que estábamos en la habitación los dos solos. Juntos.

—Hmmm… ¿Estás seguro de que teníamos que viajar como marido y mujer?

A Redvers se le iluminó la mirada con un brillo burlón.

—¿Tanto te repele la idea de estar a solas conmigo?

Él sabía muy bien que no, pero me alegró que dejara de lado el tema del matrimonio, sobre todo teniendo en cuenta que ese vínculo era algo delicado para mí a causa de la que había sido una unión desastrosa con el difunto Grant Stanley.

—Bueno, no es que me revuelva el estómago, pero esta *suite* es bastante pequeña.

Una leve sonrisa le asomó a los labios, aunque la contuvo enseguida.

—Ya es tarde para cambiar de opinión y lo cierto es que todo resultará más fácil si interpretamos el papel de casados mientras estamos a bordo. Así habrá muchas menos preguntas sobre por qué pasamos tanto tiempo juntos.

Por lo menos en eso llevaba razón. Habíamos hablado del tema largo y tendido cuando accedí a ayudarlo en la investigación. Al final me avine al plan, puesto que un hombre casado que viajaba con su mujer llamaba mucho menos la atención que un soltero que viajaba solo. O una soltera, para el caso. Todo eso, desde luego, se lo habíamos ocultado a mi tía, que creía que ocuparíamos camarotes separados durante la travesía. Ojos de Millie que no ven, corazón de Millie que no siente.

Redvers se aclaró la garganta y unió las manos tras la espalda.

—Además, yo dormiré aquí, en el salón, así que no tienes que preocuparte por eso.

—Ah… —fue todo lo que logré proferir.

Eché un vistazo a los dos silloncitos y volví a mirar a Redvers. Me pregunté cómo pensaba arreglárselas; era demasiado alto para nada que no fuera dormir en el suelo, y sentí una punzada de culpabilidad. Intentaba protegerme y demostrar que era un caballero, pero no era necesariamente Redvers quien me preocupaba. Cuanto más tiempo pasaba a solas con él, más me sorprendía replanteándome la firme postura de no volver a casarme, pese a mi terrible experiencia anterior. Además, ese hombre besaba como los ángeles.

No, no era él quien me preocupaba.

Nos interrumpieron unos golpes en la puerta y Redvers fue a abrir al camarero, que había venido a presentarse. Mientras hablaban, me paseé por la habitación para inspeccionar el resto de la *suite* que nos habían asignado. El dormitorio anexo al salón tenía una cama doble contra una pared en la que había un aplique metálico para leer. Un pequeño escritorio y una silla ocupaban el rincón más cercano a la ventana, y había una puerta más, que llevaba al baño privado. Las paredes del dormitorio estaban tapizadas con un suntuoso damasco de seda y tenían marcos decorativos de madera que dividían el estampado en diversos paneles. Levanté la mirada y me encontré con una moldura de intrincados labrados que creaba un rosetón circular en el techo; era evidente que no habían reparado en gastos para crear una atmósfera de lujo.

Me asomé al baño y vi una bañera que ocupaba toda una pared e incluso contaba con una instalación de ducha semicerrada. Di unos pasos hacia el interior, inspeccioné los diversos mandos necesarios para accionarla con la esperanza de que resultara más sencillo de lo que parecía a simple vista. Un lavabo de mármol con un gran espejo decoraba la pared opuesta. Me acerqué, cogí el jabón de tocador Vinolia Otto que habían dejado preparado e inhalé el suave aroma a rosa y limón antes de volver a colocarlo en la jabonera.

—¿Jane? —La voz grave de Redvers llegó desde el salón. Crucé de nuevo el dormitorio y me reuní con los dos hombres. Redvers gesticuló hacia el camarero, cuyo impecable uniforme azul contaba con una ristra de botones dorados que desfilaban de arriba abajo de su casaca militar.

—Este es nuestro camarero, Francis Dobbins. Trabajará con nosotros.

Lancé una mirada interrogante a Redvers, y él asintió. No sabía cómo lo conseguían, pero al parecer Su Majestad tenía contactos en todas partes. Por curiosidad personal, después preguntaría si el camarero era un empleado del barco al que habían reclutado para que nos ayudara, o si los jefes de Redvers lo habían colocado allí a tal efecto. Desde luego, poco importaba cómo hubiera llegado a bordo; iba a sernos muy útil tener a alguien dentro. Alargué un brazo y estreché la mano del hombre, tan blanda que por un instante me preocupó hacerle daño con mi firme apretón. Era joven y todavía tenía que perder las redondeces infantiles de la cara... y del resto del cuerpo.

Redvers lo invitó a sentarse para hablar de nuestros asuntos, pero Dobbins rechazó el ofrecimiento y se quedó de pie con las manos unidas tras la espalda.

—Creemos que hay un espía alemán a bordo del barco. Nuestras fuentes han confirmado su presencia, pero no su identidad. Hemos reducido las opciones a tres posibles sospechosos —me explicó Redvers.

Yo era toda oídos. Por primera vez me habían incluido de manera oficial en uno de sus casos y no pensaba desaprovechar la oportunidad para demostrar mi valía ante sus jefes. Fueran quienes fuesen. Redvers nunca se había mostrado muy concreto con respecto a eso.

Dobbins tomó la palabra:

—Uno de los hombres es un pasajero. Heinz Naumann. Se aloja en el camarote C48 y me he encargado de que tenga la tumbona de cubierta junto a la señora Wunderly.

Miré a Redvers con una ceja levantada. Me divirtió que, por lo visto, viajáramos bajo mi apellido y no con el suyo, Dibble, aunque sabía que él lo usaba lo menos posible. «*Dibble*» era como llamaban en Inglaterra a los agentes de policía mediocres, así que «Redvers Dibble» no inspiraba mucho respeto que dijéramos, por lo que comprendía su reticencia, si bien sospechaba que había también motivos más personales en juego. Esperaba enterarme algún día de cuáles eran.

—Es habitual que los pasajeros de primera reserven sus tumbonas. Nos hemos asegurado de que tengas la contigua al señor Naumann para que puedas charlar con él. —Redvers se volvió de nuevo hacia el camarero de voz suave—. Un trabajo espléndido, Dobbins.

—¿Quieren compartir también mesa con él en las cenas? —preguntó este.

Redvers negó con la cabeza.

—Eso ya resultaría demasiado llamativo. Es un comienzo espléndido. Con nuestro primer sospechoso, al menos. ¿Qué me dice de los otros dos?

—Ambos trabajan en el barco. El director de la banda, Keith Brubacher, y el encargado del servicio de fotografía, Edwin Banks.

—¿Ha descubierto algo de alguno de ellos?

Dobbins negó con la cabeza.

—No he tenido ocasión, señor. Acaban de comunicarme sus nombres. Aunque sé que los dos son nuevos a bordo en esta travesía.

Redvers asintió y yo me pregunté si era la primera vez que oía esos nombres o se limitaba a comprobar el trabajo de Dobbins.

—Nos pondremos a investigarlos de inmediato —dijo.

Dobbins inclinó la cabeza.

—Dejaré que se arreglen para la cena, pues. Se sirve a las seis en punto, pero antes oirán el toque de clarín.

Salió de la habitación y cerró la puerta sin hacer ruido. Miré a Redvers. Un hormigueo de emoción me recorrió la piel; estaba impaciente por empezar con las pesquisas. Resultaba estimulante que me consultaran en lugar de que me lo ocultaran todo hasta el último momento.

—O sea que tenemos tres sospechosos.

- - - - - - - - - - - - - - - - - - -
Continúa en tu librería
- - - - - - - - - - - - - - - - - - -

Si este libro te ha atrapado puedes continuar con más aventuras de nuestra intrépida protagonista, Jane Wunderly.

Océano Atlántico, 1926. Jane Wunderly se sube a bordo de un lujoso crucero transatlántico que la trasladará a Nueva York para llevar a cabo su primera investigación oficial.

Se conocen pocos detalles sobre el espía alemán que, junto a Redvers, debe identificar entre los pasajeros, y, por si fuera poco, en plena travesía surgen nuevos problemas: la rica heredera Vanessa FitzSimmons anuncia la repentina desaparición de su esposo en alta mar.

Próxima publicación en 2026

Estambul, 1926. Después de que su padre, el profesor Wunderly, desaparezca Jane y Redvers deciden seguir sus pasos hacia Estambul. En su destino les recibe la tía Millie con noticias inquietantes y es que el profesor estaba en una misión para localizar el corazón perdido del sultán Solimán el Magnífico, una reliquia legendaria del Imperio otomano, pero no encuentran ningún rastro de sus pasos. Con un nuevo misterio de lo más personal Jane deberá usar su perspicacia para mantener a salvo a sus seres queridos.